光尘
LUXOPUS

伊薇想要新生活

The Miseducation of Evie Epworth

Matson Taylor

［英］马特森·泰勒 著

王思宁 译

北京联合出版公司

献给妈妈

（感谢你照顾我）

献给爸爸

（感谢你忍着我）

目 录

第一部
朦胧的夏天　1

第二部
糟糕的魔法实验　75

第三部
伦敦丽人　168

第四部
反击进行时　237

第五部
一场盛宴　316

第六部
风吹向新生活　352

第一部　朦胧的夏天

气温刚开始上升,暖流滑过我露出的手臂,我都能用嘴尝到这种暖意。我翱翔着,无可匹敌。

第一章

1962年6月13日，星期三

我是风。我在沥青上滑行，在峡谷中疾速穿过。鸟儿在我无形的四肢上方滑翔，太阳灼烧着我的后背。我是西洛哥风①，如荒漠中的沙砾一般炙热。我飞翔、环行、奔跑。

我还是伊薇，如山川般古老（十六岁半），如树木般高大（一米八），如时间般智慧（也许吧）。我爱狗，恨芹菜，从不烦人，总是开心，时而调皮，（喜欢用括号）。我是亚瑟的女儿，还是约克郡东区送奶最快的女孩。

我送奶的速度并不总是值得一提。通常情况下，我都是走路去送奶的，把几瓶牛奶装在一个旧篮子里。要么我就骑自行车，这时我就会小心地把篮子挂在自行车车把前。这样一来，自行车头重脚轻，我要是猛一刹车（我经常这么干）就容易出事故。

不过今天，我是飞着去送牛奶的。

我"借用"了亚瑟的另一个宝贝孩子——他的名爵敞篷跑车。

---

① 西洛哥风，也作"西洛科风"，指由非洲北部撒哈拉沙漠吹向地中海北岸的东南风，会在欧洲南部地区降下混杂沙砾的红色雨水。（后文除标明"译者注"外，均为编者注）

他要是知道我开走了车，肯定不会开心。还好他现在正开着那辆踏实可靠的路虎跟我们的管家克里斯汀去利兹购物。亚瑟要买新剃须刀，克里斯汀则要买"一些零碎玩意儿"。克里斯汀（囤积癖、爱抱怨、未婚育）虽然只比我大八岁，却总喜欢强调她是成年人，我是小孩子。不过在克里斯汀的世界里，"成年人"的定义似乎就是听曼托瓦尼黑胶唱片、喝"杯杯香"酒、穿挤出乳沟的裙子。

此前我被警告过不许开亚瑟的这辆心头好。这也是我的众多"禁忌"之一。其他的禁忌还有：电话、酒柜、牛（没错，这里是乡下）、阁楼、各种装饰品和花瓶，还有最大的一类——克里斯汀的物品。她的物品增长速度和病毒繁衍有的一拼。

我今天打破了不许开车的禁忌，这是因为今早是我的第一次宿醉。不知为何，我的大脑告诉我宿醉情况下骑自行车不好，却没告诉我不该开汽车。

昨天下午四点零二分，我完成了最后一次高中统考。最后一门是化学。五点三十分时，我就在闺密玛格丽特父亲谷仓的角落里了，我用一个蒲公英牛蒡汽水瓶混了能让人长毛的混合烈酒。前天，玛格丽特（少女导师、实用主义、命定的老师）建议我们去搞点"带气的"，来庆祝考试结束。她会带吃的，我得拿两瓶克里斯汀藏在橱柜最深处的"杯杯香"。好像背滴定数据和吸热化合物还不够让我头大的。

橱柜就像一个藏品丰富的黑暗山洞。架子上摆满了罐头、袋子、瓶子、罐子。它们都像是阅兵仪式上的士兵一样站着，拿出最好的面貌，等待命令。橱柜到底了，那就是克里斯汀藏她的"杯杯香"的地方。通常那儿都放着好几十瓶，摆得紧紧实实，好像随时要冲出来似的。可前天晚上只剩下两瓶了。只剩两瓶，我要是拿走就太引人注目了。于是我就退而求其次，去酒柜里翻别的了（禁忌之一——请读上文名单）。我拿出所有看起来最不可疑的瓶子，从每个瓶子里各倒了两三厘米高的酒，混在一起。

我调出来的"鸡尾酒"一开始并不成功（玛格丽特说喝着像止咳糖浆），可是喝了一会儿，我们俩就都觉得味道还不赖。它起码帮我们顺利吃掉了玛格丽特带来的食物。她带了两袋薯片、一块梅尔顿莫布雷猪肉派、一些跳跳糖冰棍，还有一盒特里氏那不勒斯巧克力。我还记得我们跳了好久的舞（跟彼此跳，还跟各种草堆跳），摔倒了很多次（从各种物品上摔下来、摔在各种物品上、摔到各种物品下）。可除此之外，这个夜晚对我来说是模糊一片。

十四小时后，我在床上醒来（我是怎么到床上来的？），身上的印有亚当·费斯[①]头像的睡衣前后穿反了，头发也结成了死结，任何人类的梳子都无法解开它，不论是男用的还是女用的。我平躺了几分钟，重新适应生命，还有房间。可我很快意识到，我送牛奶要迟到了。我的客户很少，但几乎都是精挑细选出来的亲朋好友（送奶是我在农场的主要工作，我偶尔还会摆摆干草、刷刷牛）。到了楼下，我看到厨房餐桌上放了一张纸条（去利兹了。大

[①] 亚当·费斯（1940—2003），英国歌手、演员。

概六点回来。爸爸）。这让我想起，今天没人会管我是否打破禁忌了。于是我现在就开着亚瑟的敞篷车，从一个村飞到另一个村，完全是现代送奶女工的典范。

为了让自己看起来像那么回事，我还在头上戴了一条旧羊毛围巾。这样我就成了《上流社会》里的格蕾丝·凯利，或者说，至少像在空荡的乡间小路上载着弗兰克·辛纳特拉兜风的格蕾丝·凯利。那时候他们还未相爱，对彼此厌恶至极。只不过，我的副驾驶座上没有弗兰克给我唱着《你太棒了》的情歌，取而代之的是篮子里叮当作响的八个牛奶瓶（这是预示我即将到来的厄运的微型交响曲）。

在此之前，我的生活毫无特色可言：我去上学、考试，家里养牛，没有母亲，陪伴我的是勃朗特姐妹①、曲棍球，还有亚当·费斯。而现在，我已成年。激动人心的事会发生的。生命的伟大冒险即将展开。

我要成为一个女人。

我要成为怎样的女人呢？这个问题还没有答案。亚瑟铁了心要让我嫁人，做农妇；克里斯汀的建议更是一点也帮不到我，她建议我去做理发师或者公交售票员；玛格丽特觉得我应该去做老师（教什么？调鸡尾酒吗？）。我自己怎么想呢？我想成为怎样的

---

① 指勃朗特姐妹：夏洛蒂·勃朗特（1816—1855），英国作家，代表作《简·爱》；艾米莉·勃朗特（1818—1848），英国作家，代表作《呼啸山庄》；安妮·勃朗特（1820—1849），英国作家，代表作《艾格妮丝·格雷》。

女人呢？说实话，我毫无头绪。

来自各种不同版本未来的伊薇不停在我脑海里转换。图书管理员、花店售货员、兽医。这让我身心俱疲。有时候，我感觉我的头就像颗人造卫星，以惊人的速度环绕着地球转，可是又哪儿也去不了。也许我应该考虑做个航天员？航天员需要高中统考化学考高分吗？我在克里斯汀的《女性领域》杂志里读到过，做女人最重要的就是要有高超的打字技能和好的气质（这两点我都不具备），可是我觉得做女人大概没有那么简单。

*

前方的路很畅通（这既是修辞，也是事实），我踩下油门，汽车发出弗兰克也难唱出的高音。

我向前飞去，路旁的灌木丛和树都迅速后退。这是一个阳光明媚的清晨，蓝蓝的天空仿佛是从西班牙的夏天借来的，只是粘贴在了我们约克郡绿葱葱的田野上方。气温刚开始上升，暖流滑过我露出的手臂，我都能用嘴尝到这种暖意。我翱翔着，无可匹敌。我充满力量，像个狂野的风仙子。做女人会一直是这种感觉吗？

灌木丛不停飞过。

汽车不停唱高音。

牛奶瓶叮叮当当。

我是伊薇,面带笑容,戴着围巾快乐加速,快到模糊。

我望着前方的风景,发现有人站在一片田地里。是一个男人,他身边还有几头牛。我用一只手挡了挡太阳,想看清楚些。

原来是亲爱的休斯老先生,隔壁村的一个农夫。

我朝他挥了挥手。

休斯先生没有回应。

我眨眨眼,想弄清楚这是怎么回事。

他是在跳舞吗?

我再次眨眨眼。

他是在跳摇摆舞?扭来扭去的。

他是在赶牛?还是在放牛?

不知为何,"信仰冲突"这个词钻进了我的脑海。

就这样,飞驰中的我顿悟了:戴着布帽的休斯先生裤子脱了一半,正在边高声唱着圣歌,边有节奏地冲着一头牛的背顶胯。

突然间,周围的一切都慢了下来。

我忍不住扭过头去,因为被这诡异的画面惊呆了。我张大嘴巴,感到一条口水流了出去。我的额头上冒出了豆大的汗珠。我的眼睛瞪得像锅盖那么大。我的双手也随着头扭了一下,把方向盘往右打。

车的尖锐高音刺啦啦啦啦啦啦啦啦啦。

牛奶瓶叮当当当当当当当当当当当当当。

休斯先生用他那情欲的箭向世界唱响情歌。

敞篷车从柏油路上开到了旁边粗糙的土路上,发出"哐当"的响声。我感到我的头既空荡又沉重无比。这怎么可能?这到底是怎么回事?这是因为我二十四小时内两次犯忌,上天给我的惩罚吗?我看到正前方那扭曲、粗糙的树桩,然后……

然后我就从车里飞了出来,飞在空中。牛奶瓶像白色的小导弹一样从我旁边飞过。我是风,在灌木丛上方飞过,像一阵受惊的风。我突然感觉很热。地面消失了,我与天空融为一体。

我是伊薇,十六岁半,如树木般智慧,如时间般高大,那个约克郡东区最快的牛奶瓶,在飞驰着赶往"女性人生"。

这一切都太奇怪了。

第二章

1962年7月11日，星期三

熏火腿摔出的巨响把我惊醒了。

"什么意思？什么叫我得坐那该死的公交？"

那是克里斯汀，她在做冷茶。很显然，她不想依赖变幻莫测的约克郡东区公交公司带她去宾果之夜[①]。

我肯定是不小心打了个盹。车祸是四周前的事了，而那之后我每天都吃五颜六色的止痛药，它们让我昏昏欲睡，用克里斯汀的话说，我是"傻了"。我出院两天了，有点想念医院里那些抢着做我妈妈的中年护士。我在医院可是明星病人——年轻又有魅力（约克郡东区可没有几个十六岁青少年能开上敞篷车），我的故事还有那么一丝令人激动，夹杂着点丑闻的气息。我就是赫尔皇家医院版詹姆斯·迪恩[②]，只不过我开车比他强太多了。

"我不能丢下伊薇一个人，克里斯汀。她可是个病号。"

[①] 宾果之夜（Bingo Night），一种以宾果纸牌游戏为主的聚会。
[②] 詹姆斯·迪恩（1931—1955），美国演员，曾主演《伊甸园之东》《无因的反叛》等电影。1955年因车祸去世。

说话的人是亚瑟。虽然我把他的敞篷车撞毁了,他最近对我却出奇宠爱。他在跟克里斯汀进行意志大战,结果将决定他是否做她的出租车司机。过去六个月来,每周三他都要开车送克里斯汀、她母亲维拉和维拉的朋友斯威森班克太太去宾果之夜。不过今天晚上,他想继续听广播上的板球赛转播,于是搬出我来当借口。

"病号!"熏火腿又被摔出巨响,真希望这不是给我吃的,"你听到医生怎么说了。除了几处刮伤擦伤,她好得很。我看凭她的运气啊,从床上掉下来估计也会掉到温暖的浴盆里。"

她说得对。医院的会诊医师说我超幸运的。我跟他说我是射手座,这可是幸运星座,然后开始跟他解释我脖子上的幸运符项链(我母亲的婚戒)。可他打断了我,说他的意思是我很年轻,年轻人的身体就像橡胶,橡胶般的身体才能在飞出亚瑟的敞篷车之后在泥泞的草地上弹几下,安全落地。我完全不记得这个场景,我当时晕过去了。而会诊医师说,就是因为我晕过去了,所以才"摔得那么好"。这说法可真奇怪,毕竟这时候我还被捆在病床上,脖子上戴着让人痒痒的厚支架,身上的绷带比木乃伊还多。

我也不是一直那么幸运。我从医院回来之后,克里斯汀就化身厄运在农舍等着我。显然,她现在成了我们的住家管家。

亚瑟说,这样所有人都方便。

克里斯汀说,这样照顾所有人都方便。

我算是逃不脱她了。她无处不在,就像一团坏脾气的粉色浓雾。

克里斯汀是十个月前成为我家的管家的。这一切始于她跟亚瑟在红狮子（村里的酒馆，也是非官方的劳动市场）的命运相遇。自那以后，我们家原本温馨的厨房就渐渐变成了她的战利品展示屋。克里斯汀最珍爱的战利品是那台崭新的电炉子。它光洁、别致，对自己的"现代感"很是自豪。它代替了我们家原本用得好好的多功能煤气炉灶，那可是一头跟蒸汽火车吐烟量差不多的巨兽。克里斯汀不喜欢煤气炉灶的原因如下：

1. "它难闻"（说实话，这是克里斯汀做饭的问题，不是炉灶的问题）。

2. "它不听使唤"（一个人得有多笨，才会被一台炉灶牵着鼻子走啊？）。

某次事件后，煤气炉灶的末日就被提上日程。那件事的主角有克里斯汀、煤气炉灶、三根缠在一起的坎伯兰香肠，还有一集非常引人入胜的《随你挑！》。那天，我们家没有食物产出，只有一团烧焦了的糊糊，空气比伦敦的硫黄浓雾还呛人。

厨房里现在满满的：一个插着落灰的塑料花的粉色的玻璃花瓶；一个穿西装的曼陀瓦尼陶瓷小人儿；一块摆在我们可爱的旧桌子中间的粉色针织小桌布；没完没了的马卡龙色塑料碗。这些碗在厨房里随处可见，好像雨后冒出的塑料蘑菇。它们取代了我家从前装杂物用的巨型翡翠绿汤碗，从扣子、钥匙、硬币、铅笔到火花塞都能往里面扔。那只汤碗是我妈妈的祖母留下的传家宝，熬过了两次世界大战，却没能躲过克里斯汀对英国家饰店厨具的热爱。就连那张母亲、亚瑟和我的黑白大全家福（拍摄于1946年，当时我四个月大，被厚厚的羊毛和蕾丝裹着，只露出一张笑得灿烂的小脸）也被搬去了亚瑟的书房，取而代之的是克里斯汀在曼彻斯特自由贸易厅门口跟歌手佩里·科莫的合照。

虽然被克里斯汀折腾了一番，厨房里却依然保留着原主人的痕迹，只要你知道该去哪里找寻。一些物件、空间像银烛台上的刻字一样保存着细碎的信息。比如克里斯汀闪亮的新电炉占据了煤气炉灶的位置，但个头却小很多，于是那里露出的墙纸比其他地方新，保留着煤气炉灶原来的形状，就像吵闹的沉默。还有橱柜顶上那些挂钩，本来是挂猎物和鸟的。这些年没人碰它们，于是成了一种纪念，纪念这间厨房的主人比如今的住客厨艺精湛许多的时候。

藏在第二个厨具抽屉里的，还有一个无人问津、不为人所知的艺术装饰风胡桃夹子，上面刻着字母"DM"，戴安娜·马维尔，我的母亲。这是一个美丽的记号，一个我快要遗忘的想法。

*

"咚。"

那可怜的熏火腿又被扔了一次，它是我们家冷（茶）战的无辜伤亡人员。

亚瑟在等待,他显然是不知道该如何出战。他看起来很害怕。(又或者,是有精神创伤了?)

"咚。"

克里斯汀可是个所向披靡的敌人。她的头发缠在卷发器里,活像个当代美杜莎。烫发药水的气味像芥子气一样在房间里弥漫。

"亚瑟。"她说着,用连环杀手般可怕的眼神盯着他。

"咚。"

"伊薇一个人待一个半小时而已,肯定没事的。医院不都让她出院了吗?"

"咚。"

"咚。"

亚瑟咳嗽一声。

"我只是觉得,我们得等几天才能留她一个人在家。现在还是看着她点好吧。"他说话时面带微笑,但那是紧张中带着希望的微笑。我跟村里的理发师莫琳解释我想要什么发型(时髦的发型)时就是这种表情,因为我知道她其实没在听,只会自顾自地按她的想法剪(带可怕刘海的发型)。

克里斯汀闭上眼睛,深吸一口气。她是要爆炸了吗?

就(咚)。

一(咚)。

点（咚）。

小（咚）。

擦（咚）。

伤（咚）。

"反正呢，"她继续说着，用切肉刀指了指我，"她不是有书做伴吗？是不是？"她说"书"这个字时拿出了用晾衣杆把讨厌的东西举远的嫌弃。"你在看什么呢？"

是《拉克斯谷人传》①，一部关于北欧神话的古老传奇。为什么在问我看什么的时候，我刚好就在读我所有书中最奇怪的那一本呢？我怎么就没有在重读《呼啸山庄》呢？我看得出她在用狐疑的眼神看这本书。克里斯汀读的东西几乎只有《女性周刊》和《利特伍兹百货目录》之类的。

这本书是去约克堡博物馆"家庭旅行"时亚瑟给我买的。那次出游是他的主意，为了让克里斯汀和我多相处。不过我可想不通我们俩有什么理由想跟对方多相处。他把选目的地的任务交给了我。一开始，我建议去惠特比②（还有什么地方更适合带一个坏脾气的吸血鬼去吗？），但克里斯汀拒绝了，因为海边的空气会弄乱她的刘海。于是我们去了博物馆。才在城堡里的复刻古街中逛了

---

① 《拉克斯谷人传》，成书于13世纪的北欧神话传说，是当时少见的大量描写女性的作品。

② 惠特比，约克郡的一个小镇，传说中吸血鬼德古拉诞生的地方。——译者注

一小时，克里斯汀就觉得无聊，建议我们去布朗斯百货商场。一到商场，她原地复活，还说服亚瑟给她买了一双新皮靴和一套"你的老约克郡"杯垫。然后，我们坐在贝蒂斯下午茶店，吃着烤茶点。克里斯汀说她不理解人们为什么对"过去的日子"那么感兴趣，复古的景点看起来都阴沉沉、脏兮兮的。克里斯汀眼中"过去的日子"的概念相当宽泛，从"一战"往前数，包括维多利亚时代、都铎时代、诺曼时代、维京时代、罗马时代，这些对她来说都是模糊不清的一场大型古装游行。

"拉克丝拉稀传？这是什么奇怪的书名？拉克丝拉稀传。"她难以置信地摇摇头（我懂这种感觉），"你看到她在读什么书了吗，亚瑟？"

我想了想要不要纠正她。不过根据过去的经验，我知道这不是个好主意（有一次我在谢尔比商场纠正了她错误的分隔式动词不定式用法，克里斯汀一开始听不懂我说什么，我还给她解释了一番。就这样，我们在自助区吵了起来）。"拉克丝拉稀"就"拉克丝拉稀"吧。这书讲的应该是"深思者"奥德、善良的哈孔国王、奥拉夫一世等北欧英雄寻找瓦尔哈拉"大肠"的英勇故事。一个经典的故事。我不禁好奇我们的传说名字会是什么……"迟钝者"亚瑟，"牺牲者"亚瑟，"迷失之魂"亚瑟。那他的布伦希尔德[①]呢？只有"贪婪者"克里斯汀，"火腿杀手"克里斯汀，"北方唠叨之

[①] 布伦希尔德，北欧神话中的女武神，被称为"瓦尔基里"。她的丈夫是传奇民族英雄齐格鲁德。

王"克里斯汀。

那我呢？我在这本书里会是谁呢？

*

"你刚刚说什么，亲爱的？"亚瑟在走神，他的心思飞到椭圆体育场了。刚刚好像有个球员靠左臂旋转投球逆风翻盘。

"我说，你看到伊薇读的什么书了吗？你根本没听我说话，是吧？"克里斯汀拿起一罐腌洋葱，用拧断小动物脖子的劲儿拧开了盖子，"我都不知道我为什么还要跟你说。这家里什么事都要我来做。"

（这话绝对有问题。因为克里斯汀的母亲维拉好像每天都在这儿帮她干所有活儿）

"咚。"

"当。"

"啪。"

这熏火腿看起来像是刚刚经历了情人节大屠杀[①]。实际上，整个厨房都有种犯罪现场的氛围，就连盆栽看起来都压力巨大。克里斯汀拿起一把面包刀，一下子把双层农家面包切到了底。

[①] 指 1929 年 2 月 14 日发生于美国芝加哥的一起刑事案件，七名帮派成员被人射杀。

亚瑟只想忽略眼前的闹剧,好好听广播。他现在正努力躲在一份《约克郡邮报》后面。他是个唯心主义者,坚信看不见的东西就不存在,能熟稔地用一张大报纸挡住任何给他添麻烦或带来压力的事物。不管是农场问题频出的一天、板球比赛惨败,还是克里斯汀情绪古怪,就连生死他都能屏蔽掉。

"抱歉,亲爱的。巴林顿刚刚拿了六分。"

克里斯汀那边传来汽油泄漏般的噪声。

我决定最好给他们留点时间自己解决,于是去了楼下的卫生间。这不是为了我的生理需求(我的膀胱简直像夏尔马①的一样大,很少跑厕所),而是为了找个地方逃难。我需要一个紧凑、安全,有门锁的地方。这个卫生间地方很小,东西却不少。角落里有一大堆旧的《威斯登》板球杂志、一个娃娃造型的粉色针织卫生纸盒(克里斯汀的),窗台上还有一本《牛津词典》(我的)。

我喜欢翻词典。它能带我去另一个世界,一个高深的人们优雅地做着漂亮事的世界。至少是一个少一些针织小桌布和发套的世界。我在马桶上坐下,随机翻开词典的一页。

装腔作势(形容词——非常夸张的表演,为达成某种目的而展示情绪)。

哈,听起来很像克里斯汀。

再翻一页。

---

① 产自英国的一种挽马,以身材高大、负重能力强著称。

空洞（形容词——无趣、无意义、无聊）。

又是形容克里斯汀的。

你明白我为什么要翻词典了吧？

我回到厨房时，刚刚的对话已经结束了。很不幸，克里斯汀一副得意的样子，看来是她赢了。她坐在亚瑟的膝盖上。两人一看到我，都有些不好意思。亚瑟拍了拍克里斯汀的屁股，她站起来走回桌旁，看我的眼神颇有种赢家看失败者的沾沾自喜。

"你爸还是决定送我们去宾果之夜了。"她自鸣得意（副词——一个人表现出对自己的过度满意）地笑着。

"哦。"我说着看了一眼亚瑟。他又藏在了《约克郡邮报》后面，假装自己不在那儿，藏得还挺好，"我还以为他想留下听板球广播呢。"我知道这样说会惹她烦。

正在调冷茶的克里斯汀停了下来，双手叉腰。

"这个嘛，"她将这几个字当成了鞭子用，"他觉得还是开车送我们比较安全。外面有很多疯子呢，你懂吧，我们自己出门多危险啊。"

危险？危险的是谁？克里斯汀、维拉和斯威森班克太太三人凑在一起可以匹敌大部分小军队了，街上单枪匹马的疯子哪里赢得了她们？

"现在这世道嘛，人总得小心些。你说是不是，亚瑟？"克里斯汀一边冲他微笑，一边用一块波尔顿修道院茶巾擦了擦手。

亚瑟短暂抬起了头。"当然了。我十分乐意送你们去。"说完他又钻回了报纸后,接下来的这句话只闻其声不见其人,"我一点都不介意。"

"你爸爸可真是个绅士呢。"克里斯汀的音量大得没必要,"他这样的男人现在可难找咯。"她又冲着亚瑟微微一笑,然后继续处理她面前的火腿、生菜、腌黄瓜和西红柿。我决定理智一点,离他们越远越好,去自己卧室躲一躲。我离开厨房时,克里斯汀正开始照着她的偶像范妮·克莱多克在电视上展示的菜谱做胡萝卜。这道菜需要用到土豆削皮器和大量的耐心。克里斯汀有土豆削皮器,却没有耐心。不出所料,没过几秒钟,胡萝卜就从她手里飞到了桌子另一边。她拿出一根新的胡萝卜,又以同样的方式失败了。这是对胡萝卜的屠杀。克里斯汀像个疯子一样盯着胡萝卜,低声咒骂。我上楼梯的时候听到一声克制的尖叫,紧接着是一个被一小篮子根茎蔬菜逼疯的女人痛苦、癫狂的笑。

*

我的房间是我躲避克里斯汀的空间,基本上是一个可爱的避风港。我躺在软软的印花羽绒被上,开始回忆过去几周发生的事。

夸张的车祸: 1

骨折: 0

亚瑟医院探视: 18

克里斯汀医院探视: 2

玛格丽特医院探视：11（我觉得她可能只是无聊了）

给亚当·费斯的信：3

亚当·费斯的回信：0

关于休斯先生和一头牛的诡异而真实的梦境：5（希望这只是止痛药的副作用吧）

关于我未来做什么的想法：28

关于我未来做什么的决定：0

"未来"真是奇怪。在高中统考之前，它是那么遥远，是其他人才会担心的事（科学家啊，政治家啊，年纪大的人）。它是一个模糊的、不真实的、不成型的想法，婚礼、工作、宝宝、定制西装，不过不一定是这个顺序。可突然间，它就在我面前了。我从前觉得"未来"是一个幸福、拥挤、嘈杂的地方，很多事会在那儿发生。可现在，我感觉它大而空洞，是一个巨大的静默空间，就好像小小的我在一个大机库里漫无目的地冲撞。我未来要做什么呢？我毫无头绪。

为了保险，在玛格丽特的指导下，我填了申请第六学级[①]的表。我对大学入学英语、历史、法语都没什么兴趣，可我对其他事也没那么大兴趣。我只想做一朵快乐的云，随风飘荡。填了这张表，我至少不用担心被克里斯汀（我的专属大风）扔去过完全

[①] 第六学级，英式中学教育的最高阶段，学生完成中学前五年课程后可申请，通过一至三年的学习为大学或职业教育做准备。

不合适我的生活了。克里斯汀觉得我继续上学是对她个人的某种侮辱。她在努力让我的象牙塔生活在还没开始时就结束。地方报纸上的招聘页被剪下来，神秘地出现在房子的各处（招商店助理，无须经验）。我每次看到这种纸片，就想起亚瑟刮胡子刮伤脸时往脸上贴的报纸片。克里斯汀觉得这种"微妙"的信息能让我欢欣地进入职场，成为她狡猾的心理战中的一枚炮灰。可实际上，它们比布莱克浦的花灯还刻意。当然了，我对它们视而不见。

第六学级九月开学。今天是七月十一日。我还有两个月的时间可以寻找"未来"。小菜一碟。我肯定能做到。对吧？这一定不难的。

*

我躺在床上思考人生，想克里斯汀的冷茶会有多难喝时，抬头看到墙上的两张超大亚当·费斯海报。其中一张（麦乐迪商场送的）印的是亚当直勾勾盯着镜头，眼神忧郁，看起来不修边幅又充满男人味儿。他穿着芥末黄的束腰短上衣（颜色跟他漂亮的金发很搭），脸上的微笑能照亮整个房间，就像百万支蜡烛（好吧，也许没有那么多）。另一张是我某次去斯卡伯勒时买的，画面里的他是优雅精致的化身。他穿着熨烫平整的白衬衫、海军蓝针织衫，还打了领结。领结哦！他就是流行界的贵族，我爱他。不论生活有多难，我永远都有亚当陪伴。

伊薇和亚当。亚当和伊薇。

永永远远在我们自己的伊甸园(其实就是约克郡)。

我经常跟卧室墙上的亚当对话。他对我帮助很大。说实话,他在这个村里算是比较好的谈话对象了。跟哪个亚当说话取决于我的心情。今天我肯定要跟世故亚当说话。

我叹了口气(引起他的注意)。

"你会怎么做呢?"我问他,"这太混乱了。那么多可能的未来。到底哪个最适合我?"

我打开床头柜抽屉,拿出学校职业指导办公室给我的工作清单,开始把清单读给他听。

"商店助理、兽医助理、图书馆助理、牙医助理……"

(为什么对女人开放的"未来"全都是做别人的助理?)

"也许我可以当你的助理?"我试探着问世故亚当。

他什么也没说。我可能该问问忧郁亚当。

我继续念清单(会计助理、陈列室助理、办公室助理)。世故亚当还没能给我一个有用的建议,门外就传来了敲门声。

"再过五分钟茶就煮好了。"亚瑟说着把头探进来。

"谢谢了,爸爸。"我们微笑着互相看看,"所以你打算错过板球直播吗?"

"错过板球直播?"他讽刺地扬扬眉,"当然不会。我要带着晶体管收音机去。你不会以为我真的要为宾果之夜错过国际板球特别锦标赛吧?"

我揪了揪灯芯绒短裙,重重叹了口气,像一个泄了气的大沙滩球。

"怎么了,亲爱的?"亚瑟说着走了进来,在床边坐下。他一坐下,我就注意到窗外的阳光洒在他抹了发蜡的头发上,仿佛撒满星辰。

"是克里斯汀。"我说。

我们陷入沉默,房间里只有楼下厨房传来的准备下午茶的声音。

我看看亚瑟。

亚瑟也看看我。

(我们两个是克制交流的专家。)

然后他叹了口气——没有那么沉重,不像我的沙滩球泄气那样严重。

"克里斯汀?"他说,"行了,亲爱的。我们不是谈过克里斯汀的事了吗?"

没错,我们谈过她。谈过好几次。上一次是在从医院回来的路上,亚瑟告诉我她搬进了我家。他说她搬进来是好消息,因为:

1. 她能在家里帮很多忙(这话不对,家务全都是她妈做的)。

2. 我需要一个女性榜样(这话也不对,我有很多女性榜样——夏洛蒂·勃朗特、女王[①],还有雪莉·麦克雷恩[②])。

[①] 女王,指英国女王伊丽莎白二世(1926—)。
[②] 雪莉·麦克雷恩(1934—),美国女演员、导演。

亚瑟还不停说我们两个人住这么大的农舍实在太浪费了。这倒是真的。但我们家也可以再住一群牛，可亚瑟也没请牛住进来啊。

我继续揪裙子，盯着他说："我不喜欢她对我呼来喝去的。"

"'呼来喝去'？别傻了！这家里没人对任何人'呼来喝去'。"他拍拍我的膝盖，"听着，我送克里斯汀她们去宾果之夜真的不麻烦。小心为上嘛，对不对？"

他轻轻捏了捏我的腿，望眼欲穿（副词——带着一种遗憾的向往）地望向窗外。

"有时候还是不要强求为好。"他说着看向我，微微一笑，"顺其自然吧。你懂的，不要管别人。"

他站起来，用手梳了梳他撒了星辰的头发。

"好了，尝试着对克里斯汀好一点吧。她尽力了。克里斯汀再厉害也不可能把冷茶烧煳。"他眨了眨眼，走出房间。

房间里又剩下我一个人了。我躺在床上，开始想亚瑟的事。我小时候，我们经常去小溪里拾蛙卵，用小网子捞起来，装进玻璃罐，放在厨房窗台上。我们会去约克和利兹看电影（他带我去看了六遍《小姐与流氓》），他还会在中场休息的时候给我买巧克力冰激凌。我们在约克郡的各处都留下了短游的脚印。我们去过黑丁里板球场，他在那儿给我买了一本漫画。他看锦标赛的时候，我在旁边读"芭蕾美人"和"沼泽护士苏珊"的故事。我们还去过旷野，一起放我的红色大风筝，爬到石头上吃脆三明治、奶油硬糖，喝柠檬汁。当然，他还带我去农场。他开着拖拉机让我坐在他腿上，一开就是好几小时，唱着摇篮曲，躲避着牛。后来，他开着他的路虎带我，让我掌方向盘，他踩油门（回想起来，这大概不是最合适的学车方法）。

我拿起我最喜欢的他的照片，是战前照的，那时他还很年轻，比我现在大不了几岁。照片是黑白的，但能看出他穿着宽松的白色短裤和一件白领子的彩色T恤。这是他的足球装。他在奔跑，奔向未来。他的身后是成百上千个戴着布帽的人，他们都站在露台上看着他，那成排成排的小脸都望向他和他脚下的球。亚瑟说当时的观众远远超过了几千人，可能接近两万。四万只眼睛都在看亚瑟。

他是约克郡的角斗士，充满活力、毫不畏惧。

可是，到底发生了什么呢？我不明白。一个多年来每周六都在两万人注视下踢球的男人，怎么会变成现在这样。——躲在《约克郡邮报》后面，对克里斯汀言听计从？

第三章

1962年7月11日，周三

下午茶时间平淡无奇地过去了，没发生什么事。只是因为克里斯汀挑熏香肠的眼光太烂，我们得从里面挑出软骨来。除此之外就只有礼貌的谈话了，内容如下：

1. 布莱德维尔太太的狗（又怀孕了）
2. 哈罗德·麦克米兰（看着老了）
3. 村里的新邮局局长（是单身汉）

吃完后，我们三人分别开始做每次宾果之夜前都要做的事。克里斯汀要去"她的"卧室"打扮"半小时。亚瑟要听着板球睡着。而我挥舞着伊薇的魔法棒，把厨房里的茶具收拾干净。

这件事上，我有多年经验，形成了一套程式化的动作。先是收起所有玻璃杯、茶杯、茶盘（在约克郡，不管吃什么都要就一杯茶）。然后围着桌子转一圈，把所有盘子叠起来，最大的放最下面，小的放上面，再小心地把残渣收拾进最上面的盘子，这样盘子和残渣合在一起就成了一座金字塔。冰茶这种餐最好收拾——哪里能出错呢？要是克里斯汀做了什么食物，那就难说了，这种时候的剩饭可能会太多，多到无法放在一个小盘子上，除非你有伊桑巴德·金德姆·布鲁内尔①的工程师技巧。

突然间，广播里传来一阵欢呼声，椭圆体育场里一个声音说什么有一个球员被投杀了。亚瑟抽搐了一下，手中的《约克郡邮报》掉在了地上。走廊里的老爷钟摆动着发出六次沉重的声响。我听到克里斯汀把楼上卫生间的门狠摔了一下（她手很重，用力仿佛一个重量级摔跤手）。房外的牛开始了每天傍晚的例行嚎叫，然后……

嗒嗒嗒嗒嗒嗒嗒嗒嗒嗒。

后门传来纳瓦隆大炮②开火般的敲门声。

（我们家里总是有各种噪声，它们吓人，但是没什么伤害。）

"哟呼。是我们。"是克里斯汀的母亲维拉，她一进门就把包放在了餐桌上。她的朋友斯威森班克太太就在她身后，显然有些跟不上维拉的脚步。虽然天气暖和，斯威森班克太太丰腴的身体上

---

① 伊桑巴德·金德姆·布鲁内尔（1806—1859），英国工程师，曾主持修建众多铁路、桥梁工程，被英国广播公司（BBC）评为"百名最伟大的英国人"第二名，仅次于丘吉尔。
② 出自1961年上映的美国战争电影《纳瓦隆大炮》。片中大炮火力强劲，成为交战双方争夺的焦点。

还是裹了好几层黑衣服。

（她们两人站在一起看起来像是海边耍杂技的。斯威森班克太太人高马大，体宽如战列巡洋舰，四肢的重量像是不受重力控制。而维拉身材娇小又有棱角，窄得像蓟，也跟那植物一样尖尖的。）

"哦，亲爱的伊薇，能帮我倒点水吗？我快渴死了。"斯威森班克太太坐在一把小餐椅上，小餐椅似乎快撑不住她了，"都怪这天气。我就不适合这种天气。这儿跟热带雨季似的。"她用小手帕擦着额头，又擦了擦脸，说，"看看我，我是受够了这大热天了。我这汗出得像是进了薯条店的胖姑娘。"

斯威森班克太太很会描述。她完全可以做个诗人。

"维拉，朵莉丝，见到你们真高兴。"亚瑟说，"维拉，快坐吧。"

"谢谢，亚瑟。我还是站着吧。"维拉说，"这样对我的静脉曲张友好一些。"

我们经常听维拉说她的静脉曲张。这对她来说是一个取之不尽的话题，排在前面的只有天气、美好的过去、外国人和排名第一的"我们克里斯汀"（"我们克里斯汀"跟我一样是独生女，我们独生子女的坏名声可以说是她一个人的杰作）。

我们听过很多次，维拉的静脉曲张简直要了她的命。她早晚会死在它手上。她不知自己做了什么才受到这样的惩罚。但我们都很肯定，战争和德国人大概要负一定的责任。因为在维拉眼里，战争和德国人几乎要为一切不好的事负责。

这次的话题会有怎样的走向呢？

"外面天气挺好。"亚瑟回归了最经典的话题。

"对啊，外面天气挺好。"维拉答道，"听说明天会更热。"

这对斯威森班克太太和她的小手帕来说可不是好消息。"更热？"她惊叹道，"哦，我今天已经热得难受死了。要我住在炎热的国家，我宁愿嫁给墨索里尼。"（这如果是真的，历史的进程会有很大的改变。斯威森班克太太绝对不会让墨索里尼跟希特勒混在一起，她说素食主义者都信不得。）

这些谈话进行时，我在给斯威森班克太太倒凉水。

"水来了，斯威森班克太太。"我说着，把杯子放在她面前的桌上。

"你叫我朵莉丝就好了，亲爱的。"她答道。

我一直没法这样叫她。斯威森班克太太形象庄严，声音也大，就像西班牙大帆船。她甚至可以匹敌一整支舰队。她才不是朵莉丝。在我这儿，她永远都是斯威森班克太太。让我叫她朵莉丝，就像是叫伊丽莎白二世女王"丽兹"。

我每次看到维拉和斯威森班克太太在一起，就会惊叹于女人和女人能有多么不同。她们两个就像是粉笔和奶酪——一个是细长的粉笔，另一个是一大轮斯提尔顿奶酪。女人有多少不同的版本呢？

（更重要的是，我会是哪种版本呢？）

房间里女人太多了，亚瑟显然很不自在。他在试图跟维拉和斯威森班克太太友好地闲聊,但他做得不怎么样。他是个更会跟男人相处的人。对他来说,女性一向是个迷。两个女人不停地讲村里八卦对亚瑟来说无异于斯瓦希里语①。他徒劳地假装可以跟上谈话,装出对斯威森班克太太的邻居赢彩票的事(三十八英镑四先令二便士②)和二十八号的"怪事"很感兴趣,但我能看出他实际上在竖起耳朵听板球广播。轮到他说话时,他很尴尬地说不出任何八卦,不过他讲了一串谎话,夸克里斯汀做饭好,就这样糊弄过去了。

亚瑟跟维拉和斯威森班克太太寒暄一阵之后,觉得面子工作做够了,就找了个理由去自己的书房,留下我接受约克郡最严拷问。"所以,亲爱的伊薇,跟我讲讲……有人追你了吗?"斯威森班克太太直捣最严肃的话题。

恋爱对这一片的女孩来说十分重要。我们不许去追求别人(那样你就成了荡妇),但我们必须得有人"示好"(古代的那种)或者有人追(动词——现代的追求,就像玛格丽特公主那样)。不需要担心这件事的女人只有:

1. 已婚女人
2. 老年女人
3. 难看女人

---

① 非洲使用人数最多的语言之一,是坦桑尼亚、肯尼亚、乌干达的官方语言。
② 英国旧制货币分为英镑、先令、便士三级,一英镑等于二十先令,一先令等于十二便士,1971年货币改革中废除先令,一英镑等值于一百便士。

说实话，我实在是不想被村里的男孩追。这儿的大部分男孩完全是浪费我的时间，而且他们没有教养、没有出息（形容词——缺乏主见或人格）。我在等亚当·费斯，要是等不到他，至少要找一个来自有教养的地方的，比如利兹。反正我觉得斯威森班克太太也没指望我突然间变出个男朋友来，她上次见我可是四周前我还在医院的时候（我提醒了她这一点）。

"对啊，亲爱的，我知道，但医院里不是有不少好医生吗？肯定有一些年轻的吧？找个医生不错的，你懂吧。"

"比如急诊室的道森医生，十号房的。"维拉插话说，"他人很好啊，眼睛好看！不过啊，伊薇，很抱歉，我觉得你没什么机会找个医生。他们一般喜欢那种瘦小活泼的女孩。"

真有意思（我个子高得像棵树，记得吧）。

"别傻了，维拉。哪个医生能找她，是他们的幸运！"斯威森班克太太说。

维拉从来都不会说话，她不依不饶。"朵莉丝，我只是说伊薇有点高。男人不喜欢高个子的，他们希望自己是管事的。她得穿些……显得矮的衣服。"

显得矮？什么样的衣服会显矮？也许她见过来自《爱丽丝漫游奇境》的魔法紧身裤吧，穿上就能缩小。

"她应该多微笑，她要跟那些护士竞争啊。有些医院简直是熊坑啊，那么多护士争一个医生，你懂吧。她们做护士就是为了这个。"

"那弗洛伦斯·南丁格尔[①]呢?"我问道。

维拉用奇怪的眼神看了我一眼,接着自说自话。

"啊,我可以想象你做护士,这比你说的什么继续上学的傻计划靠谱多了。考那么多试有什么用啊?要我说,考试对谁都没用。"

"可是啊,维拉,"斯威森班克太太说,"伊薇是个聪明姑娘,她也许会成为那种需要学历的现代女性呢。"

"现代女性?我就是现代女性。"维拉说着,调整了一下她的发套,"我没有学历也过得照样好。伊薇早就不该在学校里瞎浪费时间,应该赶紧找份工作了。我们克里斯汀没毕业就开始工作了,你看她现在多好。"

哦。

维拉口中的克里斯汀过得很好是怎么个好法?是说她入侵了我家,迷惑了亚瑟吗?克里斯汀对我们原本平静而没有马卡龙色的生活的入侵肯定是暂时的吧?

克里斯汀真会挑时间,就在这一刻走进了厨房。

她身上带着一股恶心的薰衣草味儿。亚德利香水味儿能把人呛死吗?斯威森班克太太从手袋里掏出小手帕,开始在自己鼻子前扇动。

"我们在问伊薇有没有考虑过找份工作呢,亲爱的。"维拉说。

[①] 弗洛伦斯·南丁格尔(1820—1910),英国护士,统计学家。她是世界首位护士,开创了护理事业。

克里斯汀眯起眼睛向前走了一步，扫视战场。

"她当然想工作了。谁不想呢？"

（呃，克里斯汀就不想。）

"那样她就有自己的钱，能搬出去住了。整天挤在那么小的房间里肯定不好受。"她说着漫不经心地朝我卧室的方向挥挥手。

"谁说我觉得挤了？"我问道。我可以在整个房子里活动，更别提我家近半平方千米的田地、三个谷仓、还有一条满是大冠欧螈的小溪了。我当然不觉得挤。

我是很烦躁，但一点也不挤。

克里斯汀脸拉得老长。

"哦，我只是以为你在房间里会有点憋。"她边说边走到厨房另一边，"好吧，我们都住得很挤，是不是？三条沙丁鱼挤在一个旧罐头里，这些监狱似的小房间啊，我还以为你想……噢。那只该死的熊。"

克里斯汀开始单脚跳，脸都憋红了，满头大汗。她（又）不小心踢到垃圾桶旁边那只大陶瓷熊了。

"我的老天！我说了多少遍快把它扔掉了？"

说了很多遍。

这只熊不怎么样，但是自从我发现克里斯汀恨它，就对它有了感情。这原本是一只会跳舞的熊，用后腿（跟椅子一样高）直立站着。我不知道它跳的是什么舞，反正不是扭扭舞，也不是肚皮舞。说实话，我看它这个样子连广场舞都跳不了。它是我母亲从她父亲那儿继承来的，而且她也很讨厌这只熊（所以它才在垃圾桶旁边的角落里）。

"我要把这玩意儿扔出去，一了百了。"克里斯汀说。

她试着把它搬起来，可它纹丝不动。

"留着它，"我说，"我很喜欢它。"

"很喜欢它？"克里斯汀说，她的脸像圆白菜一样皱了起来。

"是啊，它多可爱啊。"我撒谎说。

"你说什么胡话？它这么烦人。"

克里斯汀说得没错。它确实很烦人，但也没有克里斯汀烦人。

"它很好看啊。你看它的脸多有特色。"

（说实话，这熊样子简朴，眼睛还有点奇怪。）

"什么？你是疯了吗？"

"而且它也很有用。"

"有用？"克里斯汀交叉双臂，"有什么用？"

我迅速环顾厨房，看到墙上挂的各式各样的乡村风景画盘和水池旁生了锈的罐子，还有那些挂在橱柜里从不使用的铜制厨具。

"它可以当帽架啊。"我看到亚瑟的布帽搭在椅背上，急中生智。我把帽子拿起来，搭在熊头上，这样它看起来还有点像苏联领导人。"你看。它多有用。"

"别说傻话了。"她说，"我要它现在就出去。马上。"

"那我要它现在就留在房子里。马上。"我也不示弱。

我们互相盯着，好像两个出身高贵的勇士在进行生死决斗。

好吧，是一个出身高贵的勇士和一条呼吸都带薰衣草味、讨人嫌的恶龙。

克里斯汀环顾厨房，想找帮手。可是维拉和斯威森班克太太都坐在桌子另一端，聊虫子的价格聊得不可开交。她咂咂舌，用"那个眼神"看了我一眼，跺着脚走出了厨房，路过熊身边时还不忘把它头上的帽子打掉。

我捡起帽子，重新放回熊头上，为这微小的胜利而微笑。

*

克里斯汀回来的时候，维拉和斯威森班克太太已经在进行宾果之夜前活动的最后一项了。你可以感觉到她们的期待。维拉忙着摆弄她的发套，还瞟她的手表，她显然是最激动的一个。对维拉来说，每周三的宾果之夜跟蒙特卡洛的赌场拥有同样的魅力，而且只需要两份半品脱[①]世涛啤酒和一袋炸猪皮的价钱。相比之下，斯威森班克太太能把自己的激动控制得很好，她在把套在粗壮（但有点松弛的）大腿上的厚连裤袜往上提（"为坐车做准备"）。

我则开始洗碗，试图从洗碗池里捞出那些恶心的火腿软骨。

"哦，灰姑娘。"克里斯汀说着走到水池边，"别担心，你总有一天可以去舞会的！"她大笑着，显然是对自己的笑话很满意。

---

① 英美制容积单位，英制 1 品脱合 568.26 毫升。

"不过今晚你是不能去的。你肯定会喜欢宾果的。三号把茶沏,"她大喊着,好像在表演舞台剧,"十六甜蜜蜜,没人吻过你。到了四十四,只剩破抽屉。懂了吧?很适合你。"她手臂抱胸,坏笑着说,"这是长大和成为女人的一部分。"

对我来说这不是。我想不到什么比在房间里坐两个小时,比拼听数字更难受的事。这就是我的未来吗?成为女人之后的生活肯定不止周三晚上去宾果之夜吧?

而且,我要是灰姑娘,那克里斯汀又是谁呢?

亚瑟把头探进厨房门里,告诉我们"女士们"他要去开路虎了。

维拉看起来松了一大口气。过去几分钟里,她看手表的次数多到不对劲,而且她看起来比平时更疯癫了。我想宾果可能会让人上瘾,就像香烟和软糖(如果宾果从地球上消失了,我很肯定维拉想念宾果会多于想念她的丈夫德雷克。他的船1940年在大西洋中央撞到了德国的鱼雷,他就从地球上消失了)。

正在盯着粉饼镜子看的克里斯汀抬起头来。"嘿,过来。"她对亚瑟说着,转了一下头,用尽全力挤出一个"风情万种"的微笑(她觉得自己像简·罗素①,实际上她的性感顶多能跟伯特兰·罗素②或者杰克罗素③比一比),"你的领带不正。我来帮你弄一下。"

---

① 简·罗素(1921—2011),美国女演员。
② 伯特兰·罗素(1872—1970),英国哲学家、数学家、逻辑学家。
③ 杰克罗素梗,产自英国的一种小型犬。

她用双手抓住亚瑟的领带，拽了拽。亚瑟紧张起来，瞟了一眼克里斯汀后就放松了下来。她弄好了他的领带，又抬手轻柔地摸了摸他的脸颊。"这样好多了。"她矫揉造作地看着他笑，"精神多了嘛，你这样看起来像加里·格兰特。"她又拍了拍他肩上不存在的灰尘。

"谢谢，亲爱的。"亚瑟说，捏了捏她的手。

"别客气，乐意效劳。看到你这么帅的样子真好，我肯定是约克郡最幸运的女孩了。"她对亚瑟眨了眨眼，"再次感谢今晚送我们，你真是我的骑士。"她拍了一下他的屁股（我真的快吐了）。

"走吧，去开车吧。"她又拿出粉饼，检查她的口红，"我们马上过去找你。"

*

"那我们准备好了吧？"斯威森班克太太说着，又拽了拽她的裤袜，"快走吧。今天是我们的幸运日，我有预感。"

"你觉得你今天能赢大奖吗，朵莉丝？"克里斯汀说，"二十英镑能派上大用场的。你打算拿它来做什么？"

"哦，我要冲进商场买个新电视，要最新的那种大的；我还要买一套新橱柜；卧室里再添一台无线收音机。"

"那样你家就成了'丽的呼声'[①]商品展示房了。"维拉说，"那

[①] 丽的呼声（Rediffusion），英国广播公司同名节目，也作"瑞迪福森"。

些对身体不好的,搞那么多线啊,按钮啊,隐形射线什么的。要换我,我会把房子装修一番,所有家具都换新的,高档的长沙发和扶手椅,再来点上等陶瓷制品。"

"哦,对啊。"克里斯汀显然很期待那些陶瓷制品,"我们应该去约克市,买那种正经的高档货。"

"你呢,亲爱的伊薇?"斯威森班克太太问道,"你要有二十英镑,想做什么?"

我应该买什么呢?二十英镑够不够买张去远方的机票?去个有异域风情的地方,比如西班牙或者意大利。我可以光脚走在温暖的沙滩上,穿着条纹上衣,戴着大草帽,感受脚趾上的沙砾。也许我可以去伦敦,入住一个高档酒店,吃牡蛎,参加有南茜·辛纳特拉[①]和索菲娅·罗兰[②]的派对。二十英镑够做这些吗?这两件事我要是说出口都会很丢人,所以我只是说我要买一条格子裙,再买些书,剩下的存起来。

"真好。"克里斯汀语调平淡地说。

"那你呢,亲爱的克里斯汀?"维拉的声音欢快得简直不像她,"你想买什么?"

"啊……我想买什么呢?我应该会买几件可以放在我底层抽屉里的小物件,一张好桌布,也许来点高级的餐巾纸;再买些内衣吧,性感的那种;还要一条新裙子,带很多雪纺和蝴蝶结

---

① 南茜·辛纳特拉(1940—),美国歌手、演员。
② 索菲娅·罗兰(1934—),意大利演员。

的。"她用双手夸张地在腰上和大腿上比画一番,"又漂亮又大,还要……"

叭叭叭叭叭叭叭叭叭叭……

她的话被路虎的喇叭声打断了,看来是司机等不及了。她们三人各自抓起包,从厨房里跑了出去,边跑边笑。斯威森班克太太路过我的时候捏了一下我湿漉漉的手。

"享受你的书吧,"克里斯汀走时喊道,"该死的拉克丝拉稀传!"

门关上了。

我松了口气。终于能清净一会儿了。

第四章

1962年7月12日，周四

这是宾果之夜后的早晨。斯威森班克太太的宾果大奖美梦落空了（二十英镑的奖金被一个来自古尔的胖女士赢走了），不过维拉赢了一个新的薯片锅，听说她整晚都抱着那锅，好像它是柯伊诺尔钻石[①]似的。

我整晚都在想克里斯汀。她总是在买新的东西，或者说，是让亚瑟给她买新东西。问题是，克里斯汀买得越多，她就越难甩掉。她的衣服、杯具、陶瓷小物件、曼托瓦尼黑胶唱片，还有那可怕的电炉子都是她的迷你船锚，让她在这里扎根，无法动摇。她就像一个化粪池。

"船锚？"斯考特皮姆太太问道，她是我们可爱的老邻居。我来她这儿是为了让自己高兴起来（我经常这样做）。她总是忙着在一个巨大的焦糖色盆子里搅拌奶油霜，即使我现在已经正式"成年"了，还是希望她能把盆子和勺子给我，让我舔舔剩下的。

[①] 柯伊诺尔钻石，又称"光明之山"，产自印度的传奇钻石，重达191克拉。

不管我在外面有多么焦虑，总能在她这儿开心起来。我真不知道她为什么这么让人安心，我想下面这些因素应该都有贡献：

1. 她的衣服。她总是穿着让人冷静的颜色，比如褐红色、海军蓝、啤酒瓶绿或者天空蓝。她的羊毛开衫跟她的呢料百褶裙颜色刚好相配。她总是戴着绕脖子两圈的珍珠项链（我喜欢不变的规律）。

2. 她的慷慨。她永远会给我提供书、果酱、布朗商店的礼券，还有杂志（她管它们叫"期刊"）。她总能在合适的时候给我合适的书（凯瑟琳·曼斯菲尔德[1]、范妮·伯尼[2]、雅克·普莱维尔[3]）。不过她也有错得离谱的时候（比如她给我约翰·克莱兰[4]和他那"坚挺的警棍"）。

3. 她的房子。这房子就像小孩在简笔画中画的家，比例完美。书本和镶木地板组成漂亮的图案，家具古色古香，看上去就很昂贵。"王太后"[5]要是来约克郡拜访，就会住在这样的房子里。房子有一种平静而有秩序的超脱感。克里斯汀要是见到这房子，肯定立马就想用廉价的人造小玩意儿破坏这

---

[1] 凯瑟琳·曼斯菲尔德（1888—1923），短篇小说家，新西兰文学奠基人之一。
[2] 范妮·伯尼（1752—1840），英国小说家。
[3] 雅克·普莱维尔（1900—1977），法国诗人、歌唱家、编剧。
[4] 约翰·克莱兰（1709—1789），英国情色小说家。
[5] 指伊丽莎白王太后（1900—2002），英国国王乔治六世的妻子，现任英国女王伊丽莎白二世的母亲。

样的氛围。

4. 她的厨艺。真是美妙。她的烹饪技巧是另一个伊甸园，就像亚当·费斯变成美食的形态。

"哦，对，迷你船锚。克里斯汀的所有物件，"我解释说，"它们都像是迷你船锚。她不停地买新的，我有些担心她会永远不走了。"

斯考特皮姆太太依然在搅拌奶油霜。奶油霜在她手中发出好听的嘎吱声。"我懂了。这情况是很诡异。我得说，这是我没料到的。我还以为你爸爸头脑清醒呢。"几秒钟后，她停下了干活的手，抬头看我。她的双眼含着一种犀利的智慧，有些像金冠戴菊鸟；她的体型小巧轻盈，这让她更有些鸟的感觉。"他肯定很快就会振作起来，意识到自己陷入了什么泥潭。好了，你能帮我把茶巾递过来吗？"

我听斯考特皮姆太太讲话听一整天都不会累。她的元音发音就像她本人一样，如曲棍球球棍般纤细，又如哈罗德百货商场一般宏大。这村里的其他人说"巾"字都要发出两个摆动音，可她只需要一个音节。

她把茶巾折了三下，攒在手心里，用茶巾隔着打开了烤箱门。一股香甜的气味瞬间溢出。

"恐怕男人们都习惯性做傻事，亲爱的，你父亲也不例外。"她说着，从烤箱里取出什锦蛋糕，放在餐桌另一端的铁丝盘上凉凉，

"对男人来说,抵御一个年轻姑娘的魅力很难,即使这魅力本身有待商榷。"

有待商榷?对我来说,她的魅力真是太可疑了,基本只靠低胸装和保龄球一样的胸。

男人怎么会这么愚蠢呢?他们明明掌控着几乎一切,按理说他们应该很有智商,至少能看透大胸堆积的伪装。这种事就能让他们分散注意力,他们到底是怎么获得那么大权力的?

我的思绪被一声响亮的呐喊打断了。这是几百年来被打压、受够了单调乏味的女性发出的号叫吗?

不,这只是斯考特皮姆太太的狗赛迪发出的响亮嚎叫,它在表达它想从花园里进来的愿望,因为它想跟厨房窗子传出的食物香气来点更亲密的接触。它急躁得很,叫个不停,从通往花园露台的落地窗外看着斯考特皮姆太太。几条口水在它下巴上挂着,它一叫,口水就沾在了玻璃上。落地窗的下半部分看起来好像全是某只发了神经的蜘蛛织出的歪歪斜斜的网。(我一直惊讶于赛迪的口水量。我每次听到哪儿有旱灾了,就想起它的口水,心想我们可以把它送去救灾啊!)

斯考特皮姆太太打开落地窗,爪子踩在地上的声音宣告赛迪进入房内。它径直走向桌子,一路上留下口水的痕迹。它满怀期待地坐了下来,眼神在蛋糕和斯考特皮姆太太之间来回游走。"谁是我的好姑娘啊?"斯考特皮姆太太说着掰下一块儿蛋糕递给了赛迪。赛迪吃下蛋糕,弄得斯考特皮姆太太手上沾满了口水和蛋糕渣。斯考特皮姆太太拿起茶巾,擦掉了手上的口水(我想象维拉看到这场面会怎么想,光是想想就可怕)。

赛迪是一只英国赛特犬,它长长的嘴让我想起首相麦克米伦先生。要是没有那么多口水,它看起来就非常像一只贵族猎犬——实际上,它跟斯考特皮姆太太一样高贵。它最喜欢让人摸它的"小粉头"了(我说的是赛迪,不是斯考特皮姆太太)。它还经常四脚朝天躺着,摇尾巴求人摸它的肚子。

"我还以为克里斯汀这事会很快过去的。"斯考特皮姆太太说着,往一口锅里倒水。她把锅放在炉子上,再在里面放一个大玻璃碗。赛迪抬头看看,觉得平底锅里装水不如蛋糕有意思。"亲爱的,能帮我递一下巧克力吗?在橱柜中间那个门里。"她指了指我旁边的橱柜。我在橱柜里找巧克力的时候,斯考特皮姆太太叠好了茶巾,叹了口气。"当然了,你母亲要是还在,情况就完全不同了。"

它来了。那个巨大的、磅礴的、不公平的、永远悬于我做的所有事之上的"如果"。如果我妈妈还活着,一切都会非常不同。

我会了解香氛、手袋、波浪烫发。我会知道哪些颜色适合我。我会知道如何做香草蛋奶沙司和干酪酱通心粉,会知道如何为艺术家朋友们策划优雅的派对。我会知道,盯着一个老人跟一头牛的不雅行为不利于开车。我会知道如何让亚当·费斯娶我。我会知道哪个未来更适合我。我会知道如何把克里斯汀和她那些可怕的东西赶走。

我会知道一切。

只需一个如果。

*

我把巧克力递给了斯考特皮姆太太。她把巧克力掰成小块儿，丢进玻璃碗中。锅里的水烧着，玻璃碗轻柔地撞击着锅。

斯考特皮姆太太盯着玻璃碗。她看到的是什么呢？当然，我是说除了巧克力。

我想现在是个好机会，该跟斯考特皮姆太太说说家里消失的物件了。所以我给她讲了多功能煤气炉的事，还有大碗、轮椅、大帽子女士画像、象腿伞架，这些东西都消失了。无影无踪。它们都是克里斯汀抢夺生存空间（名词——某些人，比如纳粹德国，认为为了经济扩张有必要获取的更多空间）的受害者。

"哈。我明白了。"斯考特皮姆太太用木勺子搅一搅玻璃碗里的巧克力。我能听到水烧开的声音，可是巧克力看起来还很硬。"这就有点让人担忧了，亲爱的。"她边搅边说，还用金鱼般的大眼睛打量着房间，轻轻摇头，"听着，你不介意帮我看一会儿吧？我要上楼去拿点东西。"

我接过木勺和叮叮当当撞着锅的玻璃碗，斯考特皮姆太太走了出去。

我低头盯着巧克力碎，使劲戳了戳它们。玻璃碗内壁上有一些巧克力液，但大块儿的巧克力依然倔强地保持坚硬。我又戳了一下。戳巧克力能帮它们快速熔化吗？这样热量能不能传播得快一些？木勺能加速导热吗？我希望自己物理课上好好听了（这是物理还是化学课的题目？）。

我又戳了一次，然后狠狠再戳一次。

没用。

我有点被惹恼了。这巧克力怎么化得这么慢？烘焙这事可能不太适合我，我在心里把这一项从潜在工作中划掉了。我希望能在斯考特皮姆太太回来之前把巧克力熔化掉，所以我决定主动一些，往里面加点开水。这样应该能快点熔化。

水一碰到巧克力，计划就成功了——巧克力熔化了。哈！我是个烹饪天才。也许我确实应该做个烘焙师。

可是巧克力并没有变成丝滑的浆液，而是先变硬，很快变得黏黏的。我把巧克力往上拉，可是它已经变成了羊屁股上挂的那种东西。几秒种后，碗里只剩下一堆兔子屎蛋了。

"谢谢你，亲爱的。"斯考特皮姆太太回到了厨房，"有人帮忙的感觉真不错。"

我站在碗旁，微笑着，希望她没注意到这些鹅卵石一样的东西。

她向我走来，手里拿着什么东西。那是一本破烂的小书，几张折叠的纸夹在里面，露了出来。"我保管这个很久了。"她说着用双手把书递给我，好像它是什么珍贵的古董，"我想等到合适的时机再给你。现在是合适的时候了。"

我接过书，低头看了一眼。封面是黑色的，书脊是酒红色，封皮是硬的，但有一点皱，像橙子皮。书的正面有一块白色的方块儿，用细细的红线绣了简单的图案。上面写着"菜谱"，蓝色的墨水有些褪色。

"这是你母亲的菜谱，伊薇。"斯考特皮姆太太说，"她战时借给我的，我把它收起来，都快忘了，之后就一直放在那儿。"

我母亲的菜谱。我把它紧紧搂在怀里，这是来自另一个人生的信物，我搂着它，摸着它，试着想象母亲如装饰艺术风胡桃夹子般精致的手翻动着菜谱。

斯考特皮姆太太伸手调整了一下银发卡。"我无法忍受每天都在厨房看到它。"她盯着菜谱。她明明就在房间里，却给人一种在万里之外的感觉，"你母亲是个烹饪高手，非常厉害。她在巴黎上过烹饪课呢。"

什么？烹饪课？巴黎？为什么从没人告诉我她在巴黎上过烹饪课？这太时髦了，时髦到离谱，让我没法把这些跟农场、牛和亚瑟联系到一起。

我闻了闻菜谱的味道，它的气味让我想起秋天。我又闻了一次，吸了一大口气，吸得更深，享受它带着灰尘的气味。菜谱里纸的边缘已经变成棕色，有些报纸剪贴也变黄了。每一页都写满了字——我母亲的字——斜体的花体英文，一片蓝色墨水织成的美丽混乱。有些菜谱我认识，比如柠檬雪里白、恺撒沙拉、火腿小牛肉派。不过很多菜听起来像是来自另一个世界，比如芦笋冰、意大利细面条舒芙蕾、法式鱼羹。

"小心点,千万别让克里斯汀靠近它,亲爱的。"斯考特皮姆太太指着书说。

不过我听得心不在焉,因为我还在小心地翻看,把菜名念给自己听:诺曼底鳕鱼派、咖啡厅松饼、圣日耳曼浓汤。

奇妙的新世界啊,这些菜品可真厉害啊。

斯考特皮姆太太微笑着看我。我必须说点什么,可我完全不知该说什么。"这太好了,斯考特皮姆太太。"我尝试着说,"真的太好了。谢谢你。"我过去亲了一下她的脸颊,小心地避开赛迪(和它的口水)。菜谱立刻变成了我最珍贵的所有物,把两张亚当·费斯签名的粉丝俱乐部照片和我母亲的婚戒比下去了。菜谱跟婚戒不一样,因为它是鲜活的,每一行字都是生活的一瞬间。"我太喜欢了。它很美。太棒了。谢谢你。"

"没必要一直感谢我,亲爱的。它是你的。我只是保护着它,等到对的那一刻再交给你。我想,既然现在你遇到了克里斯汀整的这些糟心事,那我也该把菜谱物归原主了,你说是不是?"她奶奶般慈祥地捏了捏我的手。

*

我母亲是怎样的一个女人呢?

亚瑟几乎从不提起她。每次我试图问他任何问题,他都会沉默,仿佛消失在了他那忧郁的眼神后。其他人似乎在回避关于她的话题。他们看起来很不舒服，不知该说什么。

　　她去世的时候我六个月大，还是个肉嘟嘟的、咿呀学语的婴儿。当然了，我看过照片和亚瑟办公室里那张漂亮的画像，知道她的长相。画像是她十六岁时画的（跟我现在年龄相当），看起来很有魅力（这点跟我不像）。但是我不知道她是个怎样的人。实际上，我对她可以说一点也不了解。我只知道最基本的碎片信息，人们不断地把它们重复给我听（漂亮、善良、个儿高），这让她听起来像是一本烂书里的人物，而不是一个真实的人。我不像玛格丽特，她对自己母亲的一切了如指掌：她的腰围、她烦人的习惯、她最爱的歌。她还知道母亲的声音是怎样的，她母亲的声音就像空气一样永远存在，每天都在她身边，唱歌、喊叫、安慰她。我希望我也能记得我母亲的声音。有时候我会试着想象，可想出来的都是年轻的斯考特皮姆太太，或者《相见恨晚》里的西莉亚·约翰逊。

　　我母亲对我来说是个谜团，一幅美丽的拼图，可是很多拼图块都丢了。她幽默吗？开朗吗？聪明吗？她情绪化吗？爱使唤人吗？笨拙吗（我的笨拙总得是谁遗传给我的吧）？现在，我获得了她曾在巴黎上烹饪课这一信息，还知道了她会说法语。她还有什么我不知道的技能呢？她会滑雪吗？她会弹班卓琴吗？她会开飞机吗？

　　"哦，你母亲真的很厉害。"斯考特皮姆太太看着菜谱微笑，"她可是个宝藏。跟她相处很愉快。她还很美，跟你一样。"

她在餐桌旁坐下，用手托着下巴。

房间跟随着夏日的热空气膨胀收缩，我感觉非常重要的一刻就要到来了。

"我对她了解很少，斯考特皮姆太太。"我说，"我不知道她作为一个真实的人是什么样的。"

斯考特皮姆太太沉默了几秒钟，微微一笑，然后那些词就从她嘴里冒出来了，好像一本欢乐、幸福的词典：聪明、友善、温柔、明媚、精致、成熟、优雅、小资（这个词在我们所住的约克郡一角可并不常见）。对我来说，听到这些很美好，可同时又有些吓人。我不知道我这辈子能不能比得上我母亲，不论我多么努力。

我低头看看手里的菜谱。

"斯考特皮姆太太，你觉得我会成为什么样的女人呢？"我问道。

她用那双锐利得像鸟一样的眼睛看着我："你会成为独特的女人，伊薇。戴安娜只希望你做自己。"

一道光突然在房间里跳跃而过。我很喜欢听别人说我母亲的名字。这感觉就像她突然又活过来了，即使只有那一秒钟。我感受着她名字的那道金光在我全身迸发。

"如今的年轻姑娘们能做自己想做的任何事，早就该这样了。"她接着说，"现在不像你母亲跟我年轻时了。当时的人对我们的期望只有打扮漂亮、打网球。"她弯腰摸了摸赛迪（赛迪正忙着舔自己的"小粉头"），"那样不对，你们应该想做什么就做什么。想成为什么样的女人就成为什么样的女人。"

我不确定她这个建议对我有什么帮助。

"关于未来做什么,你有想法了吗,亲爱的?"斯考特皮姆太太掰下温暖的马德拉蛋糕一角,给了赛迪,"你考虑过什么职业吗?"

职业?哦,这听起来比工作可吓人多了。我怎么能做出职业决定呢?我还没有投票权呢,我也不能饮酒(合法饮酒),我还不能开车(合法开车)。实际上,根据法律规定,我现在能做的事少得可怜,大概只能上学、抽烟。

我告诉斯考特皮姆太太我毫无头绪,每几分钟就改一次主意。"太累人了。"我说,"我头都要晕了。我一觉得我有决定了,就会'砰'的一下,冒出来一个新想法。我现在挺想当空乘的,或者做兽医。"

赛迪抬头看看我,呜呜地哼了一声。

"我明白了。"斯考特皮姆太太听起来也不是很确定,"那你父亲怎么说?"

亚瑟话很少。可以这么说,他认为适合女人的职业选择范围非常有限。

"他觉得我应该嫁个农夫,当农妇。"我告诉斯考特皮姆太太。

"真的吗?"她竟在这三个字里藏了五六种不同含义的重量,所有意思层层嵌套,就像俄罗斯套娃,"那你对此有什么想法?"

"没什么想法。"我说。我跟她解释了,人们总爱告诉我他们认为我该做什么。我最好的朋友玛格丽特坚信我应该做老师。学校做职业指导的女士建议我去约克市委会做打字员，或是去迈克盖特街的某家大律所做前台。克里斯汀的母亲维拉认为我应该做护士或秘书（"秘书？"斯考特皮姆太太重复了这个词，她的念法依然是吞掉一个音节）。而克里斯汀本尊的职业规划似乎只包括紧身裙和勾引人的微笑，她觉得我应该做理发师或公交售票员。

斯考特皮姆太太用茶巾擦了擦手："嗯。好吧，你跟克里斯汀是完全不同的人。她对这个问题的观点我觉得你不用参考，亲爱的。"她拧干了茶巾，用它赶走了一只被蛋糕吸引来的大苍蝇，"其他人的观点你也不必太在意。要做自己，伊薇。只有这样你才会幸福。我会帮你的。"她把茶巾折起来，整齐地挂在烤炉门把手上。"你父亲也会帮你的。"

亚瑟？

亚瑟能不能靠得住，我可说不准。即使在克里斯汀出现之前，他也总是忙东忙西的（挤牛奶、给牛接生、放牛）。自从克里斯汀闯入我们的生活，他更是心不在焉的。他就像一只天鹅，表面上平静地在水面滑过，实际上却在水面下拼命踩水，拼尽全力让克里斯汀开心。他一开始的办法就是送花、去酒吧吃晚餐、多涂一些"老香料"牌须后水，可这些很快就进阶成了巴洛克式的夸张追求：去唐卡斯特看赛马；去哈罗盖特吃下午茶；去斯卡伯勒吃炸鱼薯条。因为克里斯汀，去约克市和利兹（不是他习惯的活动区）的各种零售场所已经成了亚瑟生活的重要部分。通常他要么是给她买了东西（手袋、曼陀瓦尼黑胶唱片、家庭装的巧克力），要么就是马上要给她买东西。让克里斯汀开心成了亚瑟的第二份全职工作。我觉得他已经没有多余的时间来帮我"做自己想做的女人"了。

我试着跟斯考特皮姆太太解释这一切，可这并不好解释。我说着说着就能感觉到她越来越不同意我的观点了。可怜的亚瑟。我感觉自己像是在学校打一个朋友的小报告。"现在看来，她可能永远不会走了。"我说。

"啊，那还真是糟糕。"斯考特皮姆太太摇着头。

"可不是嘛，太可怕了。实际上，斯考特皮姆太太，我要坦白一件事。"

"坦白？"她微笑着问，"你做了什么啊？"

"其实是克里斯汀的事。"

我停顿了一下，深吸一口气。

就这样说出来吧。

"之前她总在我家工作就已经够烦人了，"我说，"可现在她又搬了进来，情况更糟糕了。特别糟糕。她无处不在，不分日夜地唠叨。还带着她那糟糕的音乐品位和难看的杂物。"

斯考特皮姆太太龇了龇牙。

"我真的不喜欢她。"终于把这句话说出来了，我很开心。

"我懂了。"斯考特皮姆太太坐了下来，"可是啊，亲爱的伊薇，你父亲呢？他会看不出她的真面目吗？"

"啊，这个就难说了。"我解释道，"她这个人很狡猾的。前一分钟她还腻腻歪歪，装得很善良，又会眨眼假装对拖拉机感兴趣，还给他揉肩、用大笑回应他的冷笑话、夸他帅。后一分钟她就会突然臭脸，变得像个巨大的粉色女巫。一个巨大的、坏脾气的、爱使唤人的粉色女巫。我想她一定是对他施了魔咒。"我夸张地挥动双手，模仿施咒的样子，希望能看起来吓人一些，带来一点魔法的氛围。可我的吓人程度估计跟童话故事里的蒂吉·温克尔夫人①差不多。

"这是怎么回事呢，亲爱的？"斯考特皮姆太太说，我想她应该是看了我突然的业余魔法表演，一时迷糊（形容词——困惑、分心）了。

"我说克里斯汀很狡猾，斯考特皮姆太太。她有时候对他很差劲，可她只要对他有一点好，他就忘了她的差劲。就好像她用了什么魔法。"我又尝试了一次挥动指头施法，"可能是黑魔法，毕竟她吃那么多巧克力。"

斯考特皮姆太太没听懂我优秀的笑话。"哈。"她看看书架，"我觉得克里斯汀听起来像个红尘女子。"

我完全听不懂斯考特皮姆太太在说什么。克里斯汀可不红，她明明是粉色的。

"没错，红尘女子。"她重复了自己的话，站起来用油纸包起麦

---

① 蒂吉·温克尔夫人是英国插画家碧翠丝·波特创作的儿童绘本《蒂吉·温克尔夫人的故事》中的主人公，她是一名温柔善良的刺猬洗衣妇。

芽面包,"绝对没错。好了,亲爱的,我给你几样东西,你就能回家了。你应该有很多事要做。"她把麦芽面包和一块还热乎的布鲁姆面包塞进我手里,把我推出了门外。

我有种清晰的感觉,她是急着支开我。

*

我走在斯考特皮姆家的碎石路上,烤面包的香气像蜂蜜味儿的雾一样包裹着我。当然了,我急切地想看一眼我母亲的菜谱。它在我手中唱着歌、抖动、冒泡,我要用尽全身的耐心才能忍住不在斯考特皮姆家的花园里坐下,立刻开始翻看。

我朝着穿过我家田地的那条小溪走去。小溪有一处拐弯的地方,十分舒服,岸边还有垂柳和踏脚石。天气晴朗的时候,我经常去那儿坐着。原因如下:

1. 那儿通常安静且舒适
2. 我能把脚放进水里休息,让冰凉的水在我脚踝上滑过,假装我在某个漂亮又优雅的地方,比如圣特罗佩或者法利

我在绿草茵茵的岸边坐下,把脚放进小溪里,打开妈妈的菜谱。一打开,我就感觉自己置身于异域。法式炖锅、泡菜、香橙脆皮鸭胸、皮特凯思利薄饼、加泰罗尼亚鳕鱼沙拉、烤鲂鱼、法式漂浮之岛。我完全不知道这些是什么东西(我妈是不是从来没

吃过薯片、鸡蛋、豆子这类普通的食物?），但让我一头雾水的不光是菜名，菜谱本身也很令人困惑。大部分是用英语写的，但这英语我并不认识——有点像我们在学校学习的乔叟的诗，其中的意思我能猜个大概，但大部分内容绝对需要字典才能完全看懂（或者需要玛格丽特的帮助）。比如，一些简单的动词（切、融、倒）很易懂，但也有其他的（文火煮、盖肉、铰刀榨汁）需要比顿太太帮忙才能理解。里面还有好多法语，华丽地散落在文本中。有一些我能看懂（"pomme"是苹果、"pêche"是桃子、"petit pois"是豌豆），但很多词我完全看不懂（我不知道拿"bouillon"和"velouté"做什么，更不用说如何"buleter"面粉、"mortifer"兔子）。

然后，一道菜吸引了我的注意力：番茄锅。好吧，吸引我的并不是菜谱本身，而是我母亲在旁边加重的字迹——"超简晚"，下面还有一行"超级简单的晚餐!"（又一片关于我母亲的小小拼图到位了：她爱简写，爱用感叹号。）

这就对了。我喜欢一切超级简单的东西。我浏览了一遍菜谱，很高兴看到里面没有令人费解的文字。看起来，这道菜是这样做的：用橄榄油煎一个洋葱和一些蒜（我不是很确定，所有人都知道猪油才是用来煎食物的，橄榄油是用来涂耳朵的）；然后把一个番茄罐头放进锅里，再加上一些菠菜叶，慢炖十分钟；快炖好的时候打两颗鸡蛋进去，做成荷包蛋；然后撒一些奶酪（任何种类都可以），再把锅放进烤箱，待奶酪烤成棕色；配上法棍（一种尖尖的法式面包，经常出现在我们的教科书里——法国人总是在买法棍、吃法棍、丢法棍）上菜。

我的肚子咕噜叫了一声，于是我从斯考特皮姆太太依然在冒热气的麦芽面包上掰下来一块儿，塞进嘴里。这一页的最下面，我母亲用她那漂亮的花体字写下"来自戴尔芬，1936年，多维尔"，她还用简笔画画了一个戴着时髦帽子的女人。我不知道戴尔芬是谁，但我觉得我一定会喜欢她的。

我把书放下，又掰了一块儿面包。我把脚放在小溪里，躺在草坪上，大脑已经飞到了多维尔（虽然我不知道那地方在哪儿）。我感觉我好像瞥到了一个新的世界。一个新的未来。

第五章

1962年7月13日，周五

"你能踩踩油门吗，亲爱的亚瑟？我快要憋不住了。"

说话的是斯威森班克太太。她即将发生的肠道运动是过去五分钟车内的主要话题。我们路过斯科尔比的时候这个问题就出现了，那之后我们就一直听她直播点评。

我跟斯威森班克太太和维拉一起挤在亚瑟路虎的后排。我不知道哪一点更糟糕：瘦骨嶙峋的维拉骨头戳到我，还是斯威森班克太太像果冻一样无处安放的肉挤到我。亚瑟和克里斯汀坐在前排，很尊贵的样子，对我们的不适毫无察觉，离斯威森班克太太闹肚子的问题也有一定的安全距离。

"哦，赶快。快一点。"斯威森班克太太说。

克里斯汀扭过头来。她看起来不太开心。斯威森班克太太的肠道问题破坏了她的计划。我们在去贝弗利的皇家酒店吃晚餐的路上，或者用那家酒店的话，应该叫"晚宴"。听说我们去高档餐厅吃饭是为了庆祝什么好消息。克里斯汀想多找几个人分享这个好消息，路虎里能挤下几个人就坐几个，所以才请了斯威森班克太太。可是她现在显然后悔了。

"别催亚瑟了，朵莉丝。"她爆发了，"他开得很好。你不能试着……"克里斯汀犹豫了，看来她找不到合适的词语"……矜持一点吗？"

"矜持！"斯威森班克太太说，"你试试肚子里跳起孟买狐步舞的时候矜持一点。"

维拉向前靠了靠，从我身上跨过去，像一场等待爆发的骨头灾难。她握住斯威森班克太太的手，说："试着不要去想它，朵莉丝。想想别的事，你看看外面的风景。"她指了指车窗外。

这风景还真不能让人分心。我们在种田的乡下，只有一片片种满花椰菜的平坦田地。

"试着不去想它！"斯威森班克太太喊道，"维拉，金刚来了都不能让我不去想它。"她用一只手捂着肚子，另一只手搭在车门上。难听的咕噜声在车后座回响。"哦，这样不行。必须停车。"

"马上就到了，朵莉丝。"亚瑟说着，紧张地看了看后视镜。我在镜中看出他额头上冒出了汗珠。今天天气晴朗，通常这种天气会被归类为"阳光明媚"。但此刻，这天气怎么也算不上好。路虎车内像个大锅炉，而不像一辆车。克里斯汀禁止我们打开任何一扇车窗，因为她不希望她的头发被吹乱，到了皇家酒店时看起来像"在灌木丛里被人倒着拖过"。亚瑟用手背擦了擦额头，说："再有几分钟就到了。坚持一下。"

"想想酒店的厕所该有多好吧。"克里斯汀说，她这话更像是给维拉说的，而不是给斯威森班克太太，"我打赌，肯定特高级。"

"哦，对啊，我也觉得厕所会很好的。"维拉答道，"也不知道他们有定制毛巾吗，你懂的，那种绣字的。我能装包里拿走一条吗？"

"别管什么毛巾了。"斯威森班克太太喊道，"我们能不能别闲聊了，快点到酒店啊。噢。"

"那我们唱唱歌，帮你分散注意力吧，朵莉丝。"维拉说（我听着她倒是挺乐观）。

"我看起来像是军中鼓乐队的吗，维拉？"斯威森班克太太用双手捂着肚子说。

"哎呀，就是帮你分分心嘛。唱《漫漫长路到蒂珀雷里》怎么样？"

斯威森班克太太瞪了维拉一眼，克里斯汀看着这个眼神估计会为她骄傲的。"不如唱'亚瑟踩下油门，快点把我们送到酒店'！"

"亚瑟已经尽力了，朵莉丝。"克里斯汀吼道，她眼睛盯着路，铁了心决不回头看，"我的老天！又不是一切都以你为中心。"

这句话从克里斯汀嘴里说出来还真是有趣。

"再有一分钟就到了，朵莉丝。"亚瑟强装欢乐地吼道。

不过维拉并没有被斯威森班克太太翻腾的肚子打倒。维拉认为大合唱有用，那我们就必须大合唱。

"统治吧，不列颠尼亚！不列颠尼亚统辖海洋。"维拉唱了起来，双手还在面前挥动，好像在指挥哈雷乐团。

"不列颠人永不为奴!"车里的其他人也跟着唱起来。也许这一切都是医生给我开的彩色止痛药带来的糟糕幻觉。

很不幸,以下事实很快被坐实:

1. 这不是幻觉
2. 没有人会唱《统治吧,不列颠尼亚!》的主歌,我们都只会唱副歌

于是我们只能不断重复那几句歌词。

"统治吧,不列颠尼亚!不列颠尼亚统辖海洋。

"不列颠人永不为奴!

"统治吧,不列颠尼亚!不列颠尼亚统辖海洋。

"不列颠人永不为奴!"

(这一定就是地狱的样子吧。)

除了斯威森班克太太,所有人看起来都相当欢乐,维拉甚至拍起手来。我决定选择阻力最小的路——加入他们。希望亚当·费斯永远不要知道这件事。

"统治吧,不列颠尼亚!不列颠尼亚统辖海洋。

不列颠人永不为奴!"

斯威森班克太太半跟唱,半哼唧。我能感觉到她的肉在颤抖,因为她在努力憋。坐在她旁边简直就像被迫坐在间歇泉旁边,只

能在心里祈祷它不要喷发。

"统治吧,不列颠尼亚!不列颠尼亚统辖海洋。

"不列颠人永不为奴!"

我们拐了个弯,终于看到了皇家酒店的招牌。此刻的它简直是上天显灵。

"统治吧,不列颠尼亚!不列颠尼亚统辖海洋。

"不列颠人永不为奴!"

(还在用强装的欢乐声音唱歌的)亚瑟告诉斯威森班克太太,我们还有两个拍子就到酒店了。可能多的就是这一个拍子吧。一声低沉的低音从斯威森班克太太所坐的地方响起,好像有人在用低音大管演奏那两个拍子,紧接着是我听到过的最响的屁。我们唱得更大声了,同时还望向窗外,假装听不到屁声。斯威森班克太太的屁持续了很久,其间我们唱完了两遍《统治吧!不列颠尼亚》的副歌。这实在是令人惊叹。

车终于拐进了皇家酒店的车道,亚瑟加快速度冲向停车场,扬起了路上的砾石。斯威森班克太太已经脸色苍白。

亚瑟准备从酒店大门开进去,可他还没停稳,斯威森班克太太就冲出了车门。她庞大的身躯摇摇晃晃,就像大货车上装的一大堆桶快要掉下来一样。我从未见过她以这样的速度移动。"里面见!"她喊道,眼睛直勾勾盯着前方,她冲上楼梯,冲进了酒店。

终于,我们可以安静一下了。我觉得我需要移植一下耳朵了。

"好吧,"克里斯汀说,"有些人真是的。"她摇头咂舌。

"可怜的朵莉丝。"维拉说,"她总是容易闹肚子。"

亚瑟看着后视镜,微笑着问我还好吗。我点点头。我经历了斯威森班克太太的"德里闹肚子",基本毫发无伤地活了下来。他冲我眨了眨眼,然后扭头看克里斯汀和维拉。

"女士们,欢迎来到皇家酒店。准备好迎接高级的晚餐了吗?"

维拉故作妖娆地咯咯笑起来(这笑声简直是噩梦里传出来的),但克里斯汀已经打开了车门。她说:"来吧,我们进去。我可不想错过什么。"她双腿一晃,就从车里跳到了砾石路上,"我快饿死了。"

*

贝弗利皇家酒店的台阶比塞尔比·伯尼旅馆要多许多,这家旅馆是亚瑟通常庆祝的地方。从车道开始,一条壮观的柱廊(还有石狮子呢)指引客人走向一扇大双开门,两扇门都有华丽的铜制装饰(名词——增添美感和趣味的物品),品位优雅。门内是一个巨大的大理石地面门厅。里面没有假都铎门梁,也没有紫红色佩斯利地毯。这里一点也不像塞尔比·伯尼,更像是霍华德城堡。门两旁是我见过的最夸张的两盆插花,比我还要高,比斯威森班克太太还要宽。房间一边设置着一个豪华前台(上面又摆着花),前台站着一个得体至极的灰发女士。房间另一边有一个超大壁炉,还有一些壮观的椅子。门厅中央的楼梯先是直着向上,又往左拐、往右拐(怕你不知道该往哪边走)。门厅闻起来就很昂贵。亚瑟把我们带到这里来,他到底知道这是在做什么吗?

我们尽力表现得配得上周围环境。克里斯汀给了我们非常明确的指示,要穿得高级。亚瑟穿着海军蓝西装,看着还挺英俊。我习惯了看他穿衬衫打领带(领带一般是套头式的,约克郡的农夫大多都戴这种),但是看到他不穿棕色皮鞋还是有点奇怪。我没想到他打扮一下还挺精神。克里斯汀、维拉和斯威森班克太太戴着各种各样的配饰,看起来像是刚从百货商店服装目录里走出来。鞋子、帽子、手套都刻意配成同一种颜色,好像在一个大染缸里染了一下。对细节的注重也是做女人的一部分。(做女人的任务到底还有完吗?)

而我呢?我穿着绿色绢纱配红色波点,十分扎眼。我的蓬蓬裙是亚瑟去年给我买的。这是我第二次穿这条裙子。第一次是去玛格丽特的新年派对,我当时觉得自己像个好莱坞明星。可现在,漫长的七个月以后,我觉得这裙子让我看起来像棵圣诞树。

"我能帮您做什么吗,先生?"前台那个得体至极的灰发女士举止也像《蝴蝶梦》里的德文特太太一样友善。

"哦,我们预订了午餐。预订的名字是埃普沃思先生。"亚瑟说,"我们来得有点早,对不起。"

"没关系的,先生。"她答道,语气像是在跟屠夫家儿子说话,"桌子已经为您备好了。请从这边进餐厅,埃普沃思先生和太太(法语)?"克里斯汀听到别人用法语称呼她,开心得几乎像猫一样呼噜起来,而维拉却警惕起来。

"呃,"亚瑟左顾右盼,"实际上,我们还在等一个人。她一定马上就来。"

"哦,是在您之前进来的那位女士吧,先生?"我能从她的语气听出,斯威森班克太太的入场一定让人印象深刻。

"是的。"亚瑟看起来有些不好意思,"没错。"

紧接着是尴尬的沉默。

她低头看了看桌子,然后抬头对亚瑟微笑。

我们所有人都微笑着面面相觑。

笑着笑着,斯威森班克太太回来了,行动速度比我上次见到她时慢了不少。"哎,维拉。"她从大理石地面另一边喊道,"快过来看这儿的厕所。很好的。"

得体至极的灰发女士伸手示意我们餐厅的方向。"那我们就去您预订的桌子落座吧,先生。"她对亚瑟说。我们其他人拖着脚跟在她身后,已经有些泄了气。

*

餐厅居然比门厅还要豪华。桌子摆得很开,像是拼花地板海洋中一个个上浆的平整小岛。每张桌上都有大大的插花,好像一个国王在桌上统治全桌。落地窗外是铺满鹅卵石的露台,再往外则是任何板球队都会引以为傲的草坪。我们路过一张女王的大照片(谢天谢地,我们没有接着唱《统治吧!不列颠尼亚》),还有一张摆满各式各样银质宴会餐具的长桌。餐厅里的味道妙极了,混合着花香、肉香、柠檬香和钱的香气。

我们被带到了落地窗旁的一张圆桌边。目前为止，我们靠沉默保留了自尊，可是服务人员安排我们坐下，给我们分发了菜单之后，维拉就憋不住了。

"哈！我不知道前台那个'高级女士'以为自己是谁。你们看到她那个眼神了吗？"

"狗眼看人低。"斯威森班克太太说。

克里斯汀说："朵莉丝！这种地方的人就是这样的。人家这叫精致。"她把餐巾放在膝盖上抚平，"要记得，这可是非常高档的场所呢。"

高档场所？克里斯汀怎么突然间像个导游一样说话？

"反正我不喜欢她的态度。"维拉说，"看她打量朵莉丝的那副样子，好像自己从来没解手过似的。"

"是啊，我喊着找厕所的时候路过了前台，她就一副臭脸，往那儿一站，一点帮忙的意思都没有。"斯威森班克太太说着翻了个白眼，"谢天谢地遇到一个外国小伙儿，给我指了路。我还以为我要憋不住了呢。"

克里斯汀咂舌，瞪了斯威森班克太太一眼。

"行了，我们不是坐在这儿了吗？"亚瑟无比得意地说，"我们可以放松一下，好好享受了，对吧？"他微笑地看着克里斯汀。"你们都能来真好。"

他拿起自己的菜单。"你们想来点什么？别客气，这是庆祝餐。"他环视桌前的每个人,"想点的话,前菜、正餐、甜点都来也可以。"

庆祝?三个菜?我爸爸是个典型的抠门约克郡男人啊,他跑哪儿去了?我注意到克里斯汀沾沾自喜地看了看维拉,突然有种抓起桌上的插花打她的冲动。可我还是拿起了菜单。

这里的菜单不像伯尼旅馆的那样塑封起来,闪亮亮的。皇家酒店的菜单是在纸上手写的,纸非常厚,跟我们在学校用的那种不一样。菜单大部分内容是法语的。这在我们桌上引起了不小的反应。

我扫视菜单,用我的惯用伎俩——直接看布丁,享受这片刻的安静。

这安静的片刻十分短暂。

"这是什么?"维拉说,"我看他们给拿错菜单了吧。这全是外国话。我一个字也看不懂。"

"是法语,维拉,"亚瑟说,"这里很多食物是法国菜。"

"法国菜?"维拉说,"他们干吗要搞法国菜?我们可是在贝弗利。"

埋头看菜单的克里斯汀抬起头来。我能看到她额头上即将聚集起的皱纹(我太了解她皱眉的前兆了)。"这是家高级餐厅,妈妈。我告诉过你了。亚瑟专门带我们来高级地方的。"她扭头,冲亚瑟露出模仿简·曼斯菲尔德[①]的微笑,然后又继续看着维拉,

---

[①] 简·曼斯菲尔德(1933—1967),美国女演员,以性感美艳著称。

"法语不是让它显得更高级了吗？这里就是那种场所。"

我真不敢相信她又说了一次"场所"。她一会儿就该摸脖子上不存在的珍珠了。

斯威森班克太太则不顾法语的事，直接看价格了。"多少钱？"她大声喊道，"一道前菜就三英镑一便士！啊，亚瑟，你得贷款才付得起这一顿饭钱吧？你把脑袋撞坏了吧？"

"这是特别场合，朵莉丝。"克里斯汀干巴巴地说了一句，"我们想铺张一把。"

我可想象不到克里斯汀铺任何东西的样子。她绝对会让别人替她干活。实际上，她可能还会坐在要被"铺"的东西上碍事。

亚瑟现在的表情好像刚刚干了体力活儿。我不知道这是因为被一群女人包围的压力还是因为看到了骇人的价格。反正他看起来绝对不舒服。我冲他微微一笑，缓解他的焦虑，然后接着低头看菜单。

这菜单就像我母亲那本菜谱的浓缩版。我想象着她在巴黎品尝各种异域佳肴，一边小啜红酒，一边跟高雅的朋友们谈天。烤三文鱼慕斯面包、奶酪舒芙蕾、香橙烤鸭。外面的街上一定还有手风琴的声音。也许窗子里还能看到一瞥埃菲尔铁塔。

"呃，亚瑟。'拨——浪——艮——'是什么意思？"斯威森班克太太问道。

（光之城消失了，我又回到了贝弗利。）

"勃艮第炖牛肉，朵莉丝。这个很美味。"亚瑟答道，"戴安娜以前会做这个。"(我母亲的名字!在那一瞬间,房间里迸发了白色的强光)"口味浓郁。你肚子不舒服的话可能不适合吃。还是吃点清淡的吧。"

"是啊,外国的吃的得小心点。"维拉说,"特别油,还放好多大蒜。我们可不想回家路上再出问题,朵莉丝。"

"那是当然!"斯威森班克太太双手捂着肚子,扭头问亚瑟,"那拨——浪——艮到底是什么啊,亚瑟?"

亚瑟靠在椅背上。我觉得他是在享受这短暂的做语言专家的感觉。"这个嘛,最好的解释大概就是,它有点像炖牛肉。"

"炖牛肉?"斯威森班克太太说,"那直接写炖牛肉不就得了?"

"这是法语,朵莉丝。"克里斯汀说着,把自己的菜单放在了桌上,双臂抱胸,"这是法国炖牛肉。我们在法餐餐厅。我们可不是在什么里昂咖啡厅。"

斯威森班克太太无视了克里斯汀。"那拨艮弟大鸡是什么?"她问亚瑟。

"勃艮第鸡。"亚瑟答道,"就是炖鸡。"

我有些觉得英语破坏了食物的浪漫感。怪不得起个法国菜名就能多收钱。

"炖鸡?"斯威森班克太太说,"呃,我听着都挺好吃的。看来外国食物也没那么糟糕嘛,维拉。"

维拉看起来可不大信这话。如果菜单上有派和炸薯条,我就知道维拉要点什么了。

"所以'大鸡'就是鸡肉吗,亚瑟?"斯威森班克太太问。

"没错,朵莉丝。"亚瑟说,"真棒。这样下去,你很快就能跟戴高乐共进晚餐了。"他开玩笑地眨眨眼。我喜欢他这样的时候。

"好吧,这也没那么难嘛,法语什么的。"斯威森班克太太对自己很满意的样子,"不就是英语混一些奇怪的口音吗?有点像伯明翰英语。"

*

接下来的五分钟,亚瑟把菜单上的每道菜都念给我们听,还给我们解释。我完全不知道他居然对高级餐厅这么了解,不由得感到有些骄傲。维拉和斯威森班克太太显然被亚瑟对菜单的了解惊艳到了,听得特别仔细,好像他在解读《死海古卷》似的。克里斯汀只是坐在那儿,宣誓主权一样微笑着。

一位留着胡子的年长侍者来帮我们点餐。他戴着领结,看起来很精神,只是腰间系着一块儿白色桌布,有点像裙子(这一定又是什么法国传统,就像苏格兰的苏格兰格子裙)。

"先生、女士们,你们准备好点单了吗?"侍者环顾桌子,说道。他的法国口音赋予他一种威慑力,这是约克郡的农夫永远不可能拥有的。大家点点头,侍者先看向斯威森班克太太,手里的笔悬在写字板上,说:"女士?"克里斯汀和维拉好像都因为自己不是第一个被问到的而有些生气,斯威森班克太太则露出大大的微笑,立刻开始点菜。

"哦，好的。我要来一份芦笋做前菜。"

"好的，女士，谢谢。"侍者颔首说。"您呢，女士？"他对维拉说。

"我也要芦笋做前菜。"维拉说，她看斯威森班克太太用电话语音的声音点菜，决定用BBC节目串场词约克郡版声音来打败斯威森班克太太，"然后再来个大鸡基辅。"

侍者抬起头来，"女士，您说什么？"

"一只大鸡基辅，谢谢。"维拉又说了一遍。

侍者看起来被吓坏了。

"基辅鸡。"亚瑟解释道，微笑地看着侍者。

"啊，基辅鸡。"侍者重复道，显然是松了一口气，"明白了，女士。"他向维拉微微鞠躬，"谢谢。"

"大鸡不就是鸡的意思吗？"维拉不知在冲谁发火。

"是的，维拉。"亚瑟说，"但这只是部分意思。"

"哦，我真是搞不懂这些人的语言。"维拉明显发火了，"怪不得打仗时法国人被德国人踩在脚下。"

侍者的笔在写字板上多悬了一秒钟左右。然后他抬头，微笑，继续给我们其他人点菜。

*

"好了，"侍者离开后，亚瑟说，"感谢大家今天的到来。"

"是的。"克里斯汀看着维拉和斯威森班克太太说，"亚瑟和我已经计划了一阵子了,但要等伊薇出院、康复一些才能来。"

我觉得我住院可能给克里斯汀造成了很多个人烦恼。

"你确实带我们来了个高级地方啊,亚瑟。"斯威森班克太太说。

亚瑟咧嘴笑了。

"肯定得花不少钱吧?"她接着说。

"钱嘛,生不带来死不带去的,你说对吧,朵莉丝?"亚瑟答道。克里斯汀又瞪了斯威森班克太太一眼。

"贝弗利皇家酒店是个很特别的场所。"克里斯汀像是在读地方报纸上的广告,"我们带大家来这儿是为了分享一个好消息。"她看了看亚瑟,而他的微笑中突然多了一丝尴尬。她伸手拉起他的手。"你要讲几句吗,亚瑟?"

"要。"亚瑟说,"当然了。"他咳嗽一声(我觉得主要是想把手从克里斯汀手中抽出来)。他继续开口的时候,看起来好像想找个地洞钻进去。"呃,我接着刚刚的话说,你们都能来真好。这太棒了。真的太棒了。"

克里斯汀和维拉交换眼神,脸上的微笑得意的程度简直可以进《吉尼斯世界纪录》。

"你可能在想我们为什么要把大家大老远地拉来。这是因为我们要分享一个消息。"他看看我,我能看到他额头上沁出了汗珠,"一个非常好的消息。"

克里斯汀露出了她最标准的黑帮老大笑容,又伸手拉起了他的手。

"我们已经考虑了很久了,我们俩都觉得这是正确的决定。"他眨眨眼,"绝对是正确的决定。"我看到克里斯汀抓亚瑟的手抓得太紧,自己的指关节都发白了。"克里斯汀在我们家有一段时间了,这段时光很幸福,我希望伊薇能同意我的这个说法。"

所有人都扭头看我。我知道我应该以某种方式表示认同,于是我命令嘴微笑起来,但这并不容易(我觉得我可能丧失了对面部肌肉的控制)。为了转移注意力,我只能开始疯狂点头,对克里斯汀举起空杯。这似乎奏效了,大家都再次扭头看向亚瑟。

"总之呢,我不会长篇大论。"亚瑟说。

"……但我很高兴地宣布,"(我感觉口干舌燥)

"……克里斯汀和我,"(我感觉双手汗津津)

"要订婚了。"

什么?!

*

突然间,我飞在了空中,向下看。我看到自己坐在桌边,震惊得发抖,努力忍住眼泪。我看起来很困惑、难过。我身边的克里斯汀被维拉搂着,她们两人脸上都挂着得意的表情。维拉身旁的斯威森班克太太则紧张地看看亚瑟。亚瑟并没注意到她,因为他在盯着我,直勾勾地盯着我,眼里写满了希望和恐惧。

可怜的亚瑟。

克里斯汀是个霸道、拜金的坏女人，她将会以文艺复兴时期教皇的"仁慈"统治他。

我必须拯救他。

这个夏天会很忙。

插曲

1936 年 5 月 2 日

"真靓啊！"亚瑟·埃普沃思看着镜中的自己，暗自想道。他穿着约克郡 FC 球队队服外套，纠结于自己更像是人气偶像还是店里的假人模特。

"你这样子真精神，小伙子。"巴雷特先生说着走了过来，站在他身边，"也该名草有主了吧？"

"这个嘛，不太可能了。"亚瑟说着，扭头看着俱乐部经理，"我穿着这身总觉得自己很蠢。"

"只要你别在踢球时犯蠢就行，小伙子。"

两人都微笑了。

"好了。咱们出去吧。球队的巴士在外面等着呢。我们不能让约克郡最厉害的人为了你这样的小浑蛋在豪宅等一整晚啊。"

第二部　糟糕的魔法实验

她的双腿在她身后被甩了起来，越过肩膀，撞在了台阶上，又在她身下折叠。然后，她软塌塌的身体就像一袋沉重的煤炭，一节台阶一节台阶地摔了下来。

第六章

1962年7月14日，周六

这世界真奇怪，不是吗？比如风（我说的可不是斯威森班克太太的屁，是普通的风）。风是从哪儿来的呢？是哪儿有一个巨大的风扇每天都在吹新风吗？还是同一阵风永远吹来吹去呢？还有高跟鞋。它们真的会败坏道德吗？反正上周电视上有个男人这么说。还是说男人穿高跟鞋就不败坏风气了？海伦·夏皮罗[①]穿高跟鞋，可我不觉得她是个道德败坏的人。她也不危险。还有牛，你给它喂草，它就能产奶（倒也不是同一个口）。这是什么原理呢？为什么牛是棕色的，吃的草是绿色的，产的奶却是白色的呢？

我经常会陷入这种哲学思考。我的大脑就像一只幼年兔子：蹦蹦跳跳，有用不完的精力，但跳了半天，还在原地。

今天，我思考的主要内容是昨天发生的事。

订婚的事。

克里斯汀庆祝时用上了古罗马凯旋门的优雅和"低调"。吃每

[①] 海伦·夏皮罗（1946—　），英国歌手、演员。

道菜的时候,她都在订婚啊、婚礼啊地说个不停,一刻也没停过,也没人能阻挡她。她就像脚指甲真菌。

而我在早晨九点就走在了斯考特皮姆太太家的车道上。我知道她家里会有一杯茶和好吃的烘焙品等着我,还有一只愿意聆听的友好耳朵。好吧,是两只耳朵。算上赛迪的话,是四只。

车道铺着石子,每踩一步都能听到一声让人舒服的声音。我吸了一口气,闻到的不是斯考特皮姆太太做饭用的薰衣草膏,而是花园里密密麻麻的花床里无数花朵送来的香气。夏天的味道。

我突然听到一个女人的尖叫。

然后是一个男人的喊叫。

再接着是很多人边尖叫边喊。

这一瞬间,我警觉起来,可很快我又听到了像是一百把小提琴一同演奏夸张音乐的声音,就知道这是歌剧了。斯考特皮姆太太很爱歌剧。她经常在早晨听,还说歌剧能帮她为新的一天打起精神。我不是很相信。在我听来,歌剧就是交响乐配上人声喊叫。我要是歌剧里的人物,肯定会为自己的人身安全担忧,因为歌剧里的人被扔下高塔或是在斗牛场里被捅死的概率太高了。我还是接着听我的亚当·费斯吧。

我走近房子,喊声、尖叫声、交响乐都越来越响。斯考特皮姆太太的留声机大得像头牛。我嫉妒死了。我房间里有一台粉蓝色的移动丹塞特唱机,它跟斯考特皮姆太太的没法比。歌剧演员唱歌的声音本来就很大,巨大的留声机共鸣箱还能放大他们的声音。我很想把我的唱片拿来在斯考特皮姆太太的留声机上放一放。这么好的留声机应该放一放正经歌手的歌，那些歌手唱歌不是大喊大叫或哀哀戚戚。

我没打招呼就进了房内。斯考特皮姆太太坐在起居室里（为什么我们不能用在房间做的事命名所有房间呢？我就想要一个白日梦室，克里斯汀可以拥有自己的唠叨室）。斯考特皮姆太太的起居室跟她本人一样优雅，大气、轻盈。虽然大，但它给人的感觉很舒适。大壁炉上挂着一面有点起雾的镜子，它们占了几乎一整面墙。壁炉前是一张沙发和两把摆正的扶手椅，环绕着一张摆满杂志的小桌子。斯考特皮姆太太坐在沙发上，腿上摆着一本《广播时代》。她正在喝一杯看起来像雪莉酒的东西。赛迪卧在沙发另一端，它看起来不喜欢这些噪声。

斯考特皮姆太太抬头微笑着说了什么。我觉得她是在跟我打招呼，但我什么也听不到，因为音乐声太大了。

我喊着打招呼，问她怎么样。喊了三次。斯考特皮姆太太比了个优雅的手势，说了句什么，然后站起来去关掉唱机，音乐在一声喊叫中戛然而止。房间突然安静下来，只剩下沙发上赛迪摇尾巴的声音。"好了。"她说，"这下好多了。你怎么样啊？昨天的饭吃得如何？"

我们俩一起坐下，我给她讲了酒店、食物、得体至极的灰发女士。我给她讲了斯威森班克太太闹肚子的事和维拉不会法语闹笑话的事。我告诉她亚瑟打扮得很英俊，而我像棵圣诞树。我告诉她订婚的消息,还有克里斯汀那一副同盟国最高指挥官的样子。

"姑娘。"斯考特皮姆太太亮晶晶的眼睛眯了起来,"我就知道你遇到什么问题了。你的心情都写在脸上,我一眼就能看出,像看书一样容易。"

(我挺喜欢被比作一本书。我应该是一本先锋派法语书,俏皮又聪明,书里没有一个字母"M"或句号。或者我可以是一本北欧的书,风格凌厉,背景设定在一家自行车工厂,故事里有很多道德模糊的情节和直筒裙。其他人呢?他们要是书,会是什么样的书?亚瑟应该是《威斯登板球年鉴》,或者是一本历史书或传记。斯考特皮姆太太应该是一本世界名著,可能还是皮质封面的。玛格丽特绝对是百科全书——全套的。斯威森班克太太是一本厚重但不说废话的书,比如字典。维拉是一套有生命的宾果牌。克里斯汀呢?她是什么书?哥特风恐怖小说吧)

斯考特皮姆太太叹了口气:"不过我得说,我对你父亲非常失望。非常失望。"她站起身,又一次表示失望(半哼唧,半咂舌),然后向厨房走去,"我去帮你倒点茶,亲爱的。帮忙看一下赛迪,好吗?"

我在斯考特皮姆太太刚刚坐过的地方坐了下来。赛迪显然对新来的同伴毫无察觉。它刚刚把头埋在自己肚皮上,正在对着自己的下体疯狂打呼。我试着把它的头从那里掰开,但是它倔得很。它一向很倔强,还有使劲的技巧,就像一头在闻黑松露(名词——一种罕见的地下美食,要受过训练的猪来闻才能找到)的猪。最好还是不要管它了。我靠在沙发上放松,开始读《广播时代》,希望里面有亚当·费斯。

*

几分钟后,斯考特皮姆太太回来了,手里端着一个托盘。我正要站起来,把她刚刚坐的位置让给她,她却告诉我坐着吧。她在我旁边坐了下来,把赛迪挤开了一点。

"好了,亲爱的。"她说着把托盘放在我们面前的小桌子上,"我要跟你说一件非常重要的事,但我要你承诺不告诉任何人。"

哦,不。她不是要跟我谈性了吧?这我可受不了。玛格丽特的母亲几周前跟她就此长谈了一番,玛格丽特现在还是不敢跟她对视。(谈话的开头是关于玛格丽特"女性性征成熟"的详细解释,形式是一份工程报告;接下来是一段用心良苦的比喻,包含如何填充垫子、让垫子蓬松的正确技巧;最后是一大段"激情花蕾""生命液体"之类的东西。)

"哦,好吧。"我说,假装波澜不惊。

"很好。"斯考特皮姆太太用茶壶给我倒了些茶。她在瓷杯口上放了一个滤茶器,几片跑出来的叶子留在了里面。"这个话题有些尴尬,"她接着说,同时往茶杯里加了奶,把茶杯和茶盘放在了我面前,"我都不知道从何说起。"

啊,那肯定是性了。

"我想,我就从1936年说起吧,斯考特皮姆先生和我那时候想要个宝宝。"

（真希望我能像亚瑟一样躲在《约克郡邮报》后面。）

"那时我四十二岁，这个年纪生孩子其实很晚了。我们很早就想要孩子，但是因为各种原因，一直没成功。"她递给我一个盘子，盘子里只放了一片马德拉蛋糕，"我们差不多放弃了。我觉得爱德华比我更受打击。"

爱德华是斯考特皮姆太太的丈夫，他在战前就去世了，所以我从未见过他。但我知道他长什么样子，因为餐具柜上摆着很多他的照片。他漂亮的古董车还停在斯考特皮姆太太的车库里，没有人开，就像博物馆里的展品。

"反正，"斯考特皮姆太太接着说，"有一天，有人给我寄了一个小包裹，里面是几本书和一封来自我保姆的遗嘱执行人的信。可怜的汤普森保姆去世了，留给我两本书。我记得她当时七十六岁。这个年纪去世算是喜丧吧。她一直很健康的。"她看起来像是陷入了自己的思绪，被传送回了另一个年代，直到我喝茶的声音把她带回了1962年，"总之呢，其中一本书是我小时候她跟我一起在婴儿房里读的安徒生童话，里面的插画很漂亮，相当精美，有比亚兹莱[①]的感觉。"

我点点头，即使我完全不知道她在说什么。

"而另一本书，"她从托盘上拿起一本皮面的小书，"是一本约

[①] 奥伯利·比亚兹莱（1872—1898），英国著名插画家。

克郡魔法书。前几天你说克里斯汀和你父亲的事时,我就想到了这本书。你说什么她给他施了咒,黑魔法,对不对?"

约克郡魔法?黑魔法?我怀疑,这是雪莉酒魔法还差不多。

"汤普森保姆总是喜欢讲老约克郡的仙子、咒语、魔法。每个故事里都有巫术骗术。我们去散步的时候,她就会指给我看精灵树和被施了魔法的小溪,还不停地说空气中的精灵。当然了,这些在小时候的我听来,都非常吸引人。但我长大之后,有段时间觉得她是有点疯了。可怜的老太太。"斯考特皮姆太太低头看看书,把书在手里翻了个个儿,"当然了,我收到书的时候觉得这些都是胡扯,就把它们放在书架上,继续过自己的生活去了。"她把约克郡魔法书放在桌上,将刘海中的一缕白发拢到她头上的银色发卡后。"那天晚上,爱德华下班回家时看起来很烦躁。他一进门我就知道他不对劲。我当时就坐在这个沙发上。"她拍了拍我们坐的沙发,"边看书边喝雪莉酒。"

我努力不扭头去看斯考特皮姆太太面前的桌上摆的那半杯雪莉酒,而是问她斯考特皮姆先生到底有什么不对劲。

"爱德华是个记者,《约克郡邮报》的特派记者。那天西班牙将军发起了政变,他们国家很可能要发生内战了。编辑想派人去那儿,实地报道,所以他要爱德华去西班牙。他是报社当时少数几个没有孩子的记者之一,这样的安排似乎合理。他担心丢下我一个人,我怎么办。这就是他焦虑的原因。我本以为他害怕去战场,可是他从没谈过这点。"

我对这些毫不知情。记者！战地记者！西班牙！斯考特皮姆太太本来就是我们村里最有意思的人了，现在多了记者、西班牙内战的元素，她又多了一层光环。

我脑海里有百万个问题，最大的问题是，这一切到底跟魔法书有什么关系？不过我还是决定先问基本问题："斯考特皮姆先生后来怎么了？他去西班牙了吗？"

"他去了。他并没有选择。编辑要你去，你就得去。至少那个年代是那样的。"她停顿一下，喝了口雪莉酒。整个房子都安静无比，我能听到她咽下酒、舔嘴唇的声音。"起初的震惊褪去之后，他问了我的一天过得如何，我给他讲了汤普森保姆寄来的包裹，把书给他看。我们俩看着魔法书笑了好一会儿。爱德华是个彻头彻尾的理性主义者。就这样，一周后，他就走了。"

"所以他去了？去内战中的西班牙了？这太酷了。"

"对啊，大概是吧。我们那些年做过不少很酷的事。"

斯考特皮姆太太看看房间对面，叹了口气。我也往那边看，看到无数光点（或者，用克里斯汀的话说，那是灰尘）悬浮在大推拉窗透出的阳光柱中，每一粒尘埃都在以自己的随机路径飘浮。它们就像闪着光的小船，在寻找一个船坞。

我在想，斯考特皮姆太太之前为什么没跟我讲过她丈夫去西班牙内战和他做记者的事呢？我对他当然有所耳闻，我知道他的大学（杜伦大学）、他的第一条狗（巧克力色的拉布拉多）、他最爱的颜色（海军蓝，跟我一样）。可我知道得不多，只了解一些碎片信息（又是凌乱的拼图块）。可是话说回来，我们对他人能有多了解呢？我对玛格丽特和斯威森班克太太、克里斯汀了解多少？我对斯考特皮姆太太又了解多少呢？我说的是对一个人的了解，而不是浅层的信息，只知道对方是一个住在隔壁的可爱老太太，经常给我书看、给我蛋糕吃。

"亲爱的伊薇，你想再来点茶吗？"斯考特皮姆太太不看窗外了，而是盯着我看。我感觉不妙，我刚刚应该是做白日梦了。

"哦，好啊，谢谢，斯考特皮姆太太。我想再来点茶。"我把我的杯子递给她，靠在沙发靠背上，假装我一点也没走神，"斯考特皮姆先生写了很多关于战争的故事吗？他在西班牙待了很久吗？"

"他本来应该在那儿待到战争结束。"斯考特皮姆太太给我倒着茶说，"所有人都说这场战争几个月就要结束了，可仗打得很惨烈，越拖越久，打了三年多。太可怕了。"

"三年！那你们三年都没见面吗？"我现在不能用同样的眼光看《约克郡邮报》了。

"三年？"斯考特皮姆太太重复了一遍，她好像有点困惑，"什么？爱德华吗？不是，他没有待那么久，亲爱的。他只去了几个月。"赛迪把头靠在斯考特皮姆太太的大腿上，它口中流出一条口水，拉丝拉到了她的裙子上，"他提前回来了。他当时不得不回来，因为我要生宝宝了。"

我张大了嘴（希望我没有像赛迪一样口水拉丝）。

"你看起来很震惊啊，亲爱的。"斯考特皮姆太太说，她微笑着摸了摸赛迪的头。我发誓，我看到她的眼睛闪着光。

我很震惊，更摸不着头脑。我又满脑子问号了，它们像小石子一样撞来撞去。我问斯考特皮姆太太："发生了什么？一切还好吗？你没事吧？你没有失去宝宝吧？"

我本来没打算问最后一个问题，但还是脱口而出了。

"失去宝宝？没有，亲爱的。我没失去宝宝，我失去了我的丈夫。可怜的爱德华。"她说着，擦掉了裙子上赛迪的口水，"当然了，医生一确认，我就给他发了一封电报。他开心极了，直接联系编辑，获准请假回来了。他们派了另一个记者去。爱德华立刻踏上回家的路，一路小心穿过西班牙，又翻过比利牛斯山，经过法国、伦敦，到了国王十字车站。他就在那儿等一列带他回约克郡的火车，结果被一个开运煤卡车的醉汉给撞了。"她停了下来，呼了一大口气。可怜的斯考特皮姆太太（斯考特皮姆先生也可怜）。"这真是讽刺。我们都担心他去内战的西班牙有危险，到头来，他却在家门口因为一次该死的车祸死了。"

我不知该说什么，所以只说了我很抱歉，还用不同的方式说了好几遍。

斯考特皮姆太太握住了我的手。

"哦，那是很久以前的事了，亲爱的。"她说，"生活还会继续。生活总会继续的。还有，我现在有卡洛琳了。"

"卡洛琳？"

"对啊，卡洛琳。我女儿。我们的女儿。"

她女儿！一个人到底能有多少秘密呢？尤其是这样一个穿着粗花呢，听歌剧的善良老人。

"我都不知道你有个女儿，斯考特皮姆太太。"我说。

"亲爱的，一般人很少谈论自己的孩子。大家就是不习惯这样做，不是吗？反正她住在伦敦，在那儿有自己的生活。"

伦敦。

我嗅到一股光鲜、优雅的气息，飘荡在房间里。

"跟我来，我给你看样东西。"斯考特皮姆太太拉起我的手。她领我走过起居室的走廊，又上了楼梯。这让我很激动，因为我从来没去过斯考特皮姆太太家的楼上。这个家的楼下对我来说就像第二个家，但不知为何，楼上总让我觉得更加私密、隐蔽，好像是只能远观的。我们走着，斯考特皮姆太太给我讲起了她女儿。

她住在一个叫荷兰公园的地方，在切尔西工作，工作是"跟时尚有关的什么事"（斯考特皮姆太太的语气听起来像不太赞成这份工作）。她从寄宿学校毕业后就搬去了伦敦，开始上秘书课，但是"没上多久"（又是失望的语气）。她现在二十六岁。

她听起来好棒啊。

我们已经到了斯考特皮姆太太的卧室。我感觉自己像是个伊丽莎白时代的大使，被领着穿过一个又一个房间，进入女王的内室。斯考特皮姆太太坐在床边，示意我也在她身边坐下。

"来。这就是卡洛琳。"她说着，从床头柜上拿起一张大照片递给我。照片里的女人直勾勾看着镜头，在大笑。她很美。她穿着紧身七分裤和条纹 T 恤，一副大大的圆墨镜像束发带一样搭在她的头发上。她站在某个窄巷子里，周围商店林立、人来人往。

"她真美，斯考特皮姆太太。"我简直像在说废话一般地说着事实，"真的很美。"

"是啊，亲爱的，她的美貌是从爱德华那儿继承来的。他是个非常帅气的男人。"斯考特皮姆太太大笑着，"我母亲总说他是整个约克郡最帅气的男人。"

床头柜上还有更多卡洛琳的照片。她还是个宝宝的时候、穿着校服的时候、成年后穿着礼服魅力十足的时候。

"好了，我给你讲卡洛琳的故事是因为这本书。"她说着，摇了摇手中的约克郡魔法书，"爱德华那晚回来告诉我他要去西班牙，这个消息让我心里一震。我本来就知道我当时年纪大了，生宝宝的时机快要过去了，可是听说他要去战场让我突然有了清晰的危机感。我们得认命，两个人过一辈子。可是我不确定我有没有那个勇气。他在楼上换衣服时，我坐在沙发上思考这一切。我给爱德华看完那本书之后就把它放在一边，它还在那儿。我就开始翻。当然了，我觉得整本书都写满了可怕的胡言乱语，可我只是不想去想那天的事。"斯考特皮姆太太自顾自地笑了，"它的确分散了我的注意力。书里的内容太奇怪了。每一页最上面的题目都故弄玄虚：做这个的歌、做那个的歌。来，我给你看。"她随机打开了几页让我看，"来，这儿有个不错的例子。'让坏人变好的歌'。我觉得我们应该把这个送给麦克米兰先生，你说是不是？再看这个，

'吸干被戴绿帽男人怒气的歌'。当真吗？我看这个适合范利福德爵士，亲爱的。"她笑了笑，继续说，"你看是不是？全是胡言乱语。这本书太荒谬了，不过它至少让我暂时不去想西班牙和该死的战争。可我看着看着，看到了一样东西。我永远都不会忘掉那个题目——'给无子夫妇唱的歌'。我知道这是瞎扯，可我还是忍不住读了下去。"

斯考特皮姆太太停顿片刻，又开始翻手中的书。

"啊，找到了！快看。"她把书递给我，打开的那一页顶上用老式字体写着"给无子夫妇唱的歌"。

我低头一看，读了第一行字。"六片淫羊藿和两瓣肉豆蔻。"这歌写得可真烂。

"这是让人唱的歌吗，斯考特皮姆太太？"

"唱？当然不是了，亲爱的。这不是真的歌。出版这书的人这么写是为了神秘感。这些其实是配方和方法指南。"

"哦，我懂了。"我说，好像这一切突然说得通了似的（实际上并没有），"之后发生了什么？你试了这个配方吗？"

"是的，我试了。虽然我觉得那是浪费时间。可试一下又不会怎样。不过找到所有的配料并不简单。我隐隐约约记得我去捉了牡蛎，找了母猪胡子，反正是一些乱七八糟的东西。然后我把它们都放在一起，做了一个……呃，大概该叫魔药吧。之后的几天里，我每天早晨都喝了那可怕的东西，念了一些傻乎乎的歌谣。就这样，爱德华去西班牙了。我没有跟他说这事。他听了肯定会觉得我疯了。"

确实。

斯考特皮姆太太看了一眼书,把它放在床头柜上。

"几周后,我有点不舒服。"她接着说,"然后越来越严重,我不得不去看医生。他告诉我我怀孕了的时候,我都不敢相信。后面的故事你都知道了。我给爱德华发了电报,告诉他这个消息,他马上启程回来找我。然后他突然就去世了。"

就这样。

这太不公平了。正当一切都变好的时候,突然出现了悲剧(现在我明白斯考特皮姆太太为什么这么喜欢歌剧了)。

"哦,亲爱的,别哭啊。"斯考特皮姆太太看着我盈满泪水的眼睛,"没必要伤感。我告诉你这些只是因为我有了一个想法,一个帮你的想法。"她又拉起我的手,用大拇指摸着我的手指,"我生卡洛琳的时候年纪很大了,那个年纪生孩子是闻所未闻的事。而卡洛琳的诞生都要归功于那本傻乎乎的约克郡魔法书。"

"哦。所以书里的魔法能创造宝宝?"我问(这跟玛格丽特妈妈说的完全不一样啊)。

"啊,不是的。不是直接创造,亲爱的。"斯考特皮姆太太用犹豫的眼神看了看我,"但是这书肯定起了帮助作用。它就是奏效了。不知是魔法还是什么。肯定有神秘的东西起效了。你说克里斯汀用魔法勾引你可怜的父亲时,我就想到了它。"

"可是我只是在开玩笑啊,斯考特皮姆太太,"我说,"克里斯汀是这世上跟魔法最不沾边的人，我实在想不出比她更没有魔力的人了。她身上没有一丝神秘的感觉。我们家的旧吸尘器都比克里斯汀有魔力。我不是真觉得克里斯汀用魔法迷住了爸爸。我觉得她的方法更……单调，更……明显。"

"是啊，亲爱的。但你让我想起我可以再用这本书啊。我好多年没想起它了。我只是觉得它可能帮得上你。"

她用书敲了敲我的大腿。

"我根本想不起来这玩意儿去哪儿了，把房子翻了个底朝天才找到。最后我是在书房里一个书架上找到的，在爱德华的一些鸟类学书旁边。我仔细翻了一遍，找到了这个。"她把打开的书递给我，"我觉得这正是你需要的。"

我接过书，低头看。书页最上面用那难识别的老式花体字写着这个魔法的名字。

"揭开红尘女真面目的歌"。

我深吸一口气。"可是，斯考特皮姆太太……"

"我知道你在想什么，亲爱的。你觉得我就是个疯癫老太太。"

我确实是这么想的。

"但我是个凭空多了个二十六岁女儿的疯癫老太太。克里斯汀显然是个拜金女，典型的红尘女。而你父亲显然没能力管住自己，那我们就得帮他。而这个，"她用食指指了指书页，"就是我们帮他的方法。"

插曲

1936 年 5 月 2 日

亚瑟从未见过这样的场面,至少在现实生活中从未见过。

约克豪宅被灯光点亮,像是活了过来:大灯台、蜡烛架、镜子。还有各式各样的钻石。每个女人身上似乎都有钻石。整座房子都在闪光。

他们在舞厅里,这是一个位于一层的豪华大舞厅,整个一面墙是高至屋顶的落地窗。这是一年一度的赛季末盛典,这一天,市里给俱乐部办庆祝活动。球队成员站成一排,礼貌地微笑着听一段又一段演讲,受邀的达官显贵在下面观看。市长先生在说什么"约克郡最厉害的人",观众鼓掌;然后他开了一个玩笑,俱乐部经理巴雷特先生跟市长握手;又是一些笑话、鼓掌。这到底有没有完啊?亚瑟听到了自己的名字,队友拍了拍他的背。他红了脸,低头看着地板,接着,他的目光穿过为他鼓掌的人群和微笑的脸。

就在这时,他看到了她。她站在门旁,一边跟朋友说话,一边大笑。她是整个舞厅里个子最高的女人,穿着优雅的海军蓝礼服裙,这裙子衬得她像个电影明星。掌声停下后,演讲继续,她回头看到他在盯着她。她露出浅浅的微笑,扬起一边的眉毛,然后扭头接着跟朋友聊天。

这晚接下来的时间里,他都在盯着她看,尽力表现得不那么明显。有一两次,他甚至想办法接近了她,可以看到她的眼睛。她的眼睛深邃而闪亮,他觉得它们就像刚抛光过的皮革。

就这样,她来了。她站在他身边,微笑着,毫不羞怯。

"你难道不打算邀请我共舞吗?"

"抱歉?"

"我说,你不打算邀请我共舞吗?你都盯了我一整晚了,不跳舞不合适吧?"

她伸出手。

"我叫戴安娜。"

第七章

1962年7月14日，周六

这一天可真是奇怪，而且这才上午十点半。

斯考特皮姆太太确信魔法能帮亚瑟逃脱克里斯汀的"红尘女"纠缠。这个魔法配方要求让克里斯汀吃下两根刺猬毛、桦树的皮、一"仙女袋"的绣球花瓣，还有一颗她自己的扣子。那好吧。"揭开红尘女真面目的歌"里也有普通一些的原料（鸡蛋、黄油、橙子皮），所以只要你有一点分神（我经常走神），把它错当成《妇女家政》里的菜谱也是可能的。

斯考特皮姆太太把获取克里斯汀扣子的任务交给了我，她去弄其他的。我真不知道她要去哪儿找刺猬毛和一"仙女袋"的花瓣，但最重要的是，这个计划太疯狂了。不过我还是决定哄一哄斯考特皮姆太太，因为：

1. 她人太好了
2. 她做的蛋糕太好吃了

所以我现在回了家,假装在找扣子。我实际上是坐在厨房里读《夜色温柔》(这书对成年生活的描写实在不让人向往),同时吃着一袋加了盐的薯片。我等几个小时就会去说我找遍了克里斯汀的衣橱也没找到一个纽扣(克里斯汀是人造纤维女王,她绝对是那种在家都会穿用拉链和盘扣衣服的人)。希望到时候斯考特皮姆太太忙着吃午餐,不会太在意魔法,而且不会再去想那么奇怪的话题了。找不那么奇怪的话题并不难,咱们直说吧,任何其他话题都比它正常。

我刚看到小说写得好的一段(剧情回到了丽兹卡尔顿酒店的酒吧),就听到庭院里的石板上响起嗒嗒嗒的脚步声。是克里斯汀。她这霸道的脚步声,我在哪儿都能听得出来。在里维埃拉精英的陪伴下享受几个小时安静时光的计划还是泡汤了。

"又在埋头看书了?"她说着关上了身后的门,"你要小心点,老是低着头看书,哪天头耍掉下来的。"她走到餐桌旁,把包放在桌上。我考虑了一下要不要给她解释脖子和脊柱的生物关系,但还是决定算了。

"我快要看完这一章了,看完就出去。"我说,这话是个人就知道是"我不想理你"的意思。

"好吧,那刚好,我这不是正赶上你还没出去吗?"她拉出一把椅子,在我对面坐下,"我觉得我们两个要谈一谈。"

谈一谈。这三个字表面上没什么,但从克里斯汀嘴里说出来却让人觉得可以造成极强的毁灭。我把亚当·费斯书签夹在《夜色温柔》里,把书放在桌子上的薯片旁边,准备迎战。

好吧,谈一谈。

"是婚礼的事。"她开了口,靠在椅背上,双臂交叉,眼睛眯起。

(哦,婚礼啊。)

"或者说,是婚礼之后的事。"她接着说,试图笑里藏刀,可是做得不太像样。

"婚礼之后怎么了?"我问道,还得努力不被她的珊瑚粉羽毛耳环分散注意力。

"你爸爸跟我成为夫妻之后,我就是你的新妈妈了。"

"什么?"

"婚礼之后,我就是你的新妈妈了。"

"是我的后妈才对。"我纠正了她。

(我觉得要一开始就把这个概念说清楚。)

"就像灰姑娘童话里的那个。"我又补充了一下,免得她没听懂。

房间里的寂静持续了一会儿。

"妈妈。后妈。没什么区别嘛,是吧?"她的微笑变得比平时更尖酸了。她抓起一片我的薯片,狠狠咬下。"你爸很高兴我来帮你们,你知道的。他觉得你需要一个人给你女性方面的建议和指导,跟你谈女人的事情。"她微微一笑,"一个她说的话你会听的人。"

我吸了吸鼻子,拿起一片薯片。

"反正呢,"克里斯汀继续说,"我想跟你简单谈一下你继续上学这件事。我想说,这有什么意义呢?读书的事,他们又没有什么可教你的了,对不对?"她说着,拿起了《夜色温柔》,看了一眼封面。

"我不知道你读这种书是要干吗。"她说着,撇撇嘴,"为什么不读些正经书?比如《女性与美》或者《家庭主妇》。"

"那些不是书。"我指出她的问题。

"不是书?怎么不是书?它们不是用来读的吗?"她摇摇头,翻了个白眼,"人们又不是只看里面的图片。话说回来,这封面的图片真不怎么样。"她看着《夜色温柔》说,"一看就觉得无聊透顶。不过人家也说了,不该因为封面而小看一本书。"

(她说得当然不对。看书肯定是要看封面的,读过书的人都懂。)

她吸吸鼻子,随手把《夜色温柔》扔回餐桌。"听着,我来告诉你你想要什么。你想不再往自己脑子里塞那些傻乎乎的想法,开始思考怎么做点小生意。找些让你有的忙的事,能赚到不错工资的事,能让你独立一些的事——至少在把你嫁出去之前。"

"可是我已经有工作了。"我说,"我在挣钱啊。"

"工作!什么工作?"

"送奶啊。我送奶,爸爸给我钱。这叫资本主义。"我补充道,她肯定不喜欢我说什么"主义"。

克里斯汀倾身向前，整张脸皱了起来。

"我还以为那是没有工资的。"

"当然不是，我每周能拿七先令。"我告诉她，"你以为我哪儿来的钱买每周一刊的《旋律制造者》杂志、每月一张新黑胶和一双流行袜子？"

"我的天！"克里斯汀说，她此刻听起来像极了斯威森班克太太，"七先令？我们走着瞧吧。从你爸爸手里拿钱不叫挣钱。你得把什么继续上学的胡话都忘掉，去找一份正经工作。"

一份正经工作，或者说是职业，用斯考特皮姆太太的话说。这不是一个坏主意。我希望自己是一个独立女性，就像斯考特皮姆太太的女儿卡洛琳。我可以去光鲜的派对、电影首映礼，在高级酒吧跟朋友喝鸡尾酒。当然了，我想要一份职业。这很不错。我可以做医生、记者、律师。

"我帮你找了份工作，在莫琳的沙龙洗头。"克里斯汀说着，又吃了一片我的薯片，"她会让你在那儿当几周学徒，你要是还行，她就让你留下。先是每周四、周五两天加上周六半天上班。"

什么？！

"工资是四先令外加小费。不到三天的工作，这工资不错了。别把这个搞砸了。"她说着，戳了戳桌子，"我为了帮你搞到这份工作去她那儿消费了好多次，花了我不少钱呢。"

她向后一靠，叹了口气，开始看自己那猩红的指甲。

"可是我不想当理发师。"我告诉她。我了解我自己。射手座运气好，但没人想把自己的头发交给射手座让他们自由发挥。我们都比较笨拙，容易分神。让射手座用烫发膏或是烫发棒可不是什么好主意。

"我在那个沙龙待了好久才给你磨来这份工作。头发、手、脚。我全都做了。"她显然是不太高兴，"这可不容易，我跟你讲。你又不是这村里唯一一个想要这份工作的女孩。你就是这么感谢我的？一点感恩之心都没有。一点都没有。"她环顾厨房，在餐具柜和空椅子上寻找同情。

我想知道有没有人用菲茨杰拉德的小说当过杀人凶器（《夜色温柔》重量很趁手，绝对比《了不起的盖茨比》杀伤力大）。

"听着，小姑娘。"她用一根指甲猩红的手指指着我，"你必须要长大了。"

"我是一直在长大啊。"我告诉她。

"你的生活太轻松了。"她接着说。她在跟我说话，可同时又完全忽视了我的存在。"你知道我做过多少工作吗？我擦过地板、倒过酒、摘过水果、洗过窗户、打磨过铜器、装过鸡蛋、洗过鬼知道是什么的东西、喂过孩子、拔过鸡毛、服务过傻子、擦过屁股。我什么都干过，只是为了赚足够活下去、穿像样衣服的钱。"

（准确地说，她此刻穿着火腿粉的无袖克林普纶上衣。）

"你都不知道你的生活有多优越，小姑娘。你得开始自给自足了。别指望你爸爸一直养着你了。这太可笑了。"她靠着椅背，交叉双臂，把胳膊抵在她的胸下面，这样就挤出了像两条大转弯铁轨一样的乳沟,"你需要一份工作。你不许再说什么继续上学的瞎话。你需要习惯没有这该死的农场。"

什么?!

克里斯汀唠叨到一半突然停了下来,直勾勾盯着我。

"什么意思?什么叫习惯没有这该死的农场?"我问道,我看到克里斯汀不自在地在椅子上扭来扭去。

"听着,"她说着,抚平裙摆上不存在的褶皱,"我们不能继续住在这摇摇晃晃的老房子里了。这都1962年了。我们得与时俱进。这破地方像个博物馆。又黑又潮。你看看这破烂的老厨房。"

"这厨房有什么问题?"我问道,环视四周,"厨房里唯一的问题是你那糟糕的新炉子。"(克里斯汀最爱的焚化炉。)

"听着,我的新炉子是这里唯一一件不是古董的东西。"她说着站了起来,像是格拉纳达电视台上的知识竞赛参赛者一样,"把这地方拖进20世纪不是件容易的事。这厨房有什么问题?"她说,"你应该问的是,这厨房有什么地方没问题。你看看,所有东西都需要换新的,需要定制尺寸合适的家具、漂亮的富美家台面。这破旧的木头玩意儿早就该换了。你想想这得有多少细菌啊。"

(说实话,克里斯汀做饭做成那样,我哪里还有心思担心细菌?)

"还有卫生间。"她接着说,"我们得把它改造成现代的。要粉色的大组合柜,也许再加个角落浴缸。我们还需要一个吧台。还有定制地毯。这整座房子都像个马厩……"我已经听得心不在焉了,我还在消化克里斯汀说的要我习惯没有农场。

"可是我不明白,"我打断了她关于装修的长篇大论,"这些跟农场有什么关系?"

"你不明白吗?"她说,"这些都得直接拆掉。没必要这儿修一块儿那儿补一块儿的。不如直接把这房子推翻了,建新的。要漂亮、时尚的。"

"什么?把房子推翻?你不能这么做。"

"我们当然可以了。你不会以为我结婚后要住在这个破屋子里吧?"她瞥了一眼厨房,然后露出了参观下水道的表情,"而我不会允许你对我的做法指指点点。反正你很快就不在这儿了。你总不可能永远住家里。我可不想婚礼之后你还碍我事。"

"可是……"

"别跟我顶嘴。"克里斯汀吼道,"你总有聪明话要说。"

(这难道是什么坏事吗?人要是只能说聪明话的话,这世界该有多好啊。首先,在那个世界里,克里斯汀就该变哑巴了。我觉得那样世界每个角落都会变得清静许多。)

"你可以把你那恶心的定制地毯粘在你的角落浴缸里。"我大喊道。我知道这算不得聪明话,但我就是这么想的。我的脸都涨红了,我感觉可能要哭了。

克里斯汀盯着我,撇撇嘴,用手指敲着自己的腿。我能从她眼中看出,她脑子里的小齿轮在转啊转。"别哭。"她说,换了那种她想问亚瑟要东西时的声音,"房子会很高级的。你以后就知道了。会有所有现代化设施的。还有双层玻璃、中央暖气。都装修完了肯定特别舒服。"她现在听起来像个房产经纪人，"到时候我们就是全村人羡慕的对象了。我还想着要在房外搞个喷泉呢。"

她走过来把手搭在我肩上，可能是想安慰我，可是这只让我觉得不舒服。

亚瑟肯定对此毫不知情吧？而且我也不明白，盖新房为什么要我习惯没有农场。我们有一百英亩的地、一条小溪，还有数不清的谷仓。克里斯汀再夸张也不需要那么大的房子。

"听着，"她还在用她那伪装的善意语气，"你爸爸想自己告诉你，但我觉得还是让你早知道好。把这个房子推倒再建新房、装修要花一笔不小的钱。所以整个农场都要重建了，"她激动地摆着手，"农场要被卖给一个开发商了。他会把那儿建成一个崭新的住宅区。会很好的。"

她口中的"好"字好像自动加粗了。也许还加大了一号。

"他们会把整个住宅区最好的一块儿给我们，开发商要给我们建一座特别的房子，最大的一座，跟其他的都不一样。还带一个不小的花园、转弯的车道。"

农场上建住宅区？

那大冠欧螈怎么办？

牛呢？

我呢？

"但是你们不能这样。"我说，"你们不能卖掉农场。"

"我们当然可以了。"她发怒了,抽走了搭在我肩上的手,又换回了刚刚霸道的语气,"我们能拿到一栋全新的房子,还有很多钱。"她站起来走向厨房门,"都够去西班牙旅游了。去美国也行。我们能加入富豪一族。"

"烫头一族还差不多。"我说。

克里斯汀无视了我。

"我跟你爸爸就像……弗兰克·辛纳特拉和伊丽莎白·泰勒。"

信口开河。克里斯汀要是像伊丽莎白·泰勒,我还像理查德·伯顿呢。

"反正我要出门了。"她说着打开门,放进来一股夏日空气,"我可不能跟你在这儿聊一整天。我们有些人是有事做的。你可以再想想去沙龙为莫琳工作的事。"她使劲挤出一个微笑。"你得好好收拾自己,别再浪费时间了。找份工作对你有好处。上学嘛……你再上学能怎么样?我就问你。"

就这样,她走了,甩上了身后的门。

*

太可怕了。农场。农场房子。亚瑟。我真不敢相信情况能变得这么差。至少克里斯汀走了,我能享受片刻平静和安宁。只不过我还得听老爷钟嘀嘀嗒嗒、外面的牛哞哞叫。可怜的牛啊。它要是知道住宅区的消息,一定高兴不起来。

我完全不知道我应该做什么。突然间,《夜色温柔》和法属里维埃拉似乎没那么迷人了。我们不能卖掉农场。这样做不对。我感觉口干舌燥，于是起身去冰箱里拿蒲公英牛蒡水，给自己倒一杯。我喝着饮料，盯着墙上露出的那一片格格不入的鲜亮墙纸，这是因为我们被迫扔掉了那大大的老炉子，换上了克里斯汀（还好小一点的）电炉子。墙纸是彩色大花的，看起来温暖又友善。我用手指摸索着花朵的形状，跟随每一个花瓣、每一根茎秆的形状。我摸着摸着，突然有一种坐在地板上、靠在这鲜艳墙纸上的冲动，我想把下巴抵在膝盖上，就像小时候那样。

我想，我还没准备好做一个成年人。

成年人的世界太复杂、太混乱了。更不要说它有多不公、多残酷。实际上，目前为止，我经历的成年世界相当晦气（形容词——让人失望，没有好前景）。这跟我想象中太不一样了。

童话书和电视上都没有人告诉你成年生活的这一部分，没人告诉你你的生活要分崩离析，而你要被迫去做理发苦工，还要忍受邪恶继母和丑陋的喷泉。我开始觉得，如果能停止成年生活，变回一个小女孩，世界会简单得多。

变回亚瑟的小女孩。

我闭上眼睛，靠在鲜艳的鲜花墙纸上，许愿让它把我吸进去，带我去遥远的地方。

*

过了一会儿，我喝完了饮料，做白日梦去了巴黎一趟又回来了,于是我去了楼上。我需要一些好的建议。幸好有村里最好的两个人在等着我。

世故亚当和忧郁亚当。

我躺在床上盯着他们,像双杯冰激凌圣代一样可爱又迷人的亚当。

通常我一次只跟一个亚当说话(他们俩都喜欢吃醋),可今天我遇到了紧急事件,我需要他们两个。

"你必须阻止克里斯汀。"忧郁亚当深沉地说。

"你得赶紧做些什么,不然就太迟了。"世故亚当露出他那超级白的闪亮牙齿。

我坐了起来,试图将他们的话化成一个计划。

"必须有大动作。"忧郁亚当说。

"必须把老太太和约克郡魔法的魔力用起来。"世故亚当说。

他们对视一眼,然后一同看着我,异口同声地说:"必须去找纽扣了。"

插曲

1939 年 11 月 7 日

"来嘛,埃普沃思中尉。"戴安娜说着,歪头示意门,"你要是再不抱我过门槛,仗都要打完了。"

"呃。"亚瑟把怀中的新娘抱稳,"我恐怕遇到了点问题。钥匙在我的口袋里。而我的两只手现在都腾不开。"

戴安娜大笑起来。"我来帮你。"她说着，伸手去够亚瑟的口袋，"好啦！我们的钥匙（法语）！"她拿出了钥匙，晃一晃。

"哦，我太爱听你说法语了。"亚瑟说。

"我爱听你说英语。"戴安娜隐去了自己口音中贵气的元音发音，换上了她丈夫的约克郡口音，"好了，我们快把门打开。"她伸手用钥匙去够门。亚瑟微微屈膝，把怀里的珍贵爱人放低，好让她去够钥匙孔。戴安娜把钥匙向右一转，门打开了。

"那我们进去吧。"亚瑟喊着，紧紧抱住戴安娜，"一、二、三！"他大步跨过门槛，把妻子往胸前搂了搂，手指深深嵌进她优雅的呢子套装的褶皱里。

婚礼很简单，就在民政局，外面有一群其他情侣在排队，有些像赶集日的市集。因为要打仗，一大群人跟疯了一样赶着结婚。当然了，她父亲没来。她极尽所能劝他去，可他坚决反对这段婚姻。他从一开始就试图阻止这段恋情，搬出了戴安娜已故的母亲作借口，最后还取消了她的继承权。不过他还是给他们买了农场，他管它叫"一片小居住地"，这也算给他的女婿一点体面。

"这里面有点黑啊，是不是？"亚瑟说着，环顾房间。他坐在椅子上，戴安娜则侧坐在他腿上。她用双臂抱着他的肩膀。这椅子是房里唯一一件家具。它看着很旧，摇摇欲坠，不过两人都不在乎。今天是他们在新家的第一天，就连摇摇欲坠的旧椅子也是完美的。

"黑？哪里黑了？你真觉得黑？"戴安娜说，"我觉得挺舒服的。安心吧，我会把这里弄得很好的，亲爱的，你别担心。"

亚瑟露出了微笑。戴安娜的品位很好，这是让他爱上她的众多优点之一。她挑东西有眼光，总能把什么东西都打扮得刚刚好。他还觉得她有色彩感，比如她身上的衣服。她懂这些。这也是她流利使用的一种语言，就像法语一样。

"你看，那边那个位置刚好可以放一个烤炉。"戴安娜指着一面墙上的凹槽说，"炉子后面可以贴上漂亮的墙纸，整个厨房就敞亮起来了。有幸福感。"

"完美。"亚瑟说，"全部都你说了算。"

"我就知道你会这么说。"

"我们有些人很快就要忙着打希特勒了嘛。"

"那我们有些人还要忙着干其他的一切呢！"戴安娜边说边吻了新婚丈夫的额头。

亚瑟说："反正呢，我要挑挑你的刺。"

"哦，是吗？"戴安娜的话像水貂围巾一样将亚瑟勾住。

"当然了。你都跟帅气的新婚丈夫回家二十分钟了，还没给他泡一杯茶。"

"哦，埃普沃思先生，你可能没注意到，给你送糖的大货车还没到呢。"

她总爱拿他喝茶放糖多这件事调侃他。他第一次去她家做客时，跟她、她父亲一起坐在起居室里礼貌地聊天。戴安娜家的管家亨顿太太来问他们要不要来点茶。几分钟后,她端着托盘回来了,上面放着一个茶壶、一些套杯和各式各样的蛋糕。亨顿太太问亚瑟要不要放糖,他说:"七块儿,谢谢。"尴尬的沉默持续了片刻,最后是戴安娜抬头对亨顿太太说:"亨顿太太,我看我们可能需要换个大点的碗来装方糖了。"亚瑟的嗜糖习惯从此就成了他们之间的例行玩笑。

戴安娜将手穿过亚瑟的头发。"你知道我有多想给你泡茶的。"她说,"但是我们还得等搬运工来。他们不来,恐怕我们就只能在这儿等。没有茶,只有我。"她拨了拨他的刘海,然后用双臂抱住他。

*

前门响起一阵响亮的敲门声。

"他们来了!"戴安娜大喊,"快来。"她跑着穿过门廊,亚瑟紧随其后。

戴安娜打开门,惊讶地发现门口等待她的并不是戴着布帽的搬运工,而是一个瘦小的中年女士,穿着相当精干的红褐色呢子套装。

女士说:"哦,你好。我住在那边。"她指了指隔壁那座形似巧克力盒子的乔治亚风房子,"我是你们的邻居,罗莎蒙德·斯考特皮姆。你们今天可好?"

戴安娜跟这位女士结结实实握了个手。"您可好?我是戴安娜·埃普沃思。这位是我丈夫亚瑟。"

"这农场屋又有人住了真不错。"罗莎蒙德说,"它空了有一年多了。"

"是啊,这里面有点破旧了。"戴安娜说着,想起房里空着的房间和寒酸的装修,"但是这个位置很不错。我们两个都对它一见钟情。我很想邀请你进来,可是我们得等搬运工来。我们还一件家具都没有呢!"

"哦,没事的,我理解。我不想给你添麻烦,就是过来打个招呼,顺便给你送这个。"罗莎蒙德递过来一个藤编篮子,里面装满了小锅和鼓鼓的纸袋子,"这些能在乔迁完的前几天帮忙过渡一下。我知道搬进新家有多麻烦,再加上现在打仗,什么事都更难了。"

"哦,你真是太善良了。"戴安娜说,"我们的东西很快就到。这些实在不好收下。"

"不,你拿着吧。这根本不算什么。"罗莎蒙德说,"算是欢迎你们搬进村子的迎新礼吧。"

"你要是确定的话,我们就收了。"戴安娜说,"斯考特皮姆太太,你真的很善良。等我们这儿没这么乱七八糟了,你可一定要来坐坐。"

"那可太好了。"罗莎蒙德说,"另外,请叫我罗莎蒙德。"

"谢谢,罗莎蒙德。"戴安娜说,"那你也必须叫我戴安娜。"

*

"我跟你说啊,我有种直觉,我们在这儿会很幸福的。"戴安娜看着邻居沿车道走回家,对亚瑟说道,"我觉得这里会是我们未来很多年的家。"

"希望如此啊,亲爱的。"亚瑟把戴安娜拉进怀里。

戴安娜陷入亚瑟熟悉的温暖怀抱。"我希望我们能在这儿老去。"她接着说,"在这儿开派对、打网球、看着孙子孙女出生。就是在这儿幸福下去,在温暖的夏日阳光中安享晚年。"

第八章

1962年7月14日，周六

我要被粉色淹死了。窒息。勒死。缺氧。粉色、粉色、粉色，到处都是粉色。粉色床罩、粉色窗帘、粉色墙纸、粉色垫子。我仿佛被塞进了一个巨大的粉色水母里。

我在楼上克里斯汀的卧室里找纽扣。我一定是疯了。一颗纽扣怎么可能阻挡得了克里斯汀巨大的胸和她那敛财的手呢？

她的衣柜太大了，几大块实木架在圆形木脚撑上。这种笨重感让它像是来自另一个时代（新石器时代）。衣柜门上的雕花嵌板让我想起《纳尼亚传奇》里的衣柜，只是在克里斯汀的衣柜里，我没法拨开皮毛大衣发现秘密的纳尼亚世界，倒是更可能挤过一堆丙烯上衣，来到斯肯索普市令人眼花缭乱的宾果大厅。

克里斯汀要是知道我马上要把她的衣柜翻个底朝天，肯定得气死。她的卧室是严格的"禁忌"。我现在在做的事十分危险，跟马龙·白兰度的人生一样刺激。

好吧，开始吧。

衣柜门吱吱呀呀地打开，露出马卡龙色的奢靡派对。克里斯汀在颜色方面的品位就是集齐各种闪瞎眼的翻糖颜色。衣柜里塞满了衣服，一件挤着一件，争抢空气。几乎每一个衣架都不一样。有些是铁丝的，有些是塑料的，还有些裹着厚重的蕾丝、蝴蝶结装饰。所有衣架都以奇怪的角度戳出来。我看了就头疼。

我很好奇，我母亲的衣柜是什么样的呢？她的衣柜要是跟她的菜谱有任何相似之处，就一定很华贵。我想象着一排整洁的衣服，按照颜色顺序摆放，每两件衣服之间都有优雅的空隙。她用的应该是形状漂亮的木质衣架，整齐划一。她的衣柜会有清新的味道，就像春天，或是高档的蒙特卡罗俱乐部。

克里斯汀的衣柜一股樟脑球和草药卫生纸味儿。樟脑球有些摆在一些衣服上，有些在衣柜底部，压在杂物下面。衣柜里放着一大袋依莎牌卫生纸，这是克里斯汀最爱的卫生纸。这些东西散发的味道让我觉得走进了药房。怪不得克里斯汀要喷那么多薰衣草水。

我随机拿出一个衣架，拽出来的是一条黄色连衣裙，蛋羹色。裙子中间有一个大号蝴蝶结，让整条裙子看起来像是一份巨大的黄色礼物等待拆封（这个画面并不美好）。材质是闪光的、硬硬的、磨砂的——一半涤纶、一半钢丝绒。

这还挺有意思的。我又拿出一个衣架。上面挂着一条半月形的短裙，大小也快赶上月亮了。这颜色不好形容，最贴切的类比应该是真菌绿。它摆脱了衣柜里拥挤衣物的桎梏，裙摆就像水平版弹跳玩偶一样奓开了。

我实在无法拒绝诱惑。

我必须得试一试它。

在缠成一团的衬裙和爹开的裙摆之间找到放腿的地方并不容易，但最终，我还是把裙摆理清了，把裙子套在了我的紧身六分裤外。它似乎有一吨重，我觉得这裙子用的布料比我的所有衣服加起来还要多。我能感觉到自己的维度瞬间增加，下身沉沉的，但我还是小心翼翼地挪动到了粉色镜框的镜子前。

镜子里盯着我看的是另一个伊薇，她看起来像我们放在圣诞树顶上的那个精灵（只不过没有翅膀）。不同的衣服能让我们变成完全不同的人，这真是有趣。我会成为穿蓬蓬裙的那种女人吗？我真希望选择未来就像从衣柜里拿出衣服来试穿一样。你可以试一种未来，转个圈圈，看它是否合适。你还可以蹦蹦跳跳，然后再试另一个未来。可惜，选择未来似乎是一次性的，无法改变。你一旦有了决定，就得一辈子守着这个选择，即使你在这个未来中就像个小丑。

我艰难地脱掉裙子，过程中要不停地扭啊扭，做各种奇怪的姿势。脱下来后，我又拿出一个衣架。这次我中奖了。这是一条马卡龙粉色的短款高腰睡衣裙，还是半透明的，这是克里斯汀最爱的衣服之一（她喜欢在傍晚穿着它看电视，双腿在沙发上叉开，就像两条胖乎乎的面包），这条睡衣裙劣质的布料上布满了粉色丝绸小蝴蝶结，裙摆还点缀了一圈粉色皮毛。它奇迹般地同时做到了可笑至极又可怕得令人震惊。这样一看，克里斯汀穿上它应该很紧（胸部），她穿的过程大概就像把几个奶冻塞进信封里。

我把它套在了我的上衣外面，准备被自己刚刚获得的魅力（名词——迷人、诱惑的特质）惊艳一下。

很不幸，一个丝绸小蝴蝶结卡在了我上衣背后的拉链里，我只穿上了一半就被迫停止。一只胳膊还在外面，另一只却卡在了粉色的"爪子洞"里，还是弯曲着卡住的。我的头顶从裙子领口露出来，但是整个头却还在裙子里，于是我眼里的世界变得更粉了。我被困住了，困在一个半透明的粉色地狱里。我试图钻出来，可是越挣扎卡得越紧。我怕极了，怕把这纸一样薄的布料撕破，也怕被这样一直卡着，直到克里斯汀从约克市回来。

"叮咚。"

天哪。是门铃声！我小心地挪到窗边，被卡住的胳膊就像无头的雪纺雕塑。透过窗子，我在模糊的粉色中看到玛格丽特站在门前等。

"叮咚。叮咚。"

她又按了一次门铃，然后看看她的手表（像所有自律的人一样，她并没有什么耐心）。她只需要一瞬间（有可能会更快）就能把我从这睡裙里解放出来。我大喊着让她进来，可她显然什么也听不到。我试图打开窗子，但是我只有一只手能用，视力也严重受限。我看到她不耐烦地东张西望。我现在抓住了窗子把手，可是这卡扣生锈了，真不好抬起来。玛格丽特叹了口气，又看看手表，转身准备离开。

这太可怕了。我最后一次尝试打开窗子,它的卡扣"唰"的一下打开了,我也差点掉出窗去。

"玛格丽特!"我喊道,"回来!"

她抬头。"伊薇?是你吗?你在干吗?"她大喊道,语气里充满震惊(这是稀罕事),"你头上那是什么玩意儿?"

"先别管这个,"我喊道,"我被卡住了。你能过来帮我吗?"

"等一下。"我听到让人安心的声音,前门打开、关上,然后是玛格丽特朴素的鞋子上楼的声音。

*

"发生什么了?"她边走进房间边问,"你在干什么?你为什么穿着那粉红色的东西?你的头怎么了?你的胳膊又怎么了?"

玛格丽特总是这样。她就是个漏了的问题桶。

"我在翻克里斯汀的衣柜找扣子,试了几件衣服。然后我就被卡住了。"

"找扣子?"玛格丽特说,"你为什么要在克里斯汀的衣柜里找扣子?"跟玛格丽特相处就像是被困在一集永远也演不完的《我的工作是什么?》。我不能告诉她我找扣子的真正原因,玛格丽特是一个完全靠逻辑思考的人,我要是告诉她我找扣子是为了一个魔咒,她肯定会觉得我疯了(她这样想也合情合理)。

"先别管这个了。能麻烦你帮我把这个脱掉吗?我的胳膊都麻了。我看什么都是粉色的,搞得我头疼。"

"你为什么要在上衣外面再穿一件睡裙?"她边把我从蕾丝牢笼中释放出来,边盘问我。

"我就是想试一下,看看穿上什么样子。"玛格丽特经常问很多烦人的问题,但她的手很灵巧,从拉链里拽出丝绸蝴蝶结不在话下。没一会儿,我就被放出来了。我决定把刚听到的消息分享给她。也许她的超声波大脑能给我想出比魔法纽扣更靠谱的解决办法。

"克里斯汀给我找了一份工作,在莫琳的沙龙里洗头。"我告诉她,"她觉得我应该学一门手艺。"

"你不能去。你肯定是个糟糕的发型师,你太笨拙了。"

这话难听,但是没错(她太了解我了)。

"什么样的疯子才会给你一把剪刀,让你自由发挥啊?这人非得被你剪成尤·伯连纳[①]不可。"她补充道(我觉得这补刀完全没必要)。

"过去的几天太奇怪了。"我说。

我们在床上坐下,我给她讲过去几天发生的所有事。订婚、婚礼、农场房子、农场。

"什么?"我说完了,玛格丽特问道,"克里斯汀不能那么做。你不能让她任意妄为。那个可怕的老母牛。你必须阻止她。"在这闪光的一刻里,玛格丽特能成为我最好朋友的原因尽显无疑。

---

① 尤·伯连纳(1920—1985),美国导演、演员,以光头形象为人熟知。

"我需要做两件事。"我说,我的语气中有我心里都没有的坚定,"第一,我要想办法让克里斯汀滚出我们的生活。她对亚瑟和农场有兴趣完全是因为他能让她有源源不断的包包、去国外度假。"玛格丽特激动地点点头。"第二,我要帮亚瑟找个更好的人。"

(说真的,任何人都比克里斯汀好。)

"哦,我忘了一点。第三,我得找到一份事业,成为独立女性。"

玛格丽特震惊地瞪着我,好像我刚刚说的话是倒过来的似的。

"独立女性?事业?那你的考试呢?大学呢?你是想在莫琳的沙龙工作吗?想做洗头妹?还是洗头师来着?"她还是那么的书呆子,问个不停。

我说:"不,我不去莫琳的沙龙工作。但我要重新考虑上第六学级的事了。"玛格丽特被惊呆了。"我可以找份工作,穿铅笔裙、买辆车、去光鲜亮丽的场合。我可以做个摩登女性。"我接着说,努力说得精致一点,"就像娜塔莉·伍德和杰奎林·肯尼迪。"

"但是我不懂,"玛格丽特说,"你要做什么工作呢?"

当然了,我对此毫无头绪,只能说脑袋里冒出的第一个想法。

"我可以搬去伦敦,上秘书课,然后在时尚界工作。"

"什么?"玛格丽特说,她差点从床上掉下去,"搬去伦敦?上秘书课?在时尚界工作?你在说什么啊?别犯傻了。现实生活中没有人在时尚界工作。"

"卡洛琳就在时尚界工作。"我说,我很享受说她名字的感觉。

"卡洛琳?"玛格丽特问道,"卡洛琳是谁?"

我可以提卡洛琳吗?我想,斯考特皮姆太太没有说这些事是秘密,可它们又确实是秘密。好吧,是曾经是秘密。太迟了。盘问者玛格丽特已经要出招了。

"哪个卡洛琳?我认识吗?她是做什么的?她住哪儿?"

"她是斯考特皮姆太太的女儿,"我答道,"住在伦敦,做时尚工作。"

"可是斯考特皮姆太太没有女儿啊。"

"她有的。"

"她没有。"

"她有。"

"她没有。"

我感到这场争执要持续很久了。玛格丽特不擅长做错的那一方。

"卡洛琳就是斯考特皮姆太太的女儿。她上了寄宿学校,毕业后直接搬去了伦敦上秘书课,现在在时尚界工作。我不知道她具体是做什么的,斯考特皮姆太太可能都不太清楚。"

"哦,我明白了。"玛格丽特说。

(伊薇1:玛格丽特0。)

"真有意思。"她皱皱眉头,"这本子实在让人想不到!"

〔我一直觉得这个说法很奇怪。到底是怎么个原理?我想不通。其他跟"本"有关的说法都相当直白。"照着账本"非常明晰;

"在某人的记事本里形象好"是好事;订了两本简直是天堂(两本书啊!);订了三本才能超越两本(这样就凑成了三部曲,多好啊!① 就像《俄瑞斯忒亚》三部曲、《长袜子皮皮》三部曲)"账本平了"这个说法总让我想到骑自行车。"本子里所有的招数"我以前不懂,但现在斯考特皮姆太太给我看了她的约克郡魔法书,我就明白多了。]

"我也是第一次听说卡洛琳。"我说,"斯考特皮姆太太今天早晨才给我讲的。我不知道她以前为什么没提过卡洛琳。是很奇怪啊。"

我的意思是,这是好的那种奇怪,不是坏的那种。她一点也没有"坏的奇怪",更像是美好又美丽的奇怪,神秘、玄妙,充满生命和色彩。她就像约克大教堂那巨大的染色玻璃窗,还是在阳光洒进来的时候。

"卡洛琳·斯考特皮姆,"我自言自语地说,"这是一个会出现在高级派对的名字,跟演员、政客举杯畅谈。"

"还有外交官、贵族。"玛格丽特也加入了我的畅想。

"她肯定会穿上漂亮的裙子,戴着优雅的帽子。"我说着,把克里斯汀的粉色睡裙揉起来摆在我头上,"她还会喝香槟。"

"她也许还会用那种高级的烟嘴,"玛格丽特说着,假装手里有一支烟,"跟一个英俊的男人谈话。"

---

① "订了两本"是超额预订了一次;"订了三本"是超额预订了两次。——译者注

"对！或者跟他跳舞。"我抓起玛格丽特的双手,把她从床上拉起来跳舞。

"他是个法国将军。"玛格丽特大喊道,我们俩互相领着在房间里转圈,"深色的头发、深色的皮肤。"

"也可能是个赛车手。"我也大喊起来。

"也可能是画家。"

"也可能是歌手。"

"也可能是飞行员。"

"也可能是电影明星。"

"也可能是个勋爵。"

"也可能是个农民。"我喊着,我们俩一起瘫倒在床上,笑个不停。

"嘿!"玛格丽特说,"也许卡洛琳认识克里夫·理查德呢。这种派对听起来就像是他会去的。"克里夫·理查德是玛格丽特的梦中情人,她拥有他的每一张唱片,还有一个以他为主题的挂钟,甚至还有个印着他的蛋杯。我觉得如果克里夫·理查德向玛格丽特求婚,不让她做老师了,她可能会陷入存在危机。我不知道她看上他哪点了,他根本比不上亚当·费斯。

"他当然会去了。"我说,"还有海伦·撒比奥、佩图拉·克拉克、比利·弗里。就像《点唱机陪审团》和《六点零五特别节目》。全是明星。"

"上帝啊,那该有多好啊。"玛格丽特说着把克里斯汀的睡裙从我头上拿下来。

"来吧,"我说,"我们去我房间,听会儿音乐。现在家里没人,可以开最大音量。"我们把克里斯汀的衣服都放回衣柜里,边跳舞边唱《年轻真好》。

我们离开房间时,我把手伸进口袋里。在紧身裤的口袋中,安全地藏着一颗大大的圆形粉色纽扣,这是我从克里斯汀睡裙的背后拽下来的。

任务成功。

我紧紧握住扣子,突然有种想把它掏出来亲一下的冲动。

第九章

1962年7月14日，周六

这画面就像约克郡城市艺术画廊里荷兰风景油画中的场景。

一块树皮里面朝上摆在桌上，旁边是两朵蓬松的绣球花。桌上还有一个鸡蛋、一袋揉皱了的面粉、一瓶打开的君度橙酒。右边摆着一个银质的盐瓶和一个装着碎橙子皮的雕花玻璃碗。两根刺猬毛不起眼地摆在白色瓷盘上。一块儿金色的黄油摆在一张油纸上。桌子旁坐着一只贵气的猎犬，它的眼睛死死盯着黄油。它嘴上还挂着一条闪光的口水，差点要碰到地板了，形似古老的钟乳石。它是狗中极品，壮观、骄傲、饥饿。

接着，房间里弥漫起一种西蓝花腐烂的气味。

"哦，赛迪。我的老天啊。"斯考特皮姆太太用手在鼻子前扇着，"怎么又来了？"

赛迪对这气味儿免疫，它依然盯着黄油。斯考特皮姆太太去打开了窗子。

"好了，这下好多了。"斯考特皮姆太太说着，又甩着她的茶巾驱散气味。接着她转头对我说，"你的任务完成得怎么样，亲爱的？扣子拿到了吗？"

"你看！"我说着，把口袋里的扣子掏出来。整个下午，它都安全躺在我的口袋里。我伴着亚当·费斯和克里夫·理查德的歌边唱边跳的时候，它就跟着我一起摆动。玛格丽特要是知道她跟这个马上就要被施魔法的纽扣一起跳了一下午的舞，肯定会再提一箩筐问题的。最好还是守住这个秘密吧。

"做得好，亲爱的。"斯考特皮姆太太说。她接过扣子，仔细看了一眼，"哈，这扣子怪大的，还这么粉。你是从哪儿找到的？"

我不是很确定斯考特皮姆太太能承受得了那件蕾丝睡裙。她睡觉时肯定也得穿件什么，可我就是无法想象她穿短裙套装之外的东西。也许卡洛琳会从伦敦给她寄来丝绸睡衣。更现实的可能是，她穿的是约克市布朗百货商场买来的法兰绒睡衣。

"我从克里斯汀的一条睡裙上弄下来的，"我告诉她，"它已经快掉了，就一根松垮的线连着，她应该会以为它只是掉了吧。"

"做得好，亲爱的。"她又说了一遍，把扣子递回给我，"不过说实话，我还以为你会找小一点的呢。就是那种，精致小巧一点的。"

（精致小巧？斯考特皮姆太太显然并不了解克里斯汀和她的穿衣风格。）

"不过我们还是可以把它弄碎的。"她接着说，"弄成小块儿。亲爱的伊薇，我们可不想把她噎死！"

哦，她要是噎死可就坏了，不是吗？

斯考特皮姆太太在桌子一头忙活起来，用她那巨大的搅拌碗搅和面粉、黄油。我则在桌子另一头坐下，摆弄一套深绿色的杵和臼。

我把扣子放在光滑的臼底。它掉进去时发出一声清脆的"叮"声。我用左手握稳臼，右手举起杵。我是伊薇，厨房女王，纽扣毁灭者。

我要开始了。

杵一碰到扣子，扣子就从臼的一边蹦了出去，飞速穿过整个厨房，直到撞到了窗户（叮！）。接着，它又弹了回来，直朝赛迪的方向飞去，打到了它的后脑勺。

赛迪叫了一声，转身开始追扣子。

"别让赛迪拿到扣子，亲爱的！"斯考特皮姆太太喊道，"它一拿到就不会放开了！"

扣子滚到了桌下，赛迪也紧随其后。我飞奔到桌子另一边，想赶在赛迪之前接住扣子，可我还是晚了。赛迪用爪子按住了扣子，把它吞进了嘴里。

"赛迪！"斯考特皮姆太太喊着，赛迪已经战术性钻到了餐桌下面，开始咬克里斯汀的扣子。"过来。把扣子给我。"赛迪没有动，它对自己的新玩具相当满意，很享受这美味的粉色。

"抱歉，斯考特皮姆太太。"我垂头丧气地说。

"不，没事，亲爱的。别担心。这玩意儿它吃不掉，太大了。只是它进了赛迪的嘴，我不想去想它还得进克里斯汀的蛋糕。这不太卫生。"

可不。

是不太卫生哦。

真是可惜哪。

"我们需要给它好好洗一洗。"斯考特皮姆太太说。

是啊。

当然了。

要好好洗一洗。

"我来吧。"我假装并没有那么期待,"赛迪能拿到扣子是我的错。"

斯考特皮姆太太在把赛迪从桌子下面哄出来,我觉得她并没有在认真听我说话。

"我的老天啊,赛迪。"她说,"快过来。"她抓住赛迪的屁股,把它拽了过来。"行了,你把不把扣子给我?"她问道,把赛迪的嘴掰开,从还吊着口水的嘴里拉出了扣子(斯考特皮姆太太要是做牙医,应该会很可怕)。

"给你,亲爱的。"她把扣子递给我,"你介意好好洗一洗它吗?"

"当然不介意。"我说,"别担心,我保证把它洗得干干净净再让它进克里斯汀的蛋糕。"

我走到水池边,把水龙头打开,在下面用空手接水。沾满口水的扣子在我的另一只手里,丝毫没有沾到水。我把扣子在紧身裤上稍微擦了一下，然后还给了斯考特皮姆太太。

"来了。干干净净。"

"谢谢你，亲爱的。你帮了大忙。"

（我真是个邪恶的独生女！）

"但是我们还得把它弄碎。"她又把扣子递回给我，"我们要是就这样把它放进蛋糕里，也太明显了，是不是？"

哦，对了。我都忘了。为什么我的大脑总是以超高速运转，却从来无法完成任何任务？真希望我是那种有定力的人。比如玛格丽特，或者肯尼迪总统。

"你顺便把这些也弄碎吧。"斯考特皮姆太太把放着两根刺猬毛的瓷盘递给我。它们看起来就像迷你的矛，或者一对儿非常时髦的现代耳环（我们村里这两样东西都不多）。

我低头看看臼。里面放着一颗粉色大扣子和两根刺猬毛。这可算不上高级烹饪食材。我妈妈要是看到这些，会怎么想呢？我想她的臼应该装满了美味的食材，比如新鲜的香料、异域的油。或者，至少是能吃的东西，让人一眼能看出是食物的那种。

"你还好吗，亲爱的伊薇？"

还在搅拌食材的斯考特皮姆太太抬起头来，直勾勾地盯着我。

"抱歉，斯考特皮姆太太。我又做白日梦了。"

"别担心，亲爱的，这没什么。我一直觉得做白日梦对灵魂有好处。"

真的吗？这么说，我的灵魂应该壮如雄狮了。我把杵捣在臼上时,感觉自己可以发出狮吼。

*

接下来的几分钟里,我捣啊,戳啊,一边狮吼一边做白日梦。臼里只剩下一堆粉色和灰棕色的碎屑了。

"好了。"我说着,把它们递给了斯考特皮姆太太。

"做得真棒,伊薇。你妈妈肯定会为你自豪的。"

闪着光的星星开始在房间里飞来飞去。

"请帮我递一下那只碗,好吗?"她指着桌台上另一只搅拌碗,"我们需要把食材分成几份,保证只有克里斯汀的蛋糕里有魔法原料。我们可不想让你爸爸吃到克里斯汀的扣子,对不对?"

确实,这可不能发生。

我把碗递给斯考特皮姆太太,看着她把蛋糕原料分出一份,放进新的碗里。

"准备好了吗?"她说着举起臼,"许个愿吧。"她把臼里的东西倒进了碗里,蛋糕糊被脏粉色碎屑覆盖。我作了弊,许了两个愿。

1. 让克里斯汀从亚瑟的生活中消失(这个显而易见)
2. 跟亚当·费斯来一次自驾游(最好是去有山的地方,还要有一条小溪、很多让他给我唱情歌的地方)

斯考特皮姆太太以联合收割机的力度不停地搅拌蛋糕糊。几秒钟后，扣子和刺猬毛的碎屑就消失在里面。她可能是个炼金术师，能把贱金属（一颗恶心的粉色扣子）变成金子（一块儿魔法扣子蛋糕）。

"好了。"斯考特皮姆太太把碗放下，用茶巾擦了擦额头，"马上就做好了。"她把加了魔法原料的蛋糕糊用勺子倒进一个烤盘里，然后把没有魔法原料的蛋糕糊倒进另一个烤盘，"这样就行了。只剩下请她吃了。"她把两个烤盘都放进烤炉里，"该来一杯雪莉酒了。"

"揭开红尘女真面目的歌"比我想象中容易得多。烹饪本来就很难了，烘焙更是难上加难，所以我以为魔法烘焙会跟走迷宫一样难（更不用说还要念咒语了），可是斯考特皮姆太太的魔法蛋糕似乎只需要大量的黄油、糖和君度橙酒。以下是这款蛋糕的原料（正常版）：

3 盎司[①] 普通面粉

1 盎司小麦粉（斯考特皮姆太太说这是《圣经》里的面粉）

4 盎司黄油（有盐）

4 盎司绵白糖

2 颗鸡蛋

2 匙君度橙酒（再给厨师倒一些）

[①] 英美制重量单位，1 盎司等于 1/16 磅，合 28.3495 克。

2 匙发酵粉

1 大坨果酱

一些橙子皮

一点点盐

魔法原料如下（非正常版）：

1 颗扣子（粉色，不过任何颜色都可以）

2 根刺猬毛

一些桦树的皮（而且需要在清晨采摘，我认识的一些女巫可不喜欢清晨）

一"仙女袋"的绣球花瓣

面粉、盐、发酵粉都放在一个大碗里拌匀了。然后另取一个碗（烘焙似乎需要洗很多碗），把黄油、糖不停地搅拌。等黄油看起来软糯轻盈到底的时候（这得好一会儿），加入鸡蛋（一次加一个），然后加果酱、橙子皮和一些君度橙酒（不停地折叠、敲打）。然后（如果你还没完全累坏）将干原料（面粉之类的）加入湿原料碗（黄油之类的），再搅拌。不要吃蛋糕糊（这是目前为止最难的一步）。接下来就是魔法的部分了。把扣子、刺猬毛、树干磨碎，把两个花骨朵切成小块儿，全部扔进碗里。最后再搅拌一次——成功！这样你就拥有了有魔法的蛋糕糊，等待揭露红尘女子的真面目（烤好之后再淋上一些君度橙酒，当然了）。

*

"我想你一直在等这一刻。"斯考特皮姆太太说着,把没有魔法原料的碗递给了我。碗里还有剩下的蛋糕糊,不规则地一层一层挂在碗上。"你跟你妈妈真的很像,你知道吧。"她接着说。我用手指把美味的蛋糕糊都刮下来。"她也是特爱吃甜食。"

"真的吗?"又一块关于母亲的拼图找到了。精致、说法语、善良、喜欢牛、聪明,我现在又知道了她爱吃甜食。她听起来真美好。

"卡洛琳喜欢吃甜食吗?"我问道。斯考特皮姆太太肯定是爱吃的。她的家简直是烘焙天堂。斯考特皮姆太太喜欢吃甜食,是不是意味着卡洛琳也喜欢呢?母女之间就是这样的吗?

"卡洛琳?哦,喜欢。至少我觉得她喜欢。我以前会让贝蒂斯家店每学期给她送一盒甜点。她现在好像也没有变。"斯考特皮姆太太把茶巾叠好,在餐桌旁坐下,"据我所知,她在伦敦的时间大部分都在意大利咖啡馆和烘焙店里度过。"

卡洛琳肯定很厉害。她听起来像是奥黛丽·赫本跟简·方达的混合体,还有一些像《五伙伴历险记》里的乔治①。

"卡洛琳跟你像吗,斯考特皮姆太太?"我在她身边坐下。

"像我?不像。不完全像。要我说,她更像爱德华。他们都

---

① 《五伙伴历险记》,又名《世界第一少年侦探团》,英国经典儿童读物。乔治是"五伙伴"当中的一个女孩,性格偏中性。

有红发、棕色眼睛。对了，她的高个子也是从爱德华那儿继承来的。"

"高个子？她有多高？"我问道。（像树一样高吗？像我一样高吗？）

"哦，她得有一米八几。"斯考特皮姆太太答道，"我当时差点觉得她会一直长个子呢。"

红发的亚马孙战士，还吃蛋糕。

"她肯定很可爱，斯考特皮姆太太。"我说，"她是什么样的人呢？她随你吗？"

"没有，亲爱的。她一点也不随我。实际上，我根本不知道她随了谁。她是个独立得不得了的女人。"她补充道，低头看着自己手里的茶巾。

独立得不得了的女人。听起来真厉害。我希望我也能成为一个独立女性。

"什么意思啊，斯考特皮姆太太？"我问道（我知道我现在有点像玛格丽特，但是我控制不住自己），"她怎么个独立法呢？她肯定得有一些地方像你吧？"

斯考特皮姆太太明亮的眼睛黯淡了一些。"不。我们非常不同。"她摇摇头，深深叹气（这好像是做成年人的重要部分），"非常、非常不同。"

"她肯定特别有魅力吧。"我说，"你觉得我能像卡洛琳一样吗，斯考特皮姆太太？"

她又朝门走了一步,然后停下来,回头看我:"不,亲爱的。你不会想像卡洛琳一样的。"她盯着我,可我总觉得她在跟别人说话,她语气中的悲伤我从未听过。她把一缕灰发别在耳后。"不。"她又叹了一口气,用手指遮住双眼。她挪开手的时候,我注意到她的眼睛红红的、湿湿的。她用茶巾擦擦手,又开始走。"好了,我们坐在外面等蛋糕烤好,好吗?"她又用回了平时没有悲伤的语气,"还要烤大概一个小时,天气这么好的傍晚,可不能浪费了。"

她说得对。即使现在已经傍晚六点多了,夏日太阳依然明亮地挂在厨房窗子这一方天空中。我爱夏天。我爱夏日的温暖覆盖我皮肤的感觉,还有蜜蜂的嗡嗡声,还有热浪。我爱空气活起来的感觉、惬意的气泡饮品等着我去喝。

到处都是冰激凌。这一点我也爱。

夏天能出什么坏事呢?

插曲

1952 年 7 月 16 日

罗莎蒙德·斯考特皮姆透过双开窗看着露台花园。两个女孩坐在躺椅上放松,听着收音机里糟糕的美国音乐说说笑笑。

暑假才刚刚开始,罗莎蒙德的女儿卡洛琳邀请一个朋友来家里住几天。芙洛拉是个善良的女孩,她爸爸在约克市开了一家机械制造厂。罗莎蒙德希望在芙洛拉的影响下,卡洛琳能稳重一些（如果卡洛琳还有稳重下来的可能）。过去的两个学期，罗莎蒙德都收到学校的来信，告知她卡洛琳的不良行径。其中一封说她"没有纪律"，另一封说她"暴躁、爱搞破坏"。还有的说她"不得体""叛逆"。罗莎蒙德试着跟她谈话，可是这些没什么作用。卡洛琳实在是难管。她是一个风风火火、难以对付的十六岁女孩，而罗莎蒙德根本控制不了她。

地面上传来的叫声把罗莎蒙德的思绪拉回了厨房。

"格莱斯顿！抱歉，我的好小子，是我无视你了吗？"

她弯腰摸了摸它的脖子，手指穿过它柔软的毛。

"我到底要拿她怎么办呢？"她问道，望着格莱斯顿温柔的眼睛，挠了挠它的下巴，"这情况简直一团糟。要是爱德华在的话，应该会说她搞得家里'鸡犬不宁'。对不对？"她沉浸在过去，脑海里唯一来自1952年的痕迹就是两个女孩的声音和她们在放的音乐。

"我进来倒点柠檬水，妈妈。"卡洛琳走进了厨房。

罗莎蒙德抬起头来。

卡洛琳穿着泳衣，站在厨房里。这太荒诞了。在罗莎蒙德年轻时，她家里可不允许她这么做。别人会怎么想呢？

"当然了，亲爱的。"她决定还是不要提泳衣的事了，"你想要的话，还可以拿点冰激凌。"

"那太好了，妈妈。谢谢。"她站在冰箱旁边倒了两杯柠檬水。"妈妈？"她接着说，这语气让罗莎蒙德立刻意识到她在打什么小算盘,"你知道我们在商量着留在约克市学秘书课程吧?"

"知道,亲爱的。"罗莎蒙德答道。这是卡洛琳最新的主意。她急切地想离开学校,过真正的生活(谁知道真正的生活是什么意思呢?罗莎蒙德想)。而现在是她考完O水准考试的暑假,她似乎在尝试无限的可能性。

"芙洛拉说我可以寄住在她家。他们家房子超级大,有八间卧室,在蒙克街。接下来两年,她就住在那儿准备高考。很完美。"

罗莎蒙德看着她的女儿。她什么时候就长大了?

"那芙洛拉的父母怎么说?你确定他们愿意让你这样的不良少女去住吗?"

卡洛琳吐出舌头。

"你肯定会把我的事迹都说出来警告他们的。"她说着,端起两个杯子开始往外走,"对了,我想一会儿跟芙洛拉一起洗洗爸爸的车,你觉得可以吗?我们在太阳下坐久了也该找点事做。"

就这样,她走出了厨房,回到露台上,继续享受美好的夏日阳光。

第十章

1962年7月14日，周六

"哦，这太好了。太好了。这样的不多见哦，是吧？"

这是斯威森班克太太在欣赏克里斯汀的新订婚戒指。

我刚从斯考特皮姆太太家回来。现在是晚上八点钟，克里斯汀坐在餐桌旁给斯威森班克太太炫耀她的订婚戒指。维拉和亚瑟也在桌旁。维拉看起来激动得过头。亚瑟就没那么激动了。

"这是公主钻石。"克里斯汀说，"跟佩图拉·克拉克的一样。"

"布莱斯先生，珠宝店那个好心的年轻店员给我们推荐的。"维拉说，"他可热心了。真善良。"她接着说，好像布莱斯先生捐了一颗肾，而不是卖给亚瑟一枚订婚戒指，"特别有礼貌。他的指甲也好看。"

"这不是废话吗，妈妈？"克里斯汀说，"那可是约克市最好的珠宝店。"她朝亚瑟的方向靠了靠，露出胜利的笑容，然后说，"约克郡王冠上的宝石。"

她又在像广告一样说话了。应该是因为她看多了地方报纸和格拉纳达电视台（斯考特皮姆太太说电视广告看多了会让人大脑萎缩)。

"哦,那店可太好了。"维拉夸赞道,"你真应该一起来的,朵莉丝。到处都是钻石,还有戒指、高级手表。简直像是电视里的画面。"

"他们带我们去了一个专属房间呢,朵莉丝。"克里斯汀说,她还伸着手努力展示她的戒指,"真是相当高级呢。"

"那屋里可是红木椅子呢,朵莉丝,"维拉说,"红木哦。我还以为自己进了霍华德城堡呢。"

"真不错。"斯威森班克太太说。

"他们把好多戒指放在小小的黑色天鹅绒垫子上,"维拉继续说,"一切都那么优雅。布莱斯先生是特别优雅。他的举止太精致了。"

"啊,那可是一个完全不同的世界啊,约克市,对不对?"斯威森班克太太说。

"布莱斯先生还给了我一个黑色天鹅绒垫子呢。让我垫手用的。"克里斯汀说,"像这样。"她伸手拿了一个茶壶套,叠起来,把手摆在上面。

"好吧,"斯威森班克太太说,"一整天一直举着手是会有点累。"

"哦,超级好的。"维拉说,"我感觉自己就像皇室。"

"可不是吗?"克里斯汀说,"我敢打赌,玛格丽特公主平时都是这个待遇。"

"对,肯定是的,亲爱的。"斯威森班克太太说,"我觉得这戒指看起来太棒了。"

"啊,谢谢你,朵莉丝。"克里斯汀说,还在伸着手指,"你说喜欢我就高兴了。妈妈,你能去烧一下水吗?"她摆动指头,指着维拉。"我们该泡茶了。"

维拉从桌旁站起来,脱掉外套,穿上一条印花围裙。她现在跟约克郡成百上千的女人一模一样。直到刚才,维拉都穿着她的"约克市最佳",这是她专为特别场合准备的一套衣服:一件宽大的外套、格子裙,再加上一双超大的鞋子。她就像是1949年的代表。克里斯汀也穿着自己的"约克市最佳",这一套"毫不夸张"的衣服:紧身铅笔裙(粉色)、紧身博莱罗夹克(粉色),再加上一双尖得吓人的鞋子(粉色)。她看起来就像一只充气很足的火烈鸟。

"伊薇,亲爱的,别在那儿闷闷不乐了,过来坐我旁边。"斯威森班克太太拍了拍她旁边的空椅子。

"我没有闷闷不乐。"我说。我只是在观察,尽量避免惹上事。

"来吧,伊薇,过来看看我的戒指。"克里斯汀动着手指,搞得它活像一只爬来爬去的毛毛虫。

我向前探探头,盯着那枚戒指。我没见过几枚订婚戒指,应该只见过伊丽莎白·泰勒和莎莎·嘉宝的。她们的戒指可不好拿来比较。

"很好看。"我撒谎说,"真的很好看。"

"是啊,漂亮得很,是不是?"克里斯汀说,"布莱斯先生说,把它举起来对准光,就能看到里面有一百二十八种不同的色彩。"她又像毛毛虫一样动动手指。"你能看到几种啊?"她问道,把戒指戳到了我鼻子底下。

我盯着戒指。

"好多种。"我(又)撒谎说,"我能看到好多颜色。都闪着光。好看。"我在用战术,"闪光的多彩钻石戒指"这一战役我愿意拱手让给克里斯汀。我很快就要施放扣子蛋糕的魔法了(我是在说什么?)。

"小心点。"维拉说着从我身边挤过去,把棕色的大茶壶放在桌上。茶壶嘴里溢出一点茶水,落在了蕾丝桌布上。"我们让它泡几分钟吧。茶壶套你用完了吗,亲爱的?"

"嗯。"克里斯汀答道,她还在忙着欣赏她的戒指。

维拉伸手拿过茶壶套,套在亮晶晶的棕色茶壶上。"哦。"她叹了口气,坐下来,"真不错。忙了一天,把脚一跷真是世上最美好的事,你们说是不是?"

"维拉,亲爱的,你放松就好了。"斯威森班克太太说,"去约克市是很累。地上那些该死的鹅卵石让我的鸡眼痛死了。"

"哦,我知道。我快累散架了。"维拉说着,弯腰摸摸自己的膝盖。

"来点蛋糕吧,妈妈。"克里斯汀的眼神终于从那枚戒指上挪开了,"我们是在庆祝我精美优雅的订婚戒,记得吧?"

（这句不知道又是从哪个广告里学来的。）

"克里斯汀，亲爱的。"斯威森班克太太说，"你妈妈才刚坐下。让她休息五分钟吧，至少等茶泡好了。"

"朵莉丝，我们庆祝新戒指怎么能只喝茶呢？"克里斯汀说，"妈妈不介意去拿蛋糕的，对吧，妈妈？她喜欢忙来忙去，所以她身材才那么苗条。"她补充道，还上下打量着斯威森班克太太。

"我有蛋糕。"我说。

"什么？"克里斯汀说。

"蛋糕啊。我有一些蛋糕。"我举起斯考特皮姆太太的袋子，里面是一个马口铁盒，装了十二枚蝴蝶蛋糕，其中一个是我的秘密武器，是蛋糕中的 V2 导弹。

"你为什么会有蛋糕啊？"克里斯汀问道。

"斯考特皮姆太太做的，为了庆祝你的好消息。我还给她帮忙了。我们忙活了一下午呢。"我解释说，同时把马口铁盒拿出来放在桌上。

"好吧，那她人挺好的。"斯威森班克太太说，微笑着揉揉自己的手。

克里斯汀和维拉怀疑地盯着铁盒。

"罗莎蒙德真善良。"亚瑟说，一提到斯考特皮姆太太，他似乎开心了一些。

"那我们看看吧。"克里斯汀说着，抓起铁盒，掀起盖子。

盒子里的十个蝴蝶蛋糕上各有一大团奶油霜，还有一坨果酱。

另外两个是圆蛋糕，一个蓝色一个粉色。这两个蛋糕代表亚瑟和克里斯汀。斯考特皮姆太太真是个天才。

"哦，真是好看。"斯威森班克太太说，"这邻居太贴心了。"

"好吧，"克里斯汀说，"她怎么还自己做啊？为什么不直接买点。她钱多到根本不知道怎么用吧。她可以从贝蒂斯订一些大点的。"

"没错，亲爱的。"维拉说，"她自以为比我们高贵。一天天听那些歌剧，窗户上还要挂些什么衬帘。"

"你们两个听听自己在说什么话。"斯威森班克太太看着克里斯汀和维拉说，"我觉得这是邻居的善意。伊薇，亲爱的，能帮我们拿几个盘子吗？"

我给斯威森班克太太拿来小盘子，她分蛋糕，维拉倒茶。

"我还没吃过蓝色蛋糕呢。"亚瑟说着拿起自己的那个蛋糕，仔细看了看，"蓝色的食物真是不多呢。"

"不多是有道理的，先生。"克里斯汀冲着亚瑟露出狡黠的笑容，用手指敲了敲他的鼻尖。（恶心！）"哦，说实话，我实在不知道她怎么想的。我说，谁会吃蓝色食物呢？看起来就可怕。"她低头看看自己的粉色蛋糕。我也跟着她看去。蛋糕在她面前摆着，就像一颗定时炸弹。嘀嘀。嗒嗒。她看看亚瑟。"你想跟我换吗？"她问道，眼里有种奇怪的光。

换？不！一个粉色上瘾的人为什么会想把粉色蛋糕换给别人？

我看看粉色蛋糕。

再看看蓝色蛋糕。

又看看粉色蛋糕。

"喂,你看什么看?"克里斯汀说,"别打这两个蛋糕的主意。这是专门给我们的。你就吃那花哨的蝴蝶蛋糕吧。特别的蛋糕是给我们的,对吧,亚瑟?这是他和她的定制。"

"或者她和他。"亚瑟说着,把两个盘子掉了个个儿,粉色定时炸弹换到了他面前。

我很爱他,可是有时候,拥有一个亚瑟这样的爸爸并不容易。

"喂,你也是。你跟你女儿一样。你不是真以为我要换吧?"她说着,摸了摸亚瑟的腿,"粉色是我的颜色。"

(是的,我们注意到了。)

"所以粉色蛋糕是我的。"她把盘子换了回来,扑闪着睫毛,我觉得她是想摆出勾引人的样子,"要记得,我是一朵美丽的粉色英伦玫瑰。"

(更像是一头霸道的粉色英国猪。)

"好了,我们一起敬这对幸福的情侣一杯吧?"斯威森班克太太说。

"哇!"维拉喊道,"我的小女孩要结婚了。"

"而且她还拥有了一枚可以炫耀的漂亮戒指。"克里斯汀用唱歌的声音说着,再次挥动手,炫耀她的戒指。

"好,让我们敬亚瑟和克里斯汀。"斯威森班克太太说着,举起了她的茶杯。我们都举起自己的茶杯,说:"敬亚瑟和克里斯汀。"

这就对了。赶快吃蛋糕。嘀嘀。嗒嗒。

克里斯汀用一只手端起她的盘子,另一只手拿起粉色蛋糕,缓缓往嘴边送。

她就要咬下去的时候突然看了我一眼,又把蛋糕放在了桌上,一口也没咬。

"哦,我都忘了。"她说,"大家安静。我有话要说。"

所有人都安静下来,连维拉也是。

"我们今天不光有一件喜事要庆祝。"克里斯汀说,"是双喜临门。"

维拉和斯威森班克太太交换眼神。

亚瑟突然间看起来非常焦虑。

"不光要庆祝我的戒指和我们的订婚,还要庆祝伊薇的新工作。"

什么?!

所有人欢呼(除了我)。

"哦,恭喜啊,伊薇亲爱的。"斯威森班克太太拍了拍我的大腿,"真是个好消息。你的工作是什么啊?"

"她在莫琳的沙龙找到一份工作。"克里斯汀替我回答了,"洗头、帮忙。莫琳要训练她。"克里斯汀从桌子对面冲我微笑。我有种强烈的冲动,想把我的蝴蝶蛋糕扔到她脸上,但我忍住了。我把注意力集中到粉色蛋糕上(嘀嘀。嗒嗒)。

"呃,是的。"我说,"也许吧。"

蛋糕。我只需要克里斯汀吃下蛋糕。

"我觉得可以试一试。"我补充道，急切地想结束谈话，让大家吃起来，"你知道的，就试试嘛。看看怎么样。"我咬了一口蛋糕，希望他们能有样学样。

"伊薇，这真是太好了。"亚瑟说，"真是个好消息。你怎么没跟我说呢？我会为你高兴的。"我很长时间没看到他这样微笑了，"这样你一辈子就有着落了。人总是得剪头发的嘛，是不是？"

"哦，没错。"斯威森班克太太说，"你这下就有着落了，伊薇。你有点小聪明，那么爱看书，一不留神你就要开自己的沙龙了。过来。"她给了我一个大大的拥抱，把我的脸埋进她宽广的胸怀里，"要我说可不是一家沙龙，亲爱的，你会拥有自己的连锁沙龙的。我现在就能想象到。伊薇顶级发型。"

"伊薇当代名剪。"亚瑟喊道。

"伊薇奢华发丝。"维拉喊道。

"伊薇剪刀手。"克里斯汀说着，又在低头看她的戒指。

"真棒，亲爱的。"亚瑟把他的蓝色蛋糕举起来，用它代替香槟敬我。他最后用怀疑的眼神看了一眼蛋糕，咬了下去。

嘀嘀。

斯威森班克太太则在奋力袭击她的蝴蝶蛋糕，弄得嘴边都是奶油霜，维拉也在像耗子一样啃她的蛋糕。

嗒嗒。

克里斯汀举起她的粉红蛋糕。快！她张开了嘴。快！接着——

"哦，我真傻，差点忘记了。实际上今天是三喜临门。"

"三喜，亲爱的？"维拉问道。

亚瑟又紧张起来。

斯威森班克太太看起来迷迷糊糊，不过很难判断这是因为克里斯汀的"三喜临门"还是因为她鼻子上沾的奶油霜。

"对，三喜临门。"克里斯汀说，"好事成三啊。是不是这么说的？"

（不，作为独生女，好事成单才对。）

"那快说吧，亲爱的。"斯威森班克太太说，奶油霜还挂在她鼻子上，"我们要庆祝什么？"

克里斯汀说："这个嘛，跟农场有关。"

亚瑟看起来更紧张了。

"我们把农场卖了。"克里斯汀脱口而出，"卖给了一家开发商。"她挥挥双臂，显然是等着纸钞像雨一样落下来。

"哦，亲爱的，那可太好了！"维拉喊道，把蛋糕放在桌上，双臂抱住克里斯汀。

"等一下。"亚瑟说，"我们说好了不说这事的，亲爱的。"大滴晶莹的汗珠出现在他额头上。

"把农场卖给开发商？"斯威森班克太太问，"这是什么意思？"

"现在还没定呢，朵莉丝。我们还在谈。"亚瑟看起来极度不适，还相当愤怒（对亚瑟来说），"我需要跟伊薇谈谈。"他看向我，接着说，"我本来想过几天告诉你的，亲爱的。他们给的钱很多。

这样我们就有保障了。你可以买一辆自己的车,甚至开一家自己的沙龙。你的一辈子都不用愁了。"

克里斯汀向前靠着,仔细听每一个字(她的听力范围也就有雷达天线那么长)。

"哦,真是好消息啊。这跟中彩票差不多。"维拉大喊,"做得棒,亚瑟。"

"维拉,我说了,这事还没定数呢。"亚瑟说着,用克里斯汀惯用的眼神瞥了她一眼。

"伊薇,亲爱的,你觉得怎么样?"斯威森班克太太看着我问道。

所有人停下来,看向我。

我是怎么想的呢?

我低头看着克里斯汀面前的蛋糕。我想到斯考特皮姆太太的约克郡魔法小书。我想到"揭开红尘女真面目的歌"。我想到斯考特皮姆太太怀孕的故事。我想到卡洛琳,像大树一样高,住在伦敦、做时尚工作。

现在不是谈卖掉农场的好时候。我需要集中精力。

"听起来不错!"我撒谎说(又一次——我快变成说谎症患者了:名词——一个有撒谎强迫倾向的人),"来吧,我们庆祝!"我又开始大口啃蝴蝶蛋糕。

亚瑟激动地笑着,探头过来亲我("太好了,亲爱的")。接着,他的手指穿过我的头发,他拥抱了我,然后又吃了一口蛋糕。

克里斯汀则喝了一大口茶，正在拿起她的蛋糕。她看起来得意得要命。她把蛋糕拿起来，瞥了我一眼，眯起眼睛。（嘀嘀）她向前微倾，张开嘴。（嗒嗒）她把蛋糕举到嘴边，在那儿停留了一秒，然后又举到鼻子下面，狠狠闻了一下。

"嗯，闻着不错。"她说，"橙子味儿。"

赶快。

吃下。

那。

该死的。

蛋糕。

她把蛋糕从鼻子旁边挪开，终于，这美好的、可怕的一刻发生了，她把蛋糕送进了嘴里。

宾果！我感到一阵激动。去亚当·费斯的演唱会一定就是这种感觉。

我盯着克里斯汀，希望看到什么魔法效果，可是魔法的唯一痕迹就是那块儿蛋糕非常迅速地消失了。

"嗯。这还不赖嘛。"她说着，大口大口吃着蛋糕时还抽空舔了舔嘴唇，"橙子味儿挺香。"

就这？没有闪电啊、雷声啊什么的？

约克郡魔法也太平淡了，一点都不像电视上的魔法。

"啊！"克里斯汀大喊道，所有人都被吓了一跳。

"怎么了，克里斯汀，亲爱的？"维拉问，"发生了什么？"

（哈！是魔法起效了！）

"这该死的蛋糕！"克里斯汀说着，吐出一块儿恶心的海绵蛋糕，吐在了盘子上，"这里面有块儿硬东西。"

（哦，这么说不是魔法起效了。）

克里斯汀把装着吐出来蛋糕的盘子放在桌上。我们全都盯着那一团黏糊糊的蛋糕、橙子皮、粉色糖霜。

"你还好吧，亲爱的？"亚瑟看起来不知所措。

"可能只是颗坚果吧。"斯威森班克太太说，"没什么坏处的。"

"绝对不是什么坚果，朵莉丝！"克里斯汀开始调查这块儿吐出来的蛋糕，"我还不知道坚果什么味儿吗？"她用手指戳了戳那团东西。"你们看！"她举起一件粉红色的小东西，"我跟你们说了，是硬东西。"

我有种不好的预感。

"是什么东西啊，亲爱的？"维拉说，"拿过来。给我看看。"维拉接过东西，对着光看，"感觉挺光滑的。我还能摸到一个棱。"她把那东西凑到眼前，又放在一臂远的地方，"你别说……这是枚碎扣子。"

"什么？"克里斯汀说，"碎扣子？这玩意儿是怎么进蛋糕的？"她把粉东西抢回去，又仔细看了一会儿，"我觉得你说得对，妈妈。这是一枚该死的碎扣子。她这是耍的什么花招？为什么要把碎扣子放在我的蛋糕里？"

"扣子？"亚瑟说，"你确定？"

"我当然确定了!"克里斯汀咬牙切齿地说。

"好吧,意外时有发生嘛。"斯威森班克太太说,"手工制作的食物免不了这些意外的。"

"手工?朵莉丝,那个老太婆在我的蛋糕里放了一枚碎扣子!"

"别这样,亲爱的。"亚瑟露出最圣洁的笑容,"只是意外罢了。"

"意外?蛋糕里?扣子?"

"对啊,没必要这么暴跳如雷,亲爱的。"斯威森班克太太说,"肯定是不小心掉进去的。给我们看看。"她伸手去够扣子。

"给我走开。"克里斯汀把扣子拿走了,"我要仔细看看。"她站起来,走到厨房水槽边,"我先洗一下。"

好吧。我现在需要一些约克郡魔法了。

拜托了。

克里斯汀打开水龙头,双手捧着扣子去冲水。她看起来在非常奋力地搓洗。

"哦,坏了!"她喊道。

"怎么了?"维拉问道。

"我把那该死的东西掉进去了!"克里斯汀大喊,"差点掉到排水孔里。"她回头看看亚瑟,手还拿着扣子冲水,"亚瑟,我跟你说过多少遍了?下水口要盖住!妈妈昨天还把一个汤匙掉下去了。"她咂嘴翻着白眼。

"抱歉,亲爱的。我——"

"啊！！！"

克里斯汀又尖叫一声，这次的叫声可以震崩磐石。

"我的戒指！"她大叫道，"掉进该死的排水孔里了！"

她的尖叫简直像一整个剧组的歌剧演员在一起叫（不过用的并非歌剧语言）。维拉和亚瑟跑过去试图让克里斯汀冷静下来，斯威森班克太太则坐在桌边继续吃她的蛋糕，说什么"U形管"。至少有一套茶杯茶盘被弄碎了，碎片落在地板上。一会儿要是有更多厨具被打碎，我可一点也不惊讶。

显然，我做了一个有自尊的独生子女会做的选择，偷偷溜了出去。我走上楼时，听到克里斯汀还在大叫："这都怪那个该死的女人和她该死的蛋糕！"我心里出现一丝愧疚。

回到房间，我躺在床上，世故亚当和忧郁亚当一起从墙上看着我，但是他俩都帮不了什么忙。我感觉很糟糕。我从没想到我会遇到连两个亚当都无法解决的问题。我甚至都不想换睡衣。我无法承受这一切，决定闭会儿眼睛，希望能找到和平和安宁。我在黑暗中飘浮，看到妈妈的菜谱和她那优雅的花体字。我意识到我现在最想做的事是徜徉在她美丽的蓝色手写字中。

翻滚、翻滚、翻滚。

哈？

啦啦啦啦啦啦啦。

我听到奇怪的算不上音乐的音乐声。我是在做梦吗?

当当当当当当当。

实际上,这听起来更像是噩梦。

生生生生生皮。

这样醒过来真不好受。是克里斯汀和维拉在唱歌,全世界最难听的声音都聚集在一起了。

我头昏脑涨,肯定是因为穿着衣服躺在被子上面就睡着了,还有一部分原因是楼下鬼哭狼嚎的声音。我看看表,是十点钟。克里斯汀和维拉晚上十点发出这种声音是做什么?

也许唱歌是咒语的一部分?毕竟它叫"揭开红尘女真面目的歌"嘛。也许这是魔咒的某种副作用,就像电影《红菱艳》[①]里那样,只不过克里斯汀不是被迫跳充满活力的芭蕾,而是被迫唱跑调的歌。

[①]《红菱艳》是迈克尔·鲍威尔、艾默力·皮斯伯格导演的爱情歌舞电影,于1948年在英国上映。片中女主人公在舞蹈与爱情中痛苦徘徊。

我需要调查一下。

*

我走进厨房时,歌声已经被尖细的笑声取代。四瓶杯杯香酒和一个吃了一半的猪肉派摆在桌上。

"哦,伊薇。"低头看杯子的克里斯汀抬起头来。维拉在擦餐桌,自顾自地咯咯笑。"我们把你吵醒了吗?"

"没有,我只是下来拿点喝的。"我答道,仔细看她有没有被魔法影响到,可她看起来完全没变化。这太让人失望了。

"你爸爸去酒馆了。"克里斯汀继续说,还举起她的酒杯指了指门口。她坐在餐椅上,双腿跷起,脚搭在另一把椅子上。她看起来像是马术比赛赛道上的障碍。

"你还好吗?"我说,希望魔法至少让她有些疼痛。

"还好?哦,当然了。一切都好。我们把戒指找回来了,你看。"她说着举起戴戒指的手,又开始动手指,"是不是很好看?"

"嗯。好看。所以你没有感觉有什么不一样?"

"不一样?没有。你在说什么啊?"

"她是说你把戒指找回来了,有没有感觉不一样,亲爱的。"维拉暂停了擦洗,可算是帮了我一回,"订婚了有没有不一样。"

"对啊,我就是这个意思。订婚的感觉。有没有感觉不一样?"我问道,"有没有觉得自己成长了一些?"

克里斯汀瞪了我一眼。

"成长了,也更智慧了。"她答道,"智慧到知道今天的蛋糕有些不对劲。我还没忘记扣子的事呢,你知道的。"

哦,天哪。扣子。

"我也不知道发生了什么。"我说,"我们开始做蛋糕之前,斯考特皮姆太太确实是在厨房里缝东西来着。可能坏掉的扣子不知怎么就进了蛋糕糊。"

"哈。"克里斯汀说,她看起来一点也没有信我的话,"好吧,为了让斯考特皮姆太太知道我没有记仇,我们都很感激她的蛋糕,妈妈和我刚刚也做了一些甜品。对不对,妈妈?"

"那可不?亲爱的。"维拉说着,抬头给了我们一个灿烂微笑(这肯定是因为杯杯香酒),"没错,我们想感谢邻居这么友好的举动,她也应该来点蛋糕。她整天一个人坐在那么大的房子里,过得肯定不容易,是吧?"

克里斯汀喝了一口她的酒,维拉激动地点点头。

"对了,"克里斯汀继续说,"我们超级享受烘焙呢,是不是,妈妈?"

维拉继续点头。

"母女行动,一起在厨房里烘焙,真是美好。这让我想起我小时候跟妈妈一起做蝴蝶面包。妈妈总是让我做翅膀,还让我舔碗里剩下的面糊。是不是,妈妈?"

"对啊,亲爱的。"维拉吸吸鼻子,又忙着擦桌子去了,"你以前特别喜欢做蝴蝶面包。"

"我就想起你了,伊薇。你知道吧,我们俩其实没有那么不同。"

什么?克里斯汀和我有天壤之别,就像白天和黑夜、蛋糕和啤酒、BBC 和 ITV。

"我们都是在努力做到最好的年轻女人,两个踏上生活冒险之旅的独生女。"她说着抓住我的手,捏了一下。这感觉并不舒服(其中一个原因是她的戒指硌到了我的骨头),不过我也得承认,这是个友善的举动。

她露出悲伤的表情,眨了眨眼。

"两个单亲家庭的女儿。"

哦,我还从没想到过克里斯汀会是一个失去父亲,还爱舔碗里面糊的独生女。我现在对她的戒指差点掉到下水道这事还有些同情了。

"我知道你跟斯考特皮姆太太关系很好。"她接着说,"所以我觉得你明天中午把蛋糕送去给她吧。妈妈和我想再完善一下它,装饰得高级一点,这样才配得上她。"

克里斯汀的这一面我从未见过。她依然粉红(还红尘),还有一种奇怪的伪装。像是一种不自然的感觉,从未在她身上出现过的东西。

她正变得很好心。

当然了,我见过她好心的样子——微笑(偶尔),听到亚瑟的烂笑话还大笑,被卡尔先生的羊咬了裙角也没有踢羊。可是这些都是不需要太多努力的小事。我从未见过她专门做好心的事（除非她想要一张新的唱片或是靴子什么的）。

"好的，当然了。"我对克里斯汀说。也许做成年人意味着知道如何对另一个人改观，学会接受他们，学会原谅（名词——有意地做出选择，放开对伤害过你的人抱有的复仇想法）。"你这么想很善良，"我说，"斯考特皮姆太太肯定会喜欢你的蛋糕的。"

"啊，谢谢，亲爱的。"克里斯汀答道，还轻轻握了一下我的手，然后向后一靠，跷起二郎腿，"我也肯定她会喜欢的。"

第十一章

1962年7月15日，周日

第二天早晨九点十五分，明亮的蓝天挂在我们村的上方，就像一条巨大的被单挂在没有尽头的晾衣线上。目之所及，没有一片云。已经暖和起来了，而且我能感觉到，这天还会变得更热。

我站在斯考特皮姆太太的后门外。我的手臂酸死了，因为我拿着克里斯汀和维拉给斯考特皮姆太太做的蛋糕，而这东西重得像头牛。

我轻轻敲门，然后走了进去。空气中弥漫着好闻的面包味儿，还有一股淡淡的橙子味儿，但是没有人影。我把蛋糕放在餐桌上（发出沉重的声响），然后探头看看起居室里面，还喊了一句"嘿"。可是没人回答我。就连赛迪的嚎叫也没有。我留在门廊里，不知道该怎么做。我很想快点见到斯考特皮姆太太，给她讲克里斯汀和纽扣的事，希望她能找到魔法起效的痕迹。

我站在起居室门口，还把着门，突然注意到斯考特皮姆太太的餐柜上有一张新照片。这是斯考特皮姆太太昨天给我看的照片，她原本放在床头柜的那张——卡洛琳。照片里的她看起来棒极了。

她后仰着头，看起来像是在大笑。她站在一条窄巷子里，晾晒的衣物从一头延续到另一头，所有的商店名都是普通英文店名加个"ia"。这绝对不是约克郡。整条街充满了生活气息，很多人在走来走去，可是你的眼睛会不自觉地被卡洛琳吸引。她在直勾勾地盯着相机，向你发出挑战：跟我对视啊。

我又喊了一次斯考特皮姆太太。还是没有回应。她肯定是出去了，大概是带着赛迪去遛弯（她经常遛狗）。我可以坐在这儿等她们回来，但有时候她一去就是好几小时，最好还是把蛋糕留在厨房里，去找玛格丽特吧。

*

我回到斯考特皮姆太太家时，已经接近傍晚。

这一整天，我大半时间都和玛格丽特在一起。我们准备了野餐，骑自行车去远郊的田野，结果沿着河一直骑到了上游。我们俩都很会骑自行车。我长长的腿就像长颈鹿，所以蹬自行车很轻松。玛格丽特的大腿则粗得像树干，全是肌肉，比大部分蒸汽机还有力。

我走进门时，看到斯考特皮姆太太跪在地上擦地板。她脸色苍白，眼周有些发灰。

"你还好吗，斯考特皮姆太太？"我问道，"发生了什么？"

她放下擦地的刷子，用印花围裙的边角擦擦眉毛（最棒的印花围裙），这是她打扫的时候穿在羊绒衫和呢子裙外面的。

"哦，是赛迪。"她说，"可怜的老姑娘，身体不舒服。它刚刚在厨房地板上失禁了。好几次呢。"

"哦，不。"我说着，弯腰看斯考特皮姆太太，这样她就不用一直仰头了，"可怜的赛迪。它去哪儿了？"

"它在自己的篮子里。"她答道，指了指起居室，"它肯定累坏了。可怜的老家伙看起来就很难受。"

斯考特皮姆太太看起来也不好受。她的皮肤蒙着一层汗，眼睛红红的、湿湿的。"来，我帮你擦。"我说着拿起刷子，"你确定你没事吗，斯考特皮姆太太？"

"这个，我不太确定，亲爱的。"她说，"我这一下午都肚子疼。"

"哦，不。"我又说了一遍（我真该扩充一下词汇量），"我来给你泡点茶吧？我之前带来了一块儿蛋糕，我们可以一起吃一点。"

斯考特皮姆太太脸上仅剩的色彩也突然消失了。

"谢谢，亲爱的，但我现在真的不想吃任何东西。我早晨吃了点你带的蛋糕，中午又吃了点。恐怕这蛋糕跟我八字不合。"她捂着肚子，突然吸了一口气，"你在里面放什么了？这蛋糕有些……过于丰富了。"

哦。蛋糕。

"蛋糕是克里斯汀和维拉做的。"我说，"她们说要感谢你昨天送的蛋糕。"

"哦，我就说这有点奇怪，从来没见你做过蛋糕。"斯考特皮姆太太说,"我得说,我进门看到蛋糕时很惊讶。克里斯汀和维拉愿意麻烦还是挺好心的。非常好心。"

非常。好心。这两个词跟克里斯汀和她那长得像沙果树一样的母亲毫无关联。

"斯考特皮姆太太,你有没有把蛋糕分给赛迪?"我问道。

"有啊,你知道赛迪有多爱吃蛋糕。它就是个馋嘴的老家伙。它吃了两大块儿呢,狼吞虎咽的。"

我明白了。

*

"谢谢你,亲爱的。"我扶着斯考特皮姆太太去沙发上坐下时,她对我说,"你可帮了我大忙。要是没有你,我真不知道怎么办。"

"没有你的话,我也不知道怎么办,斯考特皮姆太太。"我答道。我说的是实话。要是没有她,我真的会很迷茫。她不光和蔼可亲、善良大方,还是这方圆几里唯一一个精神正常的人。

"来。"我给她一条毯子,盖住腿和肚子,"你确定不需要我帮你拿什么东西吗?来杯水吧?"

"不了,亲爱的,谢谢你。我没事。"(她看起来可不像没事。)"好了,告诉我,昨天晚上的蛋糕结果怎样?克里斯汀吃了吗?"

"哦,她最后吃了。磨蹭了好久才吃下去,因为她不停地宣布消息。"

"宣布消息?"斯考特皮姆太太把这句话说得好像很日常,"宣布什么?"

我给她讲了克里斯汀告诉所有人她给我找的工作,还有卖掉农场的计划。斯考特皮姆太太听着,脸越来越红。

"这姑娘太滑稽了。"她说,"等我好点了,就去找你爸谈。这事儿也太明显了。这姑娘就是在利用他的慷慨。"她握住我的手,轻轻捏了一下。

我们就这样握手坐着,我看了一眼餐具柜。

"斯考特皮姆太太?"我说。

"怎么了,亲爱的?"

"你为什么把卡洛琳的照片挪到楼下来了啊?"这一刻,万物都仿佛屏住了呼吸。空气、房间,还有斯考特皮姆太太。

"这个啊,亲爱的,我只是觉得它在我房间里被藏了太久。我觉得放在餐具柜更合适,你不觉得吗?"

"哦,是啊。我觉得放在这儿很完美。照片很好看。"

"真高兴你喜欢它。我也喜欢。非常喜欢。我把它藏在楼上才是傻。"

"卡洛琳肯定应该被放在楼下。"我说,"她这么漂亮、这么有魅力。她要是我女儿,我要把她的照片摆得到处都是。"

斯考特皮姆太太什么都没有说,只是点点头,微微一笑。

"斯考特皮姆太太?"我又打算问关于卡洛琳的问题了。

"嗯?"

"卡洛琳是一直都想去时尚界工作吗?"

"卡洛琳吗？不是的，亲爱的。"她脸色又变得苍白了，"我觉得她就是误打误撞的。我也不太确定。说实话，那段时间的事对我来说有点模糊。她这个人一向不怎么做计划。"

误打误撞。一向不怎么做计划。我越来越喜欢她了。我想像卡洛琳一样，误打误撞，不做计划。我想到大学入学考试，这可一点都不算误打误撞。我又想到玛格丽特，总是像计划诺曼底登陆一样计划一切。然后，我想到了卡洛琳，住在伦敦，做时尚工作。

"啊……"斯考特皮姆太太突然捂着肚子弯下腰。

"你还好吧，斯考特皮姆太太？你看起来真的不太舒服。我应该打电话叫医生吗？"

"不，只是有点肚子痛，亲爱的。我歇一会儿就好了。"

她的额头沁出一层汗珠，脸白得透明。她整个上身趴在腿上，好像一个合不紧的罗盘。

"我能帮你拿什么吗？"我问道。

毯子下传来咕咕咕的声音。

"我觉得我得上楼去待一会儿，亲爱的。"她明显很痛，"不好意思。"她拖着脚下了沙发，穿过房间去了走廊。

我听到她上了楼，卫生间的门被匆匆合上，发出巨响。几秒钟后，我听到呕吐的声音，这我不可能听错。可怜的斯考特皮姆太太。

赛迪瘫软地趴在它的篮子里。它看起来也不太好。它的眼睛布满了红血丝，身上全是口水。它平时直立起来、不停摇摆的尾巴现在盘了起来，没有生气，看起来很悲伤。

楼上又一次传来斯考特皮姆太太呕吐的声音。这可怕的干呕声停了一会儿，又开始。我还能听到她深呼吸的声音。我不知道我是不是应该上去帮忙，可我又觉得，这种情况下，她肯定想一个人待着。俗话说，吐出来了会好受一点。

我拿起斯考特皮姆太太的《乡村生活》杂志，开始翻看，主要是看狗狗的照片。我刚发现一只非常漂亮的狻犬，就听到楼上传来巨大的碰撞声，然后是一声可怕的尖叫声。

我冲进走廊，抬头往上看。斯考特皮姆太太站在楼梯顶，她好像是滑了一下。她的一只脚脚背朝下，悬在最上面的台阶上；另一只则危险地踩着从上往下数第三个台阶。她在急切地摆动双臂，但并没有东西可抓。

她的重心看着就偏了。

她突然弯下腰，捂着肚子。这一瞬间，一切都变成了慢镜头。她弯腰时，头碰到了扶手。砰。她没踩稳，往前一翻，肩膀撞在了台阶上。她尖叫一声。她的双腿在她身后被甩了起来，越过肩膀，撞在了台阶上，又在她身下折叠。然后，她软塌塌的身体就像一袋沉重的煤炭，一节台阶一节台阶地摔了下来。

咚。

咚。

咚。

咚。

咚。

咚。

咚。

咚。

咚。

她落在最后一节台阶上，就那样躺在那里，盯着地板，瘫软着一动不动。

插曲

1945 年 5 月 12 日

脚下沥青嘎吱嘎吱的声音让戴安娜想起她童年的家，想起骑自行车、保姆、豪车，还有莱克斯，她的巴塞特猎犬。她微微一笑。那是上辈子的事了，跟亚瑟、农场、战争都没有关系。

她弯腰看了看含苞待放的牡丹，它们厚重的花瓣紧紧拢在一起，就像色彩鲜艳的洋蓟插在棍子上。她站起来，感觉后背和膝盖都酥酥麻麻的。她现在最需要的是好好泡个澡，最好不要太劳累。这一早晨她都跟牛在一起，又是挤奶又是检查小牛的，这事对她来说有种奇异的放松效果。

她继续走在沥青路上,手里拿着一个小本子。她走到房前,沿着小路绕到后门。她们去对方家早就不需要走前门了。

*

"罗莎蒙德!"戴安娜拐弯的时候看到罗莎蒙德·斯考特皮姆趴在草地上。罗莎蒙德的屁股正对着戴安娜,戴安娜只能看到她的臀、腿、脚。这画面是兽医的视角啊,戴安娜心想。

罗莎蒙德扭过头来:"戴安娜!真高兴你来了!抱歉啊。"两个人一起笑了起来。她们两人年龄相差二十岁,可是战争期间,她们成了好朋友。"过来。"她说着,趴在地上掉了个头,"来认识一下格莱斯顿。"

一只英国赛特犬幼犬跌跌撞撞地跑了过来。

"哦,真可爱。"戴安娜跑到了小狗旁边,"可是你不能给这小可爱起名格莱斯顿!"

"为什么不能?"罗莎蒙德说,"反正我看着它就该叫格莱斯顿。"

"格莱斯顿?"戴安娜说着弯腰摸摸小狗,"这名字是维多利亚时代的,罗莎蒙德。我一听见它就想到讲起话来滔滔不绝的长胡子老头。"

"它将来有一天就会变成那样,亲爱的。"罗莎蒙德说,"长胡子老头。"

小狗忙着舔戴安娜的婚戒。

"好吧，不管你给它取什么名字，它都挺可爱的。"戴安娜说着，用双手捧住小狗的头，"你不是说这次想要只母的吗？"

"是啊，我想要母的，可是这小家伙非要我选它。你真应该看看它有多会显摆，就像加里·库珀。我没办法拒绝。"罗莎蒙德低头在小狗肚子上吹了口气，"下次再找小母狗吧。等我老了的时候，我就跟它一起做村里的两个疯癫老婆子。"

戴安娜大笑着，想到她们都在村子里老去，她觉得很安心。"好吧，每个村子都需要几个疯癫老婆子嘛，不是吗？"她说，"哦，对了，我给你带了这个。"她把黑色小本子递给罗莎蒙德。"这是我跟你说过的菜谱。"

"哦，谢谢亲爱的。"罗莎蒙德接过本子，"我得说，我太喜欢法国菜谱这些宏伟的名字了。就好像在读美丽的小说一样。我听'羊毛派''全民面包'之类的菜谱听得耳朵都要长茧了。"她开始翻看本子，"洋葱！牡蛎！嗯，真好。不过我也得说实话，只要能再弄到些像样的面粉，我就心满意足了。"

戴安娜仰起头，望着明亮的蓝色天空。"哦，这感觉真好，是不是？"她说，"都这么多年了，战争肯定快要结束了吧？"

"希望如此吧。"罗莎蒙德逗着小狗，让它啃自己的手指，"我们都要受够了，你说是不是？那些可怜的男孩也经历了太多。话说回来，亚瑟今天怎么样啊？"

"哦，强撑着呢。"戴安娜说，"我感觉挂拐杖快把他逼疯了。"

六个月前，亚瑟在法国兰斯附近受伤了，被送到了利兹的一所军事医院。他的腿打了好几个月石膏，医生还担心会留下永久性损伤。但是圣诞节的时候，医生放他回家了，从那以后他在逐渐好转。他的左腿还是严重骨折，去哪儿都得拄拐杖，但是跟其他人的代价相比，这似乎不算什么。

"他担心以后他要做什么，战争结束的时候。"戴安娜从草丛中摘了一朵雏菊，"他的腿，他说他没法再踢足球了。"

"你们都有农场了，亲爱的。打理农场就够忙了吧？"

"是啊，我也是这么跟他说的。可是这还不够，罗莎蒙德，我觉得他心不在此。"

罗莎蒙德也不跟格莱斯顿玩了，直勾勾地看着戴安娜。

"你的心在哪儿，他的心就在哪儿。任何人都能看出。"

戴安娜冲朋友微微一笑，抬头看看游泳池一般的天空，夏日骄阳正在其中畅游。

"对了，卡洛琳怎么样了？"过了一会儿，她才问道，"她什么时候再回家啊？"

卡洛琳去年去上了约克市的一所寄宿学校，她当时八岁。这也是罗莎蒙德的母校，一所宏大的爱德华国王时期风格的学校，它能让出身上流社会的小女孩变成帝国的女人。卡洛琳一去就适应了学校，好像搬进新家的猫，把那儿变成了她的。

"七月初。"罗莎蒙德说，"她很爱上学。我就知道她会喜欢的。她真是个独立的小家伙。我只是希望他们能给她洗洗脑，让她理智一些。"

"这个嘛,"戴安娜露出灿烂的微笑,"明年夏天,她应该就有一个小玩伴了。"

"亲爱的!"罗莎蒙德喊道,"你有宝宝了!"

戴安娜嘴都咧到耳根了,眼睛里闪烁着灵动的光。"你是我告诉的第一个人,罗莎蒙德。"

"战争宝宝啊。真好!那我们得庆祝啊。"她说着,拥抱了戴安娜,"帮我陪一下格莱斯顿,好吧?我马上就回来。"她站起来,小跑进了房内。

戴安娜低头看看腿上的小狗,过不了多久,她抱着的就该是一个小婴儿了,一个用羊毛料和蕾丝包裹的小婴儿,一个小男孩或是小女孩。当然了,男孩女孩都很好。亚瑟和她谈这个问题时,两人都说自己没有偏好。但是内心深处,戴安娜想要一个小女孩,她会成为戴安娜的队友、同盟、同伙。一个跟她一起淘气的人。

"我回来了。"罗莎蒙德从房内走出来,端着一个超大号托盘,"这可是国王级别待遇的庆祝。"

"罗莎蒙德!"戴安娜喊道,"你拿的是什么啊?"

"香槟啊,亲爱的。"

"香槟!你从哪儿弄的啊?"

"这是我战前就收藏的。我一直在等合适的时机,我觉得现在是时候打开它了,你说呢?"

"哦,你真是个天使。"戴安娜依然在摸格莱斯顿,"香槟让我想起战前,那些派对啊,舞会啊。我都好多年没喝过了。"

"我想不到能有什么更好的消息值得我开香槟了。"罗莎蒙德说着,打开固定瓶塞的金色小架子。

响亮的"砰"声之后,被惊吓到的格莱斯顿发出一串高音嚎叫,然后香槟沫冒了出来。"恭喜啊,亲爱的。"罗莎蒙德说着,娴熟地用香槟杯接住了冒出来的酒。她把还冒着沫的杯子递给戴安娜,又给自己倒了一杯。"敬埃普沃思宝宝。"她在地上坐了下来,举起酒杯。

"敬埃普沃思宝宝。"戴安娜跟罗莎蒙德碰杯庆祝。

两个女人喝了一小口又一小口。很快,小口小口变成了大口大口。

"天哪,这真好喝,是不是?"戴安娜说。

"简直是仙露哟,亲爱的。"罗莎蒙德答道。

"你真是个好朋友。"戴安娜说着,握起罗莎蒙德的手,"如果没有你,我不知道该怎么办。"

"如果没有你,我也不知道该怎么办了。"罗莎蒙德说着,把另一只手也放在戴安娜手上,"好了,好好喝吧。这是草药的,对宝宝有好处。"

戴安娜舔舔嘴唇:"嗯,宝宝很喜欢。"

"淘气宝宝!"罗莎蒙德摇动手指说。

戴安娜大笑着摸了摸肚子:"哦,这宝宝肯定是整个约克郡最淘气的小野兽。"

"我喜欢淘气的。"罗莎蒙德说,"淘气才能看出个性嘛。你有没有开始给这个淘气的小野兽想名字啊？"

"这个嘛，"戴安娜有些犹豫，"如果是个男孩，亚瑟想叫他雷吉纳德。"

"雷吉纳德？"罗莎蒙德说。

两个女人交换眼神，但是并没有看懂对方。

"这是亚瑟父亲的名字。"戴安娜解释说。

"哦，懂了。"罗莎蒙德挑挑眉，"那如果是女孩呢？"

戴安娜停顿片刻，突然间注意到鸽子的咕咕声。

"伊薇。"她说，像抖开刚洗过的被单一样展开这个名字，"纪念我母亲伊芙琳。"

她向后靠了靠，品尝这个名字的味道，感受温暖的阳光洒在她脸上。

"那我们就希望是个女孩吧！"罗莎蒙德举起酒杯，"敬伊薇。全约克郡最淘气的小女孩。"

第三部　伦敦丽人

人群分散开来,给那个高个子让道。这简直像红海自动为摩西分开的壮观场面,只不过海不是水做的,而是呢子。

第十二章

1962年7月19日，周四

"伊伊伊伊伊薇薇薇薇薇。"

玛格丽特想干吗？她看不到我很忙吗？

"伊伊伊伊伊薇薇薇薇薇。"

我感觉有人拉了一下我衣服背后。

"帽纸游行料开始了。"

什么？

我几乎听不懂她说的任何一个字，因为我整张脸和双耳都被浸在一桶水里。几十个苹果在我头周围起起伏伏。我像条三文鱼一样扭来扭去，可就是没法让苹果留在我嘴里。

玛格丽特和我在村里市集。我每年都会试"漂浮苹果"这个项目,可每年都咬不到苹果。今年会不一样的。今年我是一个精致的年轻女人了,就像《西区故事》里的玛利亚。我才不会被一个水果打败。

我从水里起来,吸了一大口气,然后又继续追逐苹果。我的嘴张得老大,我觉得自己这一刻肯定很像古地图上那种海底怪兽。在桶里追苹果就像是试图赶一群猫。我刚觉得自己把一颗苹果困在了角落,它就浮起来,越过我的鼻子,冷静地漂到了另一头。我又从水里起来,吸进大口空气,同时扫视水面寻找下一个目标。我看到一颗貌似小一点的苹果,立刻冲了上去,以塞伦盖蒂鳄鱼的敏捷把它顶到水下。我追逐着苹果往下冲,直到整颗头都浸在水里,溅在我背上的水感觉有半桶。突然——宾果!——苹果浮到了水面上,像船靠船坞一样、鸡蛋进蛋杯一样进了我的嘴。我的牙齿咬进了它脆而微苦的果肉,把它从水中咬出来,成功。我的上衣在滴水,我的头发湿漉漉的,可是我不在乎,因为我打败了苹果。这才是最重要的。

"你浑身湿透了。"玛格丽特说,她看起来不是很激动。

看摊位的杰弗里·布朗是个满脸痘痘的十四岁男孩,长得有点像斗牛犬。他递给我一条毛巾,说:"来,擦擦干。"他说话时还盯着我嘴里的苹果。我擦身上的水时,他指了指还在我嘴里的苹果,"还不赖,对女孩来说。"

我低头看着杰弗里(他还没到我肩膀呢),想散发出比他成熟的优雅女人的气质,高高在上,可是这并不容易,毕竟我嘴里还叼着苹果。

"你想接吻吗?"他说着噘起嘴,这下他看着更像斗牛犬了。

"你吻这个吧,杰弗里·布朗!"玛格丽特扇了一下他的耳朵。"走吧。"她抓起我的手,使劲拽我走,我嘴里的苹果掉在了地上。"帽子游行马上就开始了。你钻在桶里的时候我就一直想告诉你。"她补充道,一点也没赞许我捉苹果的技巧。

"等一下。"我说着折返回去把毛巾还给杰弗里。我把湿毛巾递给他,感谢他。他抬头微微一笑。我迅速把毛巾放在桶里完全蘸湿,然后用湿透的毛巾盖住了他的头,隔着毛巾吻了他一下。我看不到吻的是哪里,我希望是额头吧。

好了,这下我感觉好多了。

对一个女孩来说,还不赖。这都1962年了,怎么还说这种话?

*

玛格丽特在看着我。

"你这是干什么?"她问,"你为什么要吻他?"

"我也不知道。"我答道,"我就是想。不是所有事都要计划吧?"

"什么?"玛格丽特说。

"没什么。帽子游行在哪儿呢?"我问道,想分散她的注意力,免得她再问一连串问题。帽子游行是我们年度集会的一项传统,村里的女人戴着自制的礼帽、软帽围绕着集会圈子游行,游行有两个目的：

  1. 让女人们有机会展示裁缝技巧和不怎么存在的创意。

  2. 男人们可以歇息一会儿，不需要一直赶着牛羊游行了，他们能在啤酒帐篷里享受安静的半小时。

  "在这边。"玛格丽特拉着我穿过人群，"我们不快点走就要错过了。"（玛格丽特沉迷于事实、二次方程式、元素周期表，可出奇的是，她每年都对这个游行特别有热情）她领着我躲过人群和各种各样的动物。我们跟着人流路过一个又一个摊位。插花比赛、摸彩袋、猜羊重量（男的参赛）、猜娃娃重量（女的参赛）、抽奖、小装饰品、投标（连投掷用的湿海绵都很全）。目前为止我们看到的最大的摊位是妇女部门的，这摊位规划得超级好，有传单、蛋糕，还有绝对的权威。

  我们经过蛋糕的时候，我就想到了可怜的斯考特皮姆太太。她通常是这种蛋糕摊位的明星（还是水果蛋糕比赛的强劲参赛者），但是今年她和她的蛋糕都无法参赛。这是因为她上次从楼梯上摔下来之后进了医院。可怜的斯考特皮姆太太摔得浑身青紫，还有个什么"腰间盘突出"（听起来像是车会出的机械问题），不过总的来说，她没事。她住在约克市的一家小私立医院里，自己一间病房，还有地毯和无线电收音机呢。维拉说，这肯定贵极了，得花一条手臂、一条腿的价钱，这个形容实在不合时宜。我昨天去看了斯考特皮姆太太，带了各种各样的书、巧克力、花，还有杂志。医生说她可能得在医院里住一阵了，所以我现在负责照看赛迪。克里斯汀才不会让狗去我们家，所以赛迪只能住在斯考特皮姆太太家，我尽量多去，一半是要陪它，另一半是因为我想躲着克里斯汀和她那些关于婚礼、住宅区、粉色卫生间的谈话。

妇女部门的摊位旁边就是表演的地方了，一小片草坪边围着各式躺椅、长椅、倒扣的水桶。帽子游行已经开始了，游行队列在全速行进。展示时髦帽子的时代早已过去（如果这时代真在我们村存在过），过去几年来，所有的帽子看起来都像是从童话剧里扮演女性角色的男演员头上借来的，极尽夸张。

维拉是帽子游行的老将了。她很把这个比赛当回事。去年，她拿了第二名，帽子上有一只填充的虎皮鹦鹉。她今天只想拿第一。我们对今年的主题一无所知，只听说是什么摩登风格。

然后，我看到了她。她看起来很摩登。她看起来像是从电视剧《夸特马斯》里走出来的。维拉穿着黑色芭蕾练功服和厚厚的黑色紧身裤，衣服上都撒着闪亮的小星星，头上危险地摆着一个巨大的闪亮球体，整个球体都被锡纸、螺丝、扣子、镜子碎片覆盖。三根毛衣针也包着锡纸，从球体里戳出来，看起来像是自制的电视天线。她的胸前还戴着一条绶带，上面写着"电视之星"，写明白了也好，不然别人还以为她扮的是路口的黄色指示灯呢。她可不像一般人，穿着这身一点都没有尴尬的样子，反而以拿破仑巡视军队的气势绕着游行广场走。

"那是克里斯汀的妈妈吗?"玛格丽特问道,她的声音里充满了震惊,"她穿的是什么?你帮她做的吗?"

"没有,我当然没帮她!"我说,忙着跟锡纸"电视之星"撇开关系。维拉的卫星帽子绝对是世界上最烂的一顶,而不是什么首创的优秀作品,玛格丽特以为我跟它有任何关系,都让我有点生气。"她看起来太可笑了。"

不过我要替维拉说句话,她不是唯一一个看起来可笑的。今天游行队列里的不少帽子都很可笑,比如一篮子水果、一个迷你厕所(连拉绳都有)、巨大的针织茶壶、充满暗示的导弹、花格纹的邓迪蛋糕、喷火战斗机、一朵云(简单来说,就是工业用量的玻璃纸和一些超强劲发胶)。

维拉今天最强劲的竞争对手应该是柳树农场的吉松太太。她的帽子是复刻版自由女神像,不过女神手里的不是火炬,而是白色的约克郡玫瑰(显然是想利用人们的爱国情)。为了配合帽子,她还在身上裹了巨大的星条旗,最后再配上一双牛仔靴。

我盯着看的时候,从口袋里掏出一副太阳镜,架在头上,用它把仍然潮湿的头发往后推了一些。

"你在干吗?"玛格丽特问道,"你干吗那样戴太阳镜?怎么不好好戴?"

"我喜欢这样戴。"我告诉她,同时用双手梳了梳湿漉漉的头发,"这样时髦。"我将双臂伸向天空,感受这炙热。然后我微微一笑,想起了卡洛琳的照片里她这样戴墨镜的模样,她周围的背景都充满了生气,她在夏日阳光下大笑。

"时髦?"玛格丽特重复了我的话,"太阳镜是用来保护眼睛的,不是用在头发上的。我不懂这有什么意义。你要箍头发,就应该用个正经的发带。"

"嘘。"我说,语气比我想象中更霸道一点,"听着,他们马上就要宣布获胜者了。"

斯蒂芬斯先生是一个大块头的秃头男人,他负责管理村里的邮局。他拿起扬声器,走进了游行圈子里。他身边还跟着我们的牧师,儒特牧师。

[关于儒特牧师,你需要知道两个重要的点:

1. 他脸上的红润方圆几里无可匹敌(考虑到他周围都是农夫,这可不是一件容易的事)。所以,人们给他起了个外号,叫甜菜根牧师。

2. 他是斯考特皮姆太太口中的"低教会派",所以他可以穿带着彩虹边的祭服,偶尔还能戴木珠子。]

斯蒂芬斯先生开始讲话了,(终于)有人把《南太平洋》原声带唱片的声音调小了,整个早晨,这张唱片都在一台老唱机上大声播放。斯蒂芬斯先生宣布了几件事,然后儒特牧师接过了扬声器,告诉大家今年的帽子质量是目前为止最好的,所以,今年的评委相当犯难(他每一年都这么说)。

我看看维拉。她站得非常直，有可能还踮着脚尖。她那瘦得像树枝一样的身子跟头上巨大的"电视之星"球体对比鲜明。她看起来就像一根超大号棒棒糖。

儒特牧师把参与帽子游行的女人们比作巴比伦空中花园（我觉得他是这个意思）。他还在继续说，观众已经开始翻白眼了。游行的女人们脸上挂着僵硬的微笑，努力假装很放松的样子。这逃不过我的法眼。我真高兴我不是评委。儒特牧师是个勇敢的人。恶魔的愤怒根本没法跟这群不服气的约克郡女人相比。

结果是倒着宣布的（跟世界小姐一样）。现在周围已经聚集了不少人，大部分是女人，但有零星几个男人，可能是在等牛羊再回来游行吧。我冲维拉挥挥手，鼓励地眨眨眼，可是她的目光和扭曲的微笑都对准了儒特牧师，她根本没注意到我。空气中的紧张让人能明显感受到，这应该就是身处奥斯卡颁奖典礼的感觉吧。

"所以，我就不拖拉了。"儒特牧师喋喋不休了貌似有几小时后（内容有上帝、抽奖、加里·格兰特），才终于说，"我很高兴地宣布，今年帽子游行的三等奖由松尼克拉夫特太太和她壮观的厕所获得。"

所有人鼓掌，松尼克拉夫特太太（瘦小身材、搞占卜的、膝盖有伤）迈着小碎步走到胜者站的台子旁，这是对奥林匹克领奖台的家庭版模仿。她站在第三名的位置上，咧嘴一笑，还把马桶抽绳甩来甩去，就像个拜金女孩跳摇摆舞时甩动身上的珠子。

"真棒，松尼克拉夫特太太。"儒特牧师安详地微笑着说，"经过诸多考虑，我很高兴宣布，第二名获得者是吉松太太，她的作品是对约克郡和美国之间友谊的美好具象化。"又是一轮掌声，吉松太太（难看的烫发、插花的、有推崇裸体主义的嫌疑）站在了领奖台上亚军的位置。她在努力表现得开心，可你能看出来，她相当恼火。而维拉则开心极了，使劲鼓掌，我担心她一会儿就需要啤酒帐篷旁圣约翰医院救护车的两位志愿者中的一位来救她了。

"现在，"儒特牧师看起来很享受此刻集中在他身上的注意力，"我们要宣布美好的帽子游行最终的胜者了。"

维拉看起来已经激动疯了。她的微笑一直朝上延伸，她的颧骨鼓得像乒乓球。

"我们实至名归的冠军，"牧师继续说，"这顶帽子能完美概括旧世界的制作技巧和新世界的美与科技。"

我觉得他要是再不快点一口气说完，维拉就需要氧气瓶了。

"那么，女士们先生们，我很荣幸地宣布，1962年帽子游行的冠军是……"

儒特牧师夸张地停顿了一下。

时间停止了。

整个村子的人都屏息以待。

"……维拉·布拉德肖。"

维拉举起双手，尖叫起来。所有人礼貌地鼓掌，维拉走向领奖台。游行圈的另一边，我看到克里斯汀在人群中往前挤。

"呼！妈妈，真棒！"克里斯汀喊着，艰难挤过几个年轻女孩，

"你做到了！呜呼！"

维拉依然在挥手、尖叫，她站上领奖台的冠军位置。儒特牧师跟她握了手，递给她传统奖品：一大盘杰克逊肉铺的肉。克里斯汀现在站在了维拉身边，一边对人群挥手一边盯着那一盘肉。

"天哪。她穿的是什么？"玛格丽特问道。

"她在扮电视之星，那个卫星。"我告诉她，玛格丽特这个百科全书也有不知道的知识，这让我很有优越感。

"不是，这个我知道。"玛格丽特说，"我是说克里斯汀。她穿的什么？"

今天是克里斯汀和亚瑟要正式宣布订婚的日子。克里斯汀告诉我们她想为这个特别的场合穿得特别一些，我觉得她做到了。她穿着粉色的豹纹蓬蓬裙，配粉色亮片抹胸上衣，头上还戴了一个粉色大蝴蝶结。这身打扮绝对不是从《时尚》[①]杂志里学来的，更像是从粗俗的海边明信片汲取了灵感。

掌声已经停止，有人又调高了《南太平洋》原声带的音量。胜者们伴着《没有什么比得上女爵士》的歌声离开领奖台，维拉还在挥动一只手臂，另一只手艰难地平衡装肉的大盘子。所有人都在微笑着聊天，仔细看帽子。

"你现在想干吗？"我问玛格丽特。

她耸耸肩。

[①] 指美国时尚杂志 VOGUE。

"去看插花比赛怎么样?"

我们对视一秒钟,都皱起了脸。

"这里呢?"我问,"这里接下来办什么活动?"

玛格丽特大脑里的上百万个脑细胞开始高速运转。

"呃,好像是牛吧。大概是额尔郡乳牛。"

"太好了,那是我家的。"我想象着亚瑟赶着我们家一头好看的牛阔步走的样子,"咱们就留这儿吧。"

玛格丽特点点头,拉过来一个倒扣水桶。我也拉了一个。我们俩坐在骄阳之下,闲聊起牛啊、生活啊、克里夫·理查德,还有呼啦圈。

几分钟过后,玛格丽特指了指游行圈的另一边。我抬头看到一队牛,每头牛都有一个人牵着。亚瑟是队列里的第二个。他穿着精干的灯芯绒裤子、他最好的呢子夹克,还配了一件深红色西装背心、衬衫、领结。为了致敬摩登主题,他决定不戴帽子,打了发蜡的头发让他看起来像个乡村版猫王。克里斯汀实在配不上他。

"哦,看你爸。"玛格丽特说,"他看着挺帅的!"

"闭嘴。"我有些尴尬,可同时又自豪得不得了,"人家是让你看牛。"

"我就是说说嘛。"玛格丽特用手肘顶了顶我,"牛也不错。"

牛源源不断地走进来,每头牛都有个男人领着。高矮胖瘦、年轻年迈的都有,还有帅气的(就是亚瑟)。各种各样的男人。为什么女人不能领牛呢？这应该没那么难吧？我们只能戴着童话剧里夸张的帽子，不能享受务农的乐趣。我觉得我要是去领牛，应该能做好。我们的曲棍球老师麦克明小姐说我的步法很好。

牛（和男人们）几乎全进了游行圈，我在给玛格丽特讲我在斯考特皮姆太太的《听众》杂志里看到的一篇文章（《皆大欢喜》：亚当·费斯歌词中莎士比亚意向的运用），突然看到让我目瞪口呆的画面。

是休斯老先生。

他还带着一头牛。

他在微笑着舔嘴唇（休斯先生，不是牛）。

休斯先生走进游行圈，他在田里跟牛在一起的画面涌入我的脑海，就像《小飞象》里喝了香槟后出现幻觉的那段剧情（就连《耶路撒冷》的背景音乐都出现了）。

"怎么了？"玛格丽特盯着我的脸问道。

我说不出话。休斯先生正在摸他的牛，还在牛的耳边低语（说情话？）。

玛格丽特拉了拉我的胳膊。

"你还好吗？"

"呃……"我的大脑突然间变得混沌。我好像受了惊吓。

"喂？"她用拳头轻轻碰了一下我的头，像在敲门，"有人在家吗？"

我的眼神无法离开休斯先生和那头牛。这是我上次看到的牛吗？是我出车祸的时候看到的那头吗？休斯先生环顾四周，看到了我，举起他的帽子，还微微一笑。我很肯定，他眨了眨眼。

"厕所。"我连忙站起来，"我突然想上厕所。快憋死了。"

"什么？怎么这么突然？"玛格丽特问，我突然丧失了对膀胱的控制让她很惊讶。

"是啊，我马上回来。帮我留着位子。"我说着匆匆离开。我听到身后的玛格丽特在抱怨，但我不在乎。我满脑子都是休斯先生在田里的画面，戴着帽子，田里还有他的那头牛……

*

我决定我需要喝点东西。要一杯浓茶。也许再来点蛋糕。于是我走向零食摊位。

我靠近摊位之后，看到了斯威森班克太太庞大的身躯站在同样庞大的锡制茶壶旁边。茶壶看起来像是战前就存在了（"一战"，不是"二战"），它有点破旧，但状态还不错。这些话用来形容斯威森班克太太也一点问题都没有。她站在那里低头看零食摊位，权威感就像掷弹兵团或者女王本人。

她冲我投来一个温暖的微笑。

"伊薇，亲爱的。"她说着，展开交叠的双臂，敲了敲茶壶，"来一杯吗？"

"哦，拜托了，斯威森班克太太。我刚刚在看帽子游行。维拉赢了。"

"真的吗?"她说着,给我往一个夯实的杯子里倒了茶,"好吧,她总是能展示得很精彩。她确实很努力。她拿着那个帽子到处跑有好几个月了。"

她把杯子递给我,放在一个有屋顶瓦片那么厚的茶托上。

"我悄悄跟你说,我真不明白这有什么意义,亲爱的。比起把扣子、手纸之类的东西粘在自己头上,我有更有意义的事要做。"

她瞟了一眼隔壁摊位。

"嘿,你玩'翻筋斗'了吗?今年的奖品特别好。"

我看了一眼翻筋斗抽奖摊。奖品看起来就是村里商店能买到的。薄荷糖、一瓶康普顿棕糖浆、铃兰爽身粉、一罐青豆,还有三块用透明胶带粘起来的力士香皂。

"我看上那袋洗衣粉了。"斯威森班克太太说,"是家庭装的。能用一整年呢。"

"真好。"我说,假装出很热情的样子,实际上我对一大盒过氧化氢没有丝毫兴趣。

"那蛋糕摊位呢?"她继续问,"我知道你爱吃甜食。不过今年可怜的罗莎蒙德没来,蛋糕摊位就不一样了。女人们真能用鸡蛋和面粉变出花样啊。"斯威森班克太太咂咂嘴,"对了,她怎么样了?"

我给她讲了斯考特皮姆太太的健康近况,重点阐述了腰间盘突出和她身上那片形状像爱尔兰的严重淤青。

"哦,可怜的罗莎蒙德。我听说的时候都惊呆了。我都不知道那是周二松饼日还是周三谢菲尔德日了。你这么好,还去看她。"她说着,把手搭在大茶壶上,"她肯定喜欢你去探望吧。"

"我喜欢跟她相处。"我说,"我想念她在隔壁的日子。她不在感觉很奇怪。"

"她很快就回家了,亲爱的。"斯威森班克太太说,"别担心。"

就在这时,我们村永远欢快的屠夫杰克逊先生跟他妻子(爱猫,矮壮,经常乱用教堂的花)一起走到了零食摊位。"朵莉丝,一切都好吗?"他对斯威森班克太太眨眨眼,"请给我们来两杯茶。别抠门啊。"

斯威森班克太太转身去迎接杰克逊先生和他妻子。很快,他们就聊得热火朝天(天气、苏格兰蛋、气垫船),于是我决定我该去吃点蛋糕、散散步了。

蛋糕摊位看起来很好(跟'翻筋斗'摊位正好相反)。有一个"买一块蛋糕"摊位,摆着各式各样让人口水直流的蛋糕和面包;还有一个"蛋糕比赛"摊位,就是一大堆看起来差不多的水果蛋糕,上面摆着各种花样的杏仁、糖渍樱桃。我知道克里斯汀参加了今年的水果蛋糕比赛,但我不知道为什么。她做最简单的烹饪就够差劲了,我不懂她怎么可能掌握做水果蛋糕的高端技巧。

"你想来块儿蛋糕吗,亲爱的?"一个染了黑发的老妇人问我。她肯定是妇女协会的,她们在集市上垄断了蛋糕产业,就像西西里岛的黑手党。妇女协会掌控了所有的蛋糕摊位,非妇女协会的人要是敢带蛋糕来,就得自求多福了。

"来一块吧,谢谢。"我看到了一个巴藤伯格棋格蛋糕(这可是蛋糕中的亚当·费斯)。我要了一块,老妇人给我切蛋糕的时候,我瞥了一眼隔壁的妇女协会摊位。它远没有妇女协会的蛋糕摊位那么有趣。那儿摆着几本书在卖,还有一些霸道的传单(让英国保持整洁,多吃绿色蔬菜),但是摊位主要摆的是"指南"小册子。比如"如何做果酱""如何清洗蕾丝窗帘""如何在原子弹袭击时保护家人"。妇女协会似乎认为她们自己无所不知,或者至少说,她们知道所有的"如何做"。她们就像是克里斯汀的"协会"版本。

"给你,亲爱的。"老妇人说着,递给我一块巴藤伯格棋格蛋糕,"三便士,谢谢。"

我把钱给她,开始往游行圈走。

*

回到游行圈,我发现这里热闹得很。他们在宣布水果蛋糕比赛的获胜者了。我看到亚军、季军已经站在了领奖台上:一个我不认识的女士站在第三名的位置上,她的发量很足;小学老师、妇女协会重要人物巴顿太太站在第二名的位置。儒特牧师又在长篇大论了,于是我挤过人群,跟玛格丽特会和。幸运的是,她还帮我留了一个倒扣的水桶。

"你去哪儿了?"玛格丽特悄悄问我,她看起来挺生气,"我还以为你只是去上个厕所。"

"我被拦截了。"我告诉她,"一个巴藤伯格棋格蛋糕埋伏袭击了我。"

她不屑地看了我一眼。

有人嘘了一声,我听到儒特牧师说:"所以我非常高兴宣布,1962年水果蛋糕比赛的胜者是……"

又是夸张过度的停顿。

"……克里斯汀·布拉德肖。"

什么?

克里斯汀?

所有人都在鼓掌,还有人在欢呼。克里斯汀走到儒特牧师和领奖台旁边,微笑着冲人群招手。维拉激动地又笑又跳,她头上巨大的电视之星危险地晃动。克里斯汀站在领奖台最高处,依然在招手,还跟儒特牧师握了握手。然后她接过奖品——一束白玫瑰和一大瓶车厘子酒,冲人群鞠躬,好像她刚刚获得了官佐勋章或是诺贝尔和平奖。

"你不是说克里斯汀不会做饭吗?"玛格丽特说。

"她不会。"我摇着头答道,"我不懂。她热一罐汤都能热煳了。她绝对不可能做出水果蛋糕。"

克里斯汀放下了酒,抓起儒特牧师手中的扬声器。她的另一只手还抓着那一束花,花在她膝盖附近摇晃,好像一根大木棒。

我的天啊。她要演讲一番了。

"谢谢大家。"她开始了,她的声音从扬声器中轰隆而出,"谢谢你们。我想说几句话。我很高兴评委们喜欢我的蛋糕。我相信所有的蛋糕都很美味，但是有些蛋糕就是比其他的更美味。"

什么？

"我想感谢妇女协会的可爱女士们，是你们组织了今天的一切。考虑到你们的年龄，这已经做得相当不错了。"

人们礼貌地鼓掌（只有一两个妇女协会的女士没有鼓掌）。

"我还想感谢我出色的母亲维拉，是她教会了我一切关于烹饪和烘焙的知识。"

又一阵礼貌的鼓掌。人们扭头看维拉，维拉则挥手、鞠躬，这让电视之星经历了不小的考验。

"今天对我来说是个特别的日子，一个非常特别的日子，不光是因为我赢得了这次美好的比赛。"

她把花束举起来，在空中挥了挥。

"今天是个特别的日子。"她继续说，她头发上巨大的粉色蝴蝶结在微风吹拂下打到了她的眼睛，"因为我不光赢得了比赛，还有一个非常特别的消息要……"

她停顿了一下，显然是在寻找合适的词。

"……宣布。亚瑟在这儿吗？谁帮我把亚瑟·埃普沃思找来？亚瑟！"

克里斯汀喊着找亚瑟，搞得人群里此起彼伏地响起喊亚瑟的声音。等了几秒钟之后，克里斯汀露出了无聊的表情（还有些恼火——我太了解她这些表情了）。

"好吧，我们本来打算一起告诉你们，不过我都开始说了，是不是？我就继续说吧。"

她咳嗽一声，清清嗓子以营造戏剧效果。

"几天前，亚瑟和我去了鲍登珠宝，约克市最好的珠宝店……"

突然间，游行圈里骚动起来，人们低声交谈着。所有人都扭头不看克里斯汀了，而是在看一个穿过人群的高个子。克里斯汀也分了心，探头探脑地想看那人是谁，但她还是继续说着。

"我们去鲍登珠宝……是因为……呃……因为……"

人群分散开来，给那个高个子让道。这简直像红海自动为摩西分开的壮观场面，只不过海不是水做的，而是呢子。

克里斯汀把扬声器从嘴边挪开，用它来挡住阳光，想看清来者何人。

"亚瑟？"她喊道，"是你吗？"

是亚瑟吗？我希望不是亚瑟。千万别是亚瑟。

"那是谁？"玛格丽特问道，眯着眼看从人群分开的地方走来的人。

我盯着这个壮观的人，她现在站在了游行圈正中央。

所有人都在盯着她。

"是卡洛琳。"我说，我的眼睛瞪得跟晚餐盘一样大，"卡洛琳·斯考特皮姆。"

来自伦敦和未来的奇异子弹，红发如火。

第十三章

1962年7月20日，周五

今日市集上吃的巴滕伯格棋格蛋糕块数：3

跟玛格丽特伴着《南太平洋》原声带跳舞支数：5

"翻筋斗"奖项获得数：1（家庭装阿托拉板油）

我们家牛的获奖数：0

克里斯汀和维拉的获奖数：2（真厉害）

厉害的新邻居魔法般地出现，让世界变得更加美好：1

我在厨房里弄早餐，同时也非常激动。今天会很棒的。我要去利兹了，跟卡洛琳·斯考特皮姆一起，开宝马迷你。我简直不敢相信。我感觉自己有些癫狂了，可能会爆炸。这就像生日、圣诞、亚当·费斯新唱片发售全部在同一天发生。

我们昨天在村市集安排了这次旅行。卡洛琳穿过游行圈、穿过人群，直接走向了我。她用低沉丝滑的声音说："你好，妈妈跟我说了很多关于你的事。我觉得我们会成为很好的朋友。"

她太棒了。

她说她要去利兹买点吃的（吃的！利兹的吃的！），问我愿不愿意陪她去。任何时候让我去利兹，我都很激动，但是跟一个戴着超大号黑墨镜、住在伦敦、做时尚工作的人一起去利兹让我的激动直接爆表。

所以我现在赶时间，喝杯茶、吃几片吐司，盼着时间赶快到九点半，这样我就能去隔壁了。

我快把马克杯里的茶喝完时，一个来自粉色环礁湖的生物走进了厨房，我嘴里还含着茶呢。是克里斯汀，她拿着一个吹风机，头上满是卷发器。她穿着粉色高腰睡裙，还戴着让人摸不着头脑的配套粉色羽毛围巾。羽毛围巾的一端绕在她的脖子上，另一端则搭在她背上，这让她看起来像一只皱巴巴的粉色大猩猩。

"哦，"她说，"你还在这儿啊。你不是要出去吗？"

"我是要出去。"我说，（像往常一样）希望她不要坐下，"我正打算出门呢。我要跟卡洛琳一起去利兹。"

克里斯汀走到炉子旁，把吹风机插进墙上一个插座里。她为什么要在厨房里做头发？她为什么不能待在自己的房间里？她在侵占整个房子，到处占领地。

"卡洛琳？哦，对了。该死的卡洛琳·斯考特皮姆。刚到这儿就一副居高临下的样子，好像这里都是她的，该死的伦敦风气。把我宣布消息的风头都给抢了。那些人本来都好好听我的，结果她一出现，所有人都讨论她去了，没人讨论我了。"

（这是实话。卡洛琳一出现，就吸引了游行圈里人们的所有注意力，克里斯汀不得不推迟宣布她的订婚消息，灰溜溜地从领奖

台上走了下来。那场面就像是月亮想跟太阳比光辉）

"她就是头严肃的老母牛，我一眼就能看出。"她接着说，"跟她妈一个样。我不喜欢她。"

她摇摇头，好像在说这个话题就此结束。

"我觉得她很好。"我说。

"哈，你可不是觉得她好吗？"她摸着羽毛围巾答道，"我猜你们这些怪人都爱抱团吧。她穿的是什么玩意儿啊？搞笑的条纹校服裙，还要配亮蓝色连裤袜。看着就像小丑。"

"小丑？你在说什么啊？她看起来太时髦了。"

"时髦？是啊，要是你觉得安迪宝宝时髦的话。行了，不说那位大小姐了。"克里斯汀不屑地摸了一把羽毛围巾，"咱们谈谈更重要的事。你现在跟冠军是一家了，感觉如何？又是最佳帽子，又是最佳水果蛋糕的。我们可是赢了两项哦。就像托特纳姆热刺。"她挥挥手，好像在举起一个隐形的奖杯，"也许你有一天也能赢的，伊薇。不过也可能不会。"她看看自己的指甲，接着说："所有人都在讨论妈妈的装扮有多好。她比其他人强太多了。她的打扮简直像是电影里的。"

我不知道克里斯汀在说什么电影。《木乃伊》？《弗兰肯斯坦的新娘》？《宇宙访客》？

"你看到艾德娜·吉松听到自己是第二名时的表情了吗？哦，真是经典。那头满心嫉妒的老母牛看着要气死了。我太爱那个画面了。"

克里斯汀开始滔滔不绝了,不停地说维拉的帽子比其他人好多少。我必须承认,维拉的帽子以我们村集市的标准(虽然奇特)来看,确实是不错。可是克里斯汀说得好像维拉的电视之星帽子是像意大利文艺复兴作品一样的艺术杰作。

"啊。布莱德肖又赢了一次。有其母必有其女嘛。"

她大笑起来,又突然露出夸张的悲伤表情,好像那种烦人的法国哑剧演员。

"哦,伊薇,我很抱歉。你不知道这种感觉,对吧?母女之间的关系。我真是个大嘴巴。"

我努力忍住用茶壶打她的冲动。

"别担心。"我露出微笑,正经的微笑(算是吧),"没事的,做得好。我完全理解你是怎么赢了水果蛋糕比赛的。"

克里斯汀也露出微笑,正经的微笑(算是吧)。

我们同时微笑着,面面相觑。

战线拉起来了。

"哈。是啊,最佳烘焙师。"克里斯汀纠正了我,"你也应该试试的。偶尔做做蛋糕,别老是吃,对你有好处。"

她噘起嘴唇。

"蛋糕肯定很难做吧。"我说,"我猜需要很多技巧。技术性强。"

克里斯汀还噘着嘴唇。她看起来就像一只粉红色橡皮鸭。

"其实吧,简单得要死。"她跷起二郎腿,"只能说我有天赋。这东西呢,有就有,没有就没有。老话是这么说的吧?"

"有趣的是，我没看到你烘焙啊。"我说。

沉寂涌入房间。厅里的老爷钟嘀嘀嗒嗒、嘀嘀嗒嗒。

"你当然看不到了。"她答道，"我在妈妈那儿做的。我可不想用这老旧的厨房，全是灰尘、细菌。这当然不行了。谁都知道，这种破烂的木头厨房里做不出获奖的水果蛋糕。比赛得用像样的富美家厨台。"

她看我眼神仿佛有炭疽的杀伤力。

"啊，好吧。"我很努力地避免用"狄克松神探"质疑嫌犯的语气，"不过你是在这儿给斯考特皮姆太太做的蛋糕吧？"

"哦，那当然了。"她狠狠地说，"那个蛋糕又不需要获奖。随便什么烂蛋糕都配得上隔壁的老乌鸦。"

我感觉我的指甲陷进了手掌。

"你知道那蛋糕害斯考特皮姆太太生病了吧？"我说，"所以她才从楼梯上摔下来的。她在吐。赛迪也一样。它也吃了你的蛋糕。"

"她为什么要把蛋糕给一只该死的狗吃？"克里斯汀突然提高了音量，外太空的人大概都能听到，"我和妈妈辛苦了好几个小时做的蛋糕。厚脸皮的老母牛。她倒霉就是活该。"

"不。"我说，"斯考特皮姆太太该得的是平静美好的生活，喝着雪莉酒、看着好书，跟赛迪在一起。她才不该从楼梯上摔下去，带着腰间盘突出和浑身的瘀青进医院。你到底，"我用抡大锤的力气说出每一个音节，"在那个蛋糕里放了什么，害他们病了？"

我们隔着桌子互相瞪眼。(在战壕里交火大概就是这种感觉)

"什么也没放。她就是个不小心摔下楼梯的傻老太太。跟我可没关系。就像我睡裙上失踪的扣子跟你也没关系。"她说着,揪起睡衣。

哦,天哪,那颗扣子。克里斯汀居然还记得。

"是一颗大大的粉色扣子。"她继续说,"跟斯考特皮姆太太给我的蛋糕里那个扣子碎片一样。真有趣,是不是?这巧合也太多了。不过嘛,这大概就是生活吧。至少我们现在都明白自己的位置了。"

她向后一靠,交叉双臂。

"帮我把吹风机递过来,可以吗?"

我抓起吹风机,把它当作火星激光枪一样对准克里斯汀。也许我可以让她蒸发?

"你最好习惯一下递吹风机。"克里斯汀露出坏笑,"你明天就要去莫琳的沙龙上班了。"

"什么?"

"记得九点准时到哦。莫琳说斯怀特太太预约了烫发,她需要人给洗头。"

克里斯汀就像黑死病或者臭脚一样,让人毫无办法。

"我明天不能去。"我说着,把吹风机扔在桌上。

"胡说。你能,而且你会去的。一切都安排好了。你爸爸开心得不得了。你不会想继续让他失望吧?行了,你去吧,出门去吧。"

她用吹风机指了指门。

"你就跟着那个狗眼看人低的女人去利兹瞎逛一天吧。我们有些人可是有工作的。"

她打开吹风机。没有动静。她又按了一下,还是没动静。她又按了一次。

"喂,你把我的吹风机怎么了?"我打开后门的时候,她喊道,"它怎么坏了?"

我在门廊里停了下来,转头。

"虽然插进了插座,但是没开开关。"我说,"跟你一样。"

我把太阳镜推到头顶,飞奔到门外,感觉自己像《复仇者》里的凯茜·盖尔博士[①],用口哨吹着电视剧的主题曲。

[①] 出自1961年英国间谍题材电视剧《复仇者》,剧中人物凯茜·盖尔博士聪明、自信、美丽,是英国电视界开创性的女性角色之一。

第十四章

1962 年 7 月 20 日，周五

走在斯考特皮姆太太的车道上总能让我开心起来。不过今天，我格外激动（即使我还要面对婚礼、莫琳的沙龙和克里斯汀）。夏日天空蓝得出奇，嘎吱嘎吱的沥青路也比平时更响了。这有点像《绿野仙踪》里画面从黑白变成彩色的那一刻。

靠近房子时，我注意到三件事：

1. 音乐——（又是）歌剧。今天，音乐声比平时更大了。一个女人在喊叫，不知为何，她听起来又歇斯底里又悲伤至极。卡洛琳肯定跟斯考特皮姆太太一样爱歌剧。母女之间就是这样吗？我对亚当·费斯的爱可能是遗传自我那做意大利细面条舒芙蕾的母亲吗？

2. 气味——这味道很奇怪，不是我所习惯的。不是烹饪的味道，也不是烘焙。更像是一种带尘土的、令人沉醉的、烟熏、泥土味儿。这就是伦敦的味道吗？

3. 车——是一辆宝马迷你！这种车居然会出现在我们村

里！车是亮红色的，顶是白色的，上面还有一个笑脸，看起来比电视上要小。

我绕到房子背后，透过厨房窗子看到了卡洛琳·斯考特皮姆。她坐在厨房的一把椅子上，只有后面两条椅子腿着地，危险地摇摇晃晃。她将双腿抵在一条桌腿上，双眼紧闭，随着音乐的节奏摇头晃脑。她的一只手在桌面上敲打，旁边是一个放在茶盘上的小茶杯；另一只手则用两根手指夹着香烟，在空中挥舞，弄得烟灰和烟雾也有节奏地在空中飘散。除过那个小茶杯，餐桌上并没有早餐的踪影。

我深吸一口气，敲了敲门。

"伊薇，亲爱的。"她睁开了眼，用拿着香烟的那只手挥挥手迎接我，"快进来！我快准备好了，把这支烟抽完就走。"

她穿着黑色卡普里裤、黑色高领上衣，配一双芭蕾鞋。

太棒了。

她拿起小茶杯，喝了个干净。这是我见过最小的杯子，都不够做滤茶器。

"天哪，太爽了。"卡洛琳咂咂嘴，"我早晨不喝咖啡就一点精神都没有。什么事都做不成。"

"我也是，不过是必须喝茶。"我很努力地不去看卡洛琳的娃娃版茶杯，"我要喝一整壶才有精神。"

"你跟妈妈一样。她喝茶能喝好几加仑①。我就更喜欢咖啡了。"

她站起身来,把小茶杯和茶盘拿去了水槽。我注意到一个银茶壶,壶的周围有一些深色的点。我很肯定,屋里弥漫的香气就来自这个壶和那些污渍。我从没尝过咖啡,突然觉得无法适应卡洛琳精致的伦敦生活了。

"说到妈妈,"卡洛琳说,"我早上给她打了电话。她让我转达她的爱。"

"啊,谢谢。我真的很想她。她不在我都不习惯。"

"别担心,她很快就回来了。大家都说她恢复得很好。她开心着呢,总有书和杂志看。当然了,她的房间简直像个花店。我甚至还偷偷给她带了点雪莉酒。"

她淘气地眨了眨眼,又抽了一口烟。

"我告诉她我要带你去利兹的时候,她差点呛到。我觉得她可能是怕我带坏你。"

她走到厨房另一端,用水槽旁边的茶盘灭了烟。

"我跟她说,我们只去吃一点意大利面。我说真的。我们又不是去舞厅。"

去舞厅!跟卡洛琳一起!天哪,我可太想了。

"等等,赛迪在哪儿呢?你来之前它刚去花园里小便了。你不介意去喊一下它吧,亲爱的?我去拿点东西准备出发。"

---

① 英美制容积单位,英制1加仑等于4夸脱,等于8品脱,合4.55升。

她快步走出厨房门，穿过起居室。

（跟卡洛琳在一起就像是跟一只非常漂亮的猫相处）

我打开厨房窗子，喊赛迪的名字。

没有反应。

我又试了一次。

还是没有反应。

它跑哪儿去了？希望它没有跑丢吧。斯考特皮姆太太的花园很大，穿过花园就是一片又一片的农田。要是赛迪跑到那儿去，我们还得浪费去利兹的宝贵时间找它，那我可不乐意。

我正要再喊的时候，卡洛琳回来了。她拎着一个草编的沙滩包，戴着一副巨大的太阳镜。她就像来自另一个世界的生物。她把两根手指塞在嘴里，吹了个超大声的口哨，斯考特皮姆太太在医院里可能都听得到。

花园正中央的一大片杜鹃花丛动了起来，然后赛迪突然冲了出来，全身都是叶子和花瓣，看起来不像是一头犬，倒像是个稻草人。赛迪朝卡洛琳飞奔过去，舌头晃荡在外面，口水像胶状闪电一样喷射而出。

"看看你，脏脏的老东西！"卡洛琳说着，弯腰亲了赛迪一下。

赛迪抬头盯着卡洛琳，眼里写满了对英雄的崇拜。它坐在卡洛琳脚下，挪动屁股、摇晃尾巴，前腿激动地摆来摆去（我懂这种感觉）。

"好了，你需要收拾一下自己。"卡洛琳继续说，"你不会以为我会让你这个样子去利兹吧,小姑娘?快点。"卡洛琳拍了两下手。

赛迪狠狠甩了一下毛,身上的叶子和小枝飞得到处都是。然后它转了个圈,又坐下,张着嘴盯着卡洛琳。

"赛迪要跟我们一起去利兹吗?"我问道,似乎没能藏住我语气中的惊讶,"我们不把它留在这儿吗?"

"亲爱的,赛迪当然要跟我们一起去了。"卡洛琳说着,挠了挠赛迪的背,"它肯定会喜欢利兹的。可怜的老家伙。我们不能自己去城里玩,把它丢在这里啊。"

我不确定斯考特皮姆太太同不同意赛迪去利兹城里玩。赛迪在我们这个村子里就已经够调皮了,它要是去了熙熙攘攘的利兹城,真不知道会做什么。

"好了,该出发了。"卡洛琳说,"来吧,女士们,你们的马车在等待了。"她大步走向她的宝马迷你,热情洋溢地(副词——充满活力,热情很高)把大大的草编包甩来甩去。

她到了车旁,拉开驾驶座的门。

"进去吧!"她看看赛迪,用手指向里面。

赛迪爬到了后座,它的四肢、毛、口水凌乱地挤在一起。

我打开了副驾驶的门。这是我第一次坐迷你车。我感觉好像在跨过门槛进入另一个世界。

卡洛琳也上了车,立刻把她的窗户摇了下来。

"哦,这真有趣,是不是?"她把包扔到了后座,差点砸到赛迪。

我是有备而来的,我掏出了球形水果口香糖。卡洛琳吃了两颗，赛迪在我把包装抢回来之前就吞掉了四颗。

"谢谢，亲爱的。"卡洛琳说，她发动了汽车，看了我一眼，"那你准备好了吗？三、二、一。我们出发了！"

我们加速开出车道，路上的石子被扬得到处都是。

赛迪从卡洛琳打开的窗子探出头去。很难看出风中飘的毛到底是谁的更多——赛迪的还是卡洛琳的。

"下一站，利兹！"她大喊着，声音冲破天际（头发也是）。

我感到一种强烈的冒险感。

这是1962年，我坐在宝马迷你里，跟一个生活在伦敦、做时尚工作的人一起去利兹。她穿着黑色卡普里裤子、黑色高领上衣、芭蕾鞋。还有一只狗跟我们同行。

这肯定是命运。

这就是人生。

*

四十分钟后，我们到达了利兹。卡洛琳的车技跟克里斯汀的厨艺一样——吓人，需要健康警示，几乎肯定是违法的。她显然对路标和《公用通道法规》一点概念都没有，把宝马迷你开得比亚瑟的名爵敞篷跑车还快。

停车时，卡洛琳无视了所有看起来像停车场的地方，选择把车半停在谷物市场前人行道上。

"我们到了。"她说着，从后座抓起她的包，打开驾驶座门。她下车时，赛迪飞快地跟着她跑了出去，在她的芭蕾鞋旁边激动地跑，同时还边叫边抬头仰慕地看她。

"熟悉的利兹啊。"我下车的时候卡洛琳说道。

她看看周围，欣赏这座城市。

"北方女王。这是它的外号，对吧？"

是吗？我可没听说过。不过话说回来，即使只是坐了一会儿卡洛琳的车，我就发现很多事我都没听说过。

"等一下。"她在包里翻了翻，掏出一把梳子。我还没反应过来，她就把头低到了双膝之间，头朝下梳起了头发。几秒钟之后，她又站了起来，像香波广告里的女人一样甩头发。

"这下好多了。"她说着，戴上了大大的圆墨镜，"咱们先去把吃的买了吧？然后我们就能放松啦。玩之前要先把正事做了，我妈妈总这么说。"

"我们不给赛迪牵绳子吗？"我问道，突然觉得自己有点像玛格丽特。

卡洛琳低头看看赛迪。

"你觉得呢？"她说，"你想戴牵引绳吗？"

赛迪叫了几声，口水喷到了人行道上。

卡洛琳从她的编织包里掏出绳子，系在赛迪的项圈上。

"完美的最后一步。"她从包里掏出一条看起来很高级的丝巾，系在赛迪的脖子上，"这就对了，你这样很美，亲爱的。来吧。我们有正事要做。"

她把包搭在肩上，迈开步子。我跟着他们跑起来，我现在觉得自己就是个可怜的乡巴佬，不光卡洛琳比我穿得精致（这是自然的），就连赛迪都比我打扮得好。

*

我之前来利兹的旅行基本都在三个地方转——斯科菲尔德商场、刘易斯商场，还有黑德罗路上的服装店和唱片店。卡洛琳带我去了相反的方向，我很快就迷失在迷宫一样的小巷和有趣的小店之间。

"马上就到了，亲爱的。"卡洛琳说着，挽起我的手臂，"至少我觉得是马上就到了。这里哪儿看着都差不多，是不是？"

她给我讲了她在伦敦做什么。她好像是在一家杂志社工作，又好像是做衣服的什么工作。我搞不太清，因为她的工作就是跟人们去喝咖啡、参加派对。不管她做的是什么，反正她有时候要去梅菲尔的豪华办公室开会（梅菲尔是《大富翁》游戏里非常昂贵的一块地）。我觉得这听起来非常有意思，非常"成年人"。可卡洛琳说这件事"无聊得让人打瞌睡"。

我们接近一家看起来很混乱的小商铺的时候，卡洛琳停下了脚步。

"啊哈。"她说着，把太阳镜推到头顶，"我们到了。"

这家商铺是一半商场货架、一半蔬果摊。第一眼看去，一切都有些乱，可是仔细一瞧，你就会发现所有东西——外面装满亮黄色柠檬的篮子、橱窗里看起来有异域风情的商品——都摆得很有艺术感。

我看了看门面。门上方挂着一块儿大招牌,写着"来自帕斯夸莱",字是红的,背景是绿的。几十个红色、绿色、白色的条幅和小旗子做装饰,让橱窗有了些许圣诞气息——这有点尴尬,毕竟现在是火炉一样的八月天。

"来吧。"卡洛琳打开了门,"你会爱上这里的。"

我们一进门,一股柠檬、奶酪、盐混合的美好香气扑面而来,我听到一群留着八字胡的矮个子男人在激烈交谈,他们语速很快,谈话中用到许多元音,他们还像木偶一样比画手势。

去国外大概就是这种感觉吧。

"早上好,女士!"一个矮壮的秃头男人露出温暖的微笑,"有什么需要帮忙的吗?"

卡洛琳向前一步,告诉赛迪坐好,然后说了一段我听过的最清脆动听的外语。八字胡男人们露出大大的笑容,显然是觉得很惊喜,利兹居然有人能用含混不清的英语之外的语言交流。男人的比画变成了甩胳膊。所有人都在喊叫,包括卡洛琳,房间里的元音就像成千上万个小钟摆,来来回回。我时而能听到几个我懂的词:漂亮、谢谢、罗马、那不勒斯(意大利语)。但是这些词很少,总的来说,我就是站在那里,被眼前的戏剧迷住了。

卡洛琳和这群留着八字胡的男人忙着大喊、挥胳膊,我就好好在店里转了转。整个店满是奇怪的物件。跟我胳膊一样粗的香肠从天花板上悬下来。桌上的塑料桶里装满了闪亮的绿色和黑色小球。我盯着一条长长的晾衣线，它贯穿了整个店铺，上面挂了四条干肉条，每条都像吉他一样大。这时候，我注意到所有人都停止了交谈，盯着我看。

"伊薇，"卡洛琳说，又换回了英语，"他们在问你想不想尝一个橄榄。"

橄榄？

矮壮的秃头男人站在装着黑色、绿色小球的桶旁边。他把一个绿色小球放在巨大的勺子上，递给我。

啊，橄榄。

所有人看着我，我看着橄榄。

"这是来自普利亚的上好橄榄，女士（意大利语）。"矮壮秃头男说，还露出微笑，把勺子又朝我这边递近了一些。

其他八字胡男人都微笑着前倾。

"亲爱的。"卡洛琳说，"你从来没吃过橄榄吗？"

我不知道该说什么。我的第一直觉是撒谎，说我吃过，这样就不会显得更像个乡巴佬了。要是我的同伴换了任何一个人，我就会撒谎。可是我有种直觉，最好不要跟卡洛琳耍花招，所以我决定说实话。

"哦，这是你的第一颗橄榄！"她的语气好像我是第一次吃炸午餐肉或者波旁奶油。她对意大利人说了几句意大利语，对方又比了很多手势，露出震惊的表情。然后她再次转向我，说："你有得享受了,亲爱的。橄榄很美味的。"

美味。这是个好词。"美味"是用来形容水果串或者巧克力橙子的。

我从勺子里拿出橄榄,丢进嘴里。

两件事同时发生了:

1. 意大利人全部开始鼓掌、大叫,好像我刚刚进了球或者考过了驾照。

2. 一种非常恶心的咸味儿碰到了我的舌头,然后在我嘴里蔓延。

这太难吃了,就像喝了一口海水。我进入自我防御模式,脸皱了起来,希望我看起来不要像闻了醋的维拉一样。我能感觉到我的泪水要涌上来了,还很想把橄榄吐出去,可我还是强撑着,不想让卡洛琳失望。好像过了一世的时间,我才吞下橄榄、睁开眼睛。

我第一眼看到的就是拿相机对准我的卡洛琳。

"别管我,亲爱的。"她说,"我就照几张相。不用担心。"

她转过身去,给那几个意大利男人也照了一张,那个矮胖的秃头男把勺子像奖杯一样举起来。然后她甩了甩头发,说了句意大利语,他们全都笑了。

"这是要放进照片日记里的。这样比写日记有趣多了。我想给迪格比看我都干了些什么。"

迪格比？

迪格比是谁？卡洛琳的男朋友吗？她的上司吗？她的情人吗？斯考特皮姆太太从没提过迪格比。不过直到前几天，她还从来没提过卡洛琳呢。

我没有时间问（或者想）迪格比的事，矮壮的秃头男用一根棍子去够一条吉他大的肉，切下来一片递给了我。这是我见过的最薄的肉片，我甚至能透过肉片看到我自己的手指。维拉要是能见到这一幕，肯定说不出什么好话。

"这是来自艾米莉亚·罗马涅的美味意大利熏火腿。"男人说，一边鼓励地微笑，一边挥动着双手。

我看看卡洛琳，希望她能指引我。可是她跟柜台后的几个男人聊得热火朝天，他们不停地去取不同的小包、锡罐、瓶子。所以我只能深吸一口气，把肉片塞进嘴里。

太恶心了。意大利食物基本上全是盐。

"很美，是吧？（意大利语）"矮壮秃头男说着，抬起双臂拥抱了我，还亲了一下我的脸颊，"这是整个约克郡最棒的意大利熏火腿。"

"亲爱的。"卡洛琳朝矮壮秃头男走来，"我很确定，约克郡只有这儿有意大利熏火腿！"她拿起一片肉，丢进嘴里。

"嗯，真美味。"她说着又拿起两片，一片自己吃，一片给赛迪。

意大利男人们又喊叫起来，他们好像都想引起卡洛琳的注意。他们把双臂举到空中，不停地抖动手，手指张张合合。这场面就像是人体烟花。其中一个——特别矮的一个，留着猫王发型，胡子酷似海象——拎着卡洛琳买的东西，但是其他人好像在抢那包东西，都想自己递给她。他们又说了一些意大利语，这让赛迪叫个不停。拎着袋子的男人挤着其他人走向卡洛琳，把袋子递给她。他站在她旁边显得更矮了，他们看起来就像是一个水桶在给一个扫帚递袋子。

"谢谢，亲爱的们。"卡洛琳被这群男人包围了，"非常感谢。（意大利语）"

她优雅地穿过挤在一起的男人，带着赛迪和她买的一包东西。

"感谢。感谢。你们真善良。（意大利语）"她唱着，元音发音很重，简直可以敲倒一栋墙。男人们挤来挤去，抢着开门、摸赛迪。接下来是一阵混乱的喊叫、挥手、握手、吻手。我们村的蔬果铺店主穆林思先生可不会这样。在欧洲大陆买东西一定很累人。

我们走出商店时，后面还传来一阵夸赞"美"的意大利语，还有不停地摆手。

"来吧。"卡洛琳说着挽起我的手臂，大步走到街上，"咱们找个咖啡馆，我想死咖啡了。"

*

五分钟后，我又坐在了一个陌生的地方。这里没有意大利语，也没有奇形怪状的蔬菜，但是有很多胡子和高圆翻领衫。卡洛琳给我买了一板巧克力。这里的男人几乎都戴着眼镜，穿着不对季节的针织衫。女人都画着眼线,戴着丝巾。目之所及,没有一条硬裙摆的蓬蓬裙。谢天谢地我穿的是紧身裤。

这里甚至比意大利蔬果铺还吵。所有人都在说话,跟亚瑟带我们吃饭的地方不一样,这里的人似乎并没有压低声音。店角落里有一台点唱机(很不幸,里面的音乐都是爵士乐),最吵的还要数柜台上那台巨大的不锈钢咖啡机,滋滋作响的管子和喷咖啡的龙头。

我无视了咖啡机,还是点了杯茶(橄榄和意大利熏火腿的经历已经用尽了我今天在食物方面的冒险额度)。赛迪得到了一碗水(还有一些水果糖),卡洛琳(咖啡女王)又在用超小号茶杯和茶盘喝又浓又黑的东西。

"好吧。"她坐了下来,叹了口气,"太好了,东西都买好了。谢谢你跟我来,亲爱的。我上次来利兹是很多年前的事了,有人陪着来真好。"

她弯腰摸了摸赛迪。

"对了,你的茶怎么样啊?"她指了指我的杯子。

"很好。"我低头看看熟悉的奶茶棕,"刚刚吃了那些奇怪的意大利食物,我非常需要一杯茶。"

"亲爱的,别对可怜的橄榄要求那么高!"卡洛琳说,"我们应该让你先吃点甜的,比如意大利硬蛋糕或者酥皮果酱挞。"

她说意大利硬蛋糕和酥皮果酱挞时,那种强调元音的口音又回来了。很好听,就像迅速敲响的一串教堂钟声。

"我喜欢听你说意大利语。"我说,"就像听音乐。你的意大利语怎么这么好?"

"上学的时候学过,当然了。而且妈妈总在家里放歌剧,所以我大概是那样学了一些。不过应该是我离家出走的时候才真正学会的。"

离家出走?我真是跟不上卡洛琳的速度。跟她相比,玛塔·哈丽①的人生都显得无聊了。

"你离家出走过?"我说,"是说去伦敦吗?"

"哦,不是的,亲爱的。"她大笑着答道,"是去意大利。我当时快十七岁。超级好玩的。我在那儿住了好一阵儿呢。"

"发生了什么?"我问道,"你为什么要离家出走啊?"

卡洛琳愣了一下,用舌头舔了舔牙,从一边到另一边,再回来。

"这个嘛。"她缓缓说出这个词,就像打开一张餐巾,"妈妈和我有一些意见分歧,可以这样说吧。"她又停了一下,用手指敲了敲她的小咖啡杯。"有一天,我们大吵了一架。吵得非常难看。是这样的,她想要改变我。好吧,是改变我的一部分,而我是头倔驴,绝对不可能变。那段时间很难挨。当然了,对她也一样。可能现在她也不好受。可怜的老太太。"

她又喝了一口咖啡,叹了口气,然后露出淡淡的笑容。

"行了,"她说,"说够我有多调皮了。跟我说说你吧。妈妈说

---

① 玛塔·哈丽(1876—1917),舞娘,"一战"期间法德之间的双面间谍。

你有时候会跟她练习法语。"

这是真的。斯考特皮姆太太帮我准备了高中统考的法语口语考试。她帮我改善了口音，但我感觉我的法语还是"约克郡农夫版"。

"是的，我们有时候会换法语聊聊天。说实话，我们的谈话基本都是谈蛋糕的。"我回忆起斯考特皮姆太太似乎源源不断的法语甜点词汇，"但是我的法语跟她比差远了。我甚至比不过我爸爸。"

"你爸爸会说法语？"卡洛琳说，她看起来相当惊讶。

"是啊，我妈妈显然也会。斯考特皮姆太太告诉我的。"

"那你基因里就带着呢，亲爱的。"卡洛琳说着，伸手来抓住了我的手，"反正呢，按法国人的说法，'话题回到羊身上'。来吧，给我讲讲你自己。说什么都行，什么都说！"她调皮地翻了个白眼。

我的大脑一片空白。

"呃，好吧。我十六岁半。"

"嗯。然后呢？"

卡洛琳期待地看着我。天哪，我还能说什么呢？

"我刚刚完成高中统考。我曲棍球打得挺好。我喜欢看书、游泳、开车。"

她大笑起来。我觉得这是好的那种大笑。

"我也喜欢跳舞。我是我们学校最高的女孩。我的卧室墙上贴着两张巨大的亚当·费斯海报，一个是世故亚当，一个是忧郁亚当。我的床头柜上还有他的签名照。"

"哦，一间卧室里有这么多亚当·费斯啊！"卡洛琳笑得更厉害了。

"我会弹钢琴，但是弹得很烂。我最好的朋友叫玛格丽特。我最爱的颜色是蓝色，深蓝色。我是射手座。我喜欢《点唱机陪审团》。我有一次一顿早餐就吃了四个你妈妈做的司康。"

"四个！我的老天——你没长成牛那么壮真是奇迹！"

"我在约克市最爱的地方是克利福德塔，贝蒂斯是第二名，差距不大。我想开飞机，想在炎热的地中海海滩上散步，想学滑水，想学滑雪，还想滑冰。我痒痒肉很多。我的肩膀上有雀斑。我要学大学入学历史、英语和法语。"

"聪明绝顶。"卡洛琳说着，做了个鬼脸。

"我喜欢马麦酱、覆盆子、卡仕达挞、炸鱼条三明治。我最爱的词是阴谋诡计，或者绝妙无比，或者人造皮革。我已经长智齿了。我把我妈妈的婚戒当项链戴，它是我的幸运符。"（我把戒指给她看了一眼）"我爱狗，还有蛋糕。我知道怎么换轮胎，怎么给牛挤奶。我去过两次曼彻斯特。我不喜欢香蕉，除非是青香蕉。我能系三种不同的屠夫结。我对盘尼西林过敏。明天我就要去莫琳臭臭的沙龙工作了。"

卡洛琳挑了挑眉。

"什么？莫琳那儿？你为什么会去那里工作啊，亲爱的？"

我给她讲了克里斯汀的事，所有事。从新的祖母绿炉子到失踪的东西，再到贝弗利皇家酒店的订婚餐，还有克里斯汀和亚瑟即将举办婚礼的可怕未来。

"哈。"卡洛琳点了一支烟,"这个克里斯汀听起来像是个难缠的人物。"

她吸了一口烟,吹出一串烟圈。太厉害了。

"好了,我是这样理解的,你不想去莫琳臭臭的沙龙工作,是不是?"

我皱起脸。

"那你为什么要去啊,亲爱的?为什么要去做你不想做的事呢?"

"因为克里斯汀说这样能让亚瑟开心。"我告诉她。

卡洛琳大大的棕色眼睛直勾勾地盯着我。她的手指敲击着烟灰缸。

"哈,我懂了。"

她抽了一口烟,又吐了一串烟圈。

"听着,我小的时候,可能就比你现在小一点吧,那时候我经常来利兹。"她说,"当然了,我是为了逛商店,也是为了这儿的生活和人。我感觉我在这儿更能适应,不像在家乡的村子里或者土里土气的约克市学校那样格格不入。可是我来这儿还有一个目的,去画廊。我那时很喜欢看画。画就像是另一个世界,有魔力。有一幅画我尤其喜欢,《夏洛特女郎》,你知道吗?"

我摇摇头。

"她很美,亲爱的。绝世美女,黑色的秀发、白皙的皮肤、饱满的红唇。你必须得看看她。她一直在那儿,困在一座城堡里,可怜的家伙,她注定要在织壁毯中虚度人生。"

她用香烟指了指我的方向。

"怪不得她看起来那么愤怒。反正呢,有一天她看到了兰斯洛特爵士,一个黑色鬈发的英俊骑士。她陷入了爱河。她从城堡里逃出来,上了一艘船,沿着河朝卡美洛出发。"

"太好了!"我说。

"其实不是的,亲爱的。问题是,她被诅咒了。"

她把烟熄灭,向前靠了靠。她离我好近,我能闻到她的香水味,花香、柠檬香、肥皂香。然后,她压低声音,说:

"她高声吟唱,她低声吟唱,

直到血液缓缓冻僵,

直到双眸全然变暗,

依旧面朝卡美洛高塔。

她踏着高浪,

未到水边那座房,

便在歌声中死亡,

夏洛特女郎。"

卡洛琳背诵着这首押韵很多的诗,她还夸张地停顿。她说到"死亡"时,闭上双眼,低下头,头发落下,盖住了大半张桌子。

她应该上电视啊。

几秒钟后,她又抬起头来,甩甩头发。赛迪正看着她,也学她甩了甩自己的毛,把一些狗毛甩进了我的茶。

"所以她死了。"我说,"那个女郎。她从城堡里逃出来,还是死了。真可惜。这不算是个美满结局啊,是吧?"

"可是,我们不会都在到达卡美洛之前死去的,亲爱的。有些人能从困住自己的城堡里逃脱,找到幸福、爱,各种各样的东西。"

爱?

"听着,重要的是逃离。不要被困在只能为他人织壁毯的人生中。你应该做你觉得适合你的事,不论那是什么。来吧。"她说着,戴上太阳镜,"我要带你去看那幅画。你会爱上她的,亲爱的。但是不要告诉妈妈。"

卡洛琳把包往肩膀上一甩,大步走出门,赛迪紧跟她身后。

真扫兴。我还以为她要跟我讲迪格比的事了呢。

插曲

1952 年 8 月 18 日

罗莎蒙德·斯考特皮姆看着茶几上的明信片。明信片上的图片是蓝得耀眼的海湾,被金色的阳光照亮。

"来自那不勒斯的问候(意大利语)"

这一切发生得太突然,她还来不及反应,事态就已失去控制。她们两个都说了许多难听的话。两人大喊、哭泣、砸瓷器,爱德华那辆可怜的车也遭了殃。就这样,她走了。

罗莎蒙德向后一靠,喝了一大口雪莉酒。

她到底哪里做错了?这怎么可能发生呢?如果爱德华还在世,事情是否会不同?她环顾房间,看看这鼠尾草绿的墙面和壁炉上的钟,她的目光停留在身后餐具柜上的全家福。卡洛琳还是个婴儿的时候、上学的时候、穿童子军制服的时候、骑着马参加本地马术比赛的时候。这些都是来自过去的纪念品了。她拿起明信片,又读了一遍卡洛琳的信。

> 我很安全,也很幸福。不要担心。
>
> 但是我不会回去了。
>
> 我不可能改变。
>
> 我很抱歉。
>
> 爱你,非常爱你,永远爱你……
>
> 卡

当然了,罗莎蒙德希望获得原谅,可她要怎么开口呢?她还怎么可能回到从前呢?她眼里盈满泪水,从内心深处涌出。她就这样让泪水决堤,也掏空了自己。

第十五章

1962年7月20日，周五

噗。

真是精彩的一天。

我一整天都在利兹度过，吃咸咸的意大利食物，在画廊里看陌生的女士（画的，不是真的）。我现在回到了家里，跟亚瑟和克里斯汀一起吃炸鱼薯条，这是我们每周四的下午茶。我忙着啃一条跟用久了的板球棍一样大的鳕鱼，克里斯汀在给我们讲她去约克市购物的事。她正在给我们展示她的战果。

"你觉得这个怎么样？"她说着，拿起一件粉色、蓝色条纹的上衣。

太丑了。

"很好看。"我告诉她。

"我还买了这些。"她又拿起一条青绿色和绿色相间的条纹裙和一双红白条纹的手套。

"真的很好看。"我心想，她要是全穿上，看起来就像一堆沙滩椅放在了一起。

正在吃炸鱼薯条的亚瑟抬起头来。我能从他的表情看出,他跟我一样看不上克里斯汀买的那些东西。他挪动椅子,有点不自在的样子,盯着那条新裙子和新手套。

"它们会不会有点,呃,你知道的,夸张?"他对克里斯汀说。

"夸张?"

"好吧,是的,也许是有点,亲爱的。我只是觉得应该买点……"他渐渐没了声音,显然是想尽力找个火药味轻一些的词,"低调的。"

"低调?"克里斯汀重复这个词,"低调?"

(跟色盲回声住在一起一定就是这种感觉。)

"你在说些什么啊?"她拿起条纹手套,对着亚瑟挥舞,"多好看啊。店里那个女人说它们简直就像为我定制的。她说觉得我像黛安娜·多丝[①]。迪奥先生[②],我要是需要你在时尚方面的建议,会问你的。哦,我差点忘记……"她在各种袋子里翻找,"……我还给你买了点东西。"

她掏出一大堆衣物,把它们堆在餐桌上。

一件猪粉色紧身褡。

一件蓝白点的泳衣。

一条黄色针织短裤。

"来。"她说着,得意地举起一件图案闪瞎我眼睛的东西。

---

① 黛安娜·多丝(1931—1984),英国演员。
② 指克里斯汀·迪奥(1905—1957),设计师,时尚奢侈品牌"迪奥"创始人。

亚瑟放下刀叉，看着克里斯汀手里的东西。

"这是什么？"他问道，显然是很震惊。

"这是海滩装。"克里斯汀说，这个词有点外语的味道，克里斯汀说起来简直像搅拌混凝土，我都怕她的舌头累到。

亚瑟眨眨眼。

"什么装？"

"海滩装。这个特别流行。就像在海滩上穿的睡衣。猫王也穿呢。还有肯尼斯·威廉姆斯。"

她把海滩装拎起来，好让我们仔细瞧瞧。上面的图案很拥挤，有棕榈树、沙滩球，还有看起来有异域风情的鸡尾酒。这衣服真的很丑，是有一种被阳光吻过的"精致感"，就像一对儿充气救生袖套。

"你穿上肯定好看。多英俊啊，就像肯尼迪总统。"

亚瑟用手背擦了擦额头。

"可是，我不是很确定这个适合我，亲爱的。"

"哦，别这么老古董了。"克里斯汀说着戳了一下他的肚子，"你该与时俱进了。"

亚瑟盯着沙滩装。他面无表情，像在小便的马。

"我觉得蜜月时穿这个特别合适。"克里斯汀继续说，她努力露出勾人的微笑，把手搭在亚瑟肩膀上，"你需要沙滩风的衣服。我们不可能让你穿着灯芯绒裤和V领毛衣在布拉瓦海岸跟富豪们一起度假吧？"

什么？

"布拉瓦海岸？"我瞟了一眼亚瑟，"我怎么不知道你们要去布拉瓦海岸？"

克里斯汀瞪了我一眼，眼神都可以打苍蝇了。

"是的，布拉瓦海岸。抱歉了，伊薇，我不知道我们还得征得你的准许。"

亚瑟看了看克里斯汀。我很确定他脸上的表情是皱眉的前兆。

"克里斯汀，亲爱的，我们不是同意了去托尔坎吗？你知道我们现在用钱方面得小心一些的。"

"托尔坎？"克里斯汀又进入了回声模式，"你答应我去国外度假的，亚瑟·埃普沃思。我才不去什么该死的托尔坎。你说的用钱小心又是什么意思？等我们卖了房子，我就能在钱里打滚了。我跟你说了，越早签字越好。"

我张开嘴，打算开口说话，可是亚瑟转向我，握住了我的手，低声说："现在不是时候，伊薇。"

"这个嘛，事情没有那么简单。"他继续面向克里斯汀说，"有一些……复杂情况。我想确保一切顺利。"

他叹了口气，拿起一根薯条。

"别担心，最后都会好的。"他补充说，可他的微笑没有什么说服力。

"好吧，最好是这样。"克里斯汀说着，从桌旁站起来，"我结婚后才不要住在这破旧地方。"

她开始摆弄碗，发出叮叮当当的声响，打开、关上柜子上的各种门。

"哦，对了，我今天在电力局看了一台自动洗衣机。"她弄碗时插了一句，"已经1962年了。什么都要我用手做不合适。"

（我觉得她说的应该是什么都要维拉用手做不合适。）

亚瑟把他的盘子推到一边。

"好的，当然了，亲爱的。"他说，"过几个月。我得先把这些事都摆平。我们不能还没拿到钱就超前消费，对吧？"

"洗衣机下周二就来了。"克里斯汀说着，把两个布丁碗用力摔在桌子上（她做服务生的技巧跟成吉思汗差不多）。"我分期买的。"

克里斯汀从来没过过这么好的日子。她就像我们家的薇芙·尼克森（赌球女王），只不过她不光"花花花"，还"借借借"。除了冰箱，我们现在显然还有了新洗衣机，她还买了一个料理机、一个陶瓷牧羊女、一块真皮坐垫，都是"分期"的。麦克米兰先生肯定很开心。

"好吧。"克里斯汀重新在桌边坐下，双臂抱胸，"那我该怎么做？等着你停止拖延，这之前什么都不买吗？你想让我过乞丐一样的日子吗？洗你那些该死的衣服毁了我漂亮的手吗？也许我该改穿麻袋？"

克里斯汀不停地说啊说。可怜的亚瑟。他肯定特别想来一份《约克郡邮报》。我们都低头看着眼前的碗。

草莓奶油。

这是亚瑟的最爱。

克里斯汀显然是想说服他,让他跟她一样对拥有一台洗衣机的事感到激动。

亚瑟无视了克里斯汀(她还在说啊说),拿起一个勺子,舀了一颗草莓和一大坨奶油塞进嘴里。他又叹了一口气,微笑渐渐浮现在他脸上。这表情我懂。草莓奶油进了他的嘴里,他就会像猫一样打呼噜。

进去了……

"啊!"他大喊着,扔掉了勺子,双手都塞进嘴里,显然是很疼,"我的牙!"

克里斯汀的表情可能是世界上最没有同情心的表情了。她只是用一根手指指着他。

"你可别想在伊薇面前压我一头,亚瑟·埃普沃思。这些草莓没有任何问题,刚从冰箱里取出来的。"

"刚从冰箱里取出来?!"亚瑟喊道,"你疯了吗?这草莓差点硌得我下巴脱臼!"

他把椅子向后一推,站了起来。这对一个约克郡人来说已经算是相当戏剧的事了。

"我今天真是受够了。我的怒气马上就要溢出了,真的快忍不住了。什么该死的洗衣机。什么该死的草莓。抱歉,伊薇。"他走出房间,还在嘟囔着说什么该死的草莓。

"好吧。"克里斯汀对着我说,"脸皮真厚。我在这儿干活把手磨得快磨出骨头了,我得到了什么感激?一点也没有。他还说他快受够了,那我呢?"她把自己的椅子也强硬推后,椅子与地板摩擦的声音很难听,"我去我房间静一静。你把这些收拾好吧。"

她挥手示意整个厨房。

"我今天可什么都不做了。"她继续说,"我也该好好休息一下了。我就是不停地给予、给予、给予,这就是我的问题。我的好心全浪费在你们身上了。"

她站起来,准备走出厨房时,我大步拦住了她。

"等一下。"

她停下来,转身。

"我的亚当·费斯时钟呢?"

那个时钟是一个微笑的亚当·费斯,指针是把吉他。这是亚瑟送我的礼物(虽然我强烈暗示了),它通常挂在厨房靠近后门的地方。我今天从利兹回来就发现它不见了,原本挂着它的地方现在挂着一个母鸡戴软帽的时钟,每个刻度都是一颗蛋。它好丑,白痴(名词——一个一眼就能看出弱智或没有判断力的人)才会买这样的东西。

"很好看,是不是?"克里斯汀说着,指了指那只母鸡,"妈妈买的。我们需要在这儿放个好看又有厨房氛围的东西,是不是?"

"所以我的亚当·费斯时钟去哪儿了?"我又问了一遍。

"在这儿。"她说着打开了洗碗池旁边的抽屉,"跟其他的劣质玩意儿在一起。"

"它才不劣质。"我说,"这是亚当·费斯粉丝俱乐部的官方衍生产品。背后还有标签呢。"

"你想的话,可以把它粘在你房间里。"她说,"但是我不想让它出现在我的厨房里。"

"你的厨房?"

"是的,我的厨房。"她重复了一遍,把时钟摔在餐桌上。她跺着脚朝厨房门走去。"记得你明天早上要早起去莫琳那儿。你爸爸铁了心要让你做这份工作。你不想让他失望吧?尤其是发生了那么多……啊!什么鬼东西!"她大喊一声,她这是又被水泥大熊弄疼了脚趾(我是越来越喜欢它了)。"我的老天爷,这只该死的熊!"

她把门摔上了,一瘸一拐上了楼。

我听到她卧室的门大声合上时,把那个难看的母鸡时钟取了下来,换上可爱的亚当和他能做表针用的吉他。然后我找了榔头和钉子,花了几分钟把克里斯汀的母鸡和它的十二颗蛋钉在了一楼厕所里。

如果把克里斯汀赶出我们的生活也有这么简单就好了。斯考特皮姆太太的魔法似乎一点也没有起效。

一切都乱套了。

在这种时候,我就会希望我有一个妈妈。一个真正的妈妈。一个会让你微笑、给你讲人生、帮你厘清头绪、拥抱着你、告诉你一切都会好的妈妈。一个会说法语；做芦笋冰、意大利细面条舒芙蕾；拥有刻字胡桃夹子、黑色煤气炉；美丽、耐心、善良的妈妈。

我看着克里斯汀的新炉子周围那块儿异常鲜亮的壁纸，从上衣里面掏出项链上的婚戒，握着它，感受它的弧度贴合着我的手掌。我现在最想做的就是爬进那墙纸里，藏在它幸福的色彩中，让那些藏起来的记忆包裹住我。

*

过了一会儿，我发现天色已晚，就去了楼上，路过克里斯汀房间时听到曼托瓦尼《绿袖子》那难听的弦乐。再往前走一些，就是亚瑟房间传来的让人安心的约翰·阿洛特和国际板球特别锦标赛的声音。

一回到自己房间，我立刻打开我的丹塞特电唱机，播起《我是谁》，这是我最爱的亚当·费斯歌曲。世故亚当和忧郁亚当在墙上看着我，跟丹赛特亚当一起歌唱。我也加入了他们，组成一个天籁之声四重唱。

> "我从未想过定下如此高的目标，
> 我是谁，我是谁？
> 好吧，现在我要问你，我要做什么？"

歌唱完后，我关上丹塞特（晚安，亚当），走到窗边坐下。天色如今更暗了，一片模糊的灰色，但是夏日的余温仍然停留在空气中。我突然想起卡洛琳讲的《夏洛特女郎》，从她城堡的窗子向外望。那就是我吗？被困，停滞，被一大堆壁毯所困，难看的粉色线缠住了我的双腿。

窗外，平原广阔的风景线在田野上不断延伸。外面有什么呢？跨过那些树、牛、小溪，远方等待我的是什么呢？我希望在某处，田地另一边的某处，天际线的远方（彩虹之外），有不一样的东西。它有魔力，还在成型，一点、一点，不被肉眼所见，也从未有人听过。

我伸手从床头柜上拿起母亲的菜谱，抓着斑驳的封皮，望向无尽的天空。

第十六章

1962年7月21日，周六

现在是早上九点，我站在莫琳的沙龙门口等了二十分钟了。莫琳和来烫头的斯怀特太太都不见人影，连理发师也没来。实际上，这里唯一的生命迹象就是理发店门面像发臭窗帘一样永久的化学用品臭味。

我对在莫琳的沙龙工作这件事并不开心。我更愿意在农场玩，或是跟卡洛琳做一些冒险的事，或者跟玛格丽特做一些不那么冒险的事。我对头发没有半点兴趣，我还很肯定，让我掌控店里那些过氧化氢、剪刀、烫发棒是不安全的。再说了，这事是克里斯汀安排的，这就意味着这不是好事。可话说回来，我来工作会让亚瑟开心（他似乎对让我"学门手艺"这件事着了魔），能多挣点零花钱，还能让我少见克里斯汀。伦敦也是需要理发师的，不是吗？

所以我来了，等人放我进去。

"嘿……"

这就是莫琳了，整个村子里只有她穿衣的夸张程度能把克里斯汀比下去，让克里斯汀显得像个正常人。今天她打扮成了戴着一堆饰品的珊瑚礁。

"伊薇，亲爱的。"她喊道，大步朝我走来，"抱歉我迟到了。我今天特别倒霉。"

她停下步子，靠在石砖墙上，用蕾丝手绢擦擦鼻子。

"是我的痔疮。已经犯病一整晚了。你们年轻人可不懂这有多难受。"

我微微一笑，不知道该怎么回答。跟莫琳相处就像穿过礼仪雷区，永远不确定该怎么做。

她拿出钥匙开了门。"我本来约了斯怀特太太一早就来的。我不知道她到底去哪儿了。我希望她不是又被卡在该死的浴缸里了。上次我们三个人合力才把她弄出来。"

*

来到沙龙却不是顾客是一种神奇的体验。我来过很多次，都是来剪头发，不过我跟莫琳的所有顾客一样，只在被允许的区域内活动——前台的小沙发、洗头盆、一把大理发椅。然而今天，我自由了，随便想去哪儿都可以。或者换个准确说法，是莫琳想让我去哪儿我就去哪儿。我们一进门，她就给了我一长串要做的事。擦镜子、洗梳子、扫地。这比女童子军还可怕。

"不过首先，"她说着，走到衣架旁，"你得穿上一件这个。"

她拿起一条亮粉色的围裙。围裙上有袋鼠式大口袋（上面别着好几百个发夹），还绣着一把巨大的卡通剪刀。这看起来像克里斯汀设计的。我讨厌它。

"呃,我必须得穿吗,莫琳?"

"你当然得穿了,这就算是工作服了。我也有一条呢,嘿,我们俩看起来像双胞胎呢。"

是啊,两只小粉猪。

我穿上围裙,觉得自己立刻老了三十岁。

"你穿上很好看。"莫琳说,"行了,在开始工作前,能不能烧壶茶,亲爱的?我现在渴死了,就想喝茶。你也可以给自己倒一杯。"她开始看着面前巨大的镜子检查妆容。

我一穿上围裙,就注意到它是臭的。主要是漂白剂和其他化学制剂的味道,除此之外还有淡淡的香烟味儿和什锦甘草糖的味道。为什么沙龙里什么东西味儿都那么大?我走进员工房间,这里也一股味儿。就好像走进了学校的化学实验室,里面到处都是瓶瓶罐罐和看起来很可怕的液体。我煮上茶,开始在房间里看看。一个角落里堆着几堆旧毛巾。厕所旁边有一个架子,上面摆满了小盒子,每个盒子都写着奇怪的名字:阳光金、焦铜、栗棕闪、莫斯科蓝。

我煮茶的时候,门铃响了。是有人在沙龙门口。

"伊薇,亲爱的,"莫琳喊道,"斯怀特太太来了。你能不能去照顾一下她?"

我探头到门外。莫琳还是坐在椅子上看着镜子,好像在弄她的刘海。我喊了一声,告诉她我的茶快开了,可她微微一笑,喊着说我可以接过斯怀特太太的外套再去倒茶。我敢打赌，伦敦梅菲尔的伦纳德名人沙龙不需要做这些。

我帮斯怀特太太（八十二岁，种番茄，有胡子）脱了外套之后，请她在前台旁的沙发上坐下，然后回员工房间继续弄茶（现在要倒三杯而不是两杯了）。我正忙着找糖，莫琳又喊了我的名字，我探头到门外。

"你能帮斯怀特太太做一下烫发的准备工作吗，亲爱的？"

"我还在弄茶呢，"我告诉她，"我马上就好。"

"好的，你可以一会儿再去弄，伊薇。"莫琳答道，依然坐在那里弄她的头发，"我需要用女士香波洗一洗了。"

*

接下来的整个早晨，我都在洗头、扫地、倒茶、擦镜子。我还有很多时间站在莫琳旁边，给她递东西。卷发器、烫发棒、梳子、茶。理发这项工作需要站很久。你需要长跑健将罗杰·班尼斯特那样的腿。

关于在莫琳的沙龙里工作，我还发现了四条规律：

1. 很多挤在人们头上的东西闻起来都像猫尿。
2. 老太太们坐在头盔烘发器下面，几乎马上就能睡着。
3. 头发到处都是。
4. 理发绝对不是我想做的工作。

我今天早晨的两个高光时刻：雪莉小姐（前护士，老姑娘，热爱槌球）坐在烘发器下面睡着了，流的口水"钟乳石"几乎可以跟赛迪比一比；盖茨比太太（贵格会，更年期，威尔士人）从厕所出来的时候，裙子卡在了内裤里。

我在员工房间为莫琳十一点半的预约混染发剂（淤青胸脯肉）时听到门铃响了，莫琳熟悉的声音喊道："伊薇，你能去迎接一下这位女士吗？"

我从员工房间走出来，不敢相信门前站着的是谁。

卡洛琳·斯考特皮姆。

莫琳在前台跟卡洛琳说话。她抬头看卡洛琳的样子像极了赛迪，充满了崇拜。沙龙里的所有脑袋都朝前台转，所有人都盯着她。

她看起来棒极了。

她穿着漂亮的深蓝色外套和短裙，裁剪精良，配一双丝绸连裤袜、非常精干的高跟鞋，还戴了一顶巨大的灯罩式帽子。帽子之下，她的红色鬈发乱糟糟的。高跟鞋、帽子和头发的高度加起来，让她看着有两米高。她的样子太惊艳了，就像《时尚》杂志里的模特，或是专门打扮起来，去送舰队出发的女王。

"伊薇，你能帮忙接一下斯考特皮姆医生的外套吗？"莫琳说，她发"p"和"q"两个音的时候比平时小心得多。

斯考特皮姆医生？

我站在那里，僵住了。我的大脑不光在挣扎着处理关于卡洛琳的新信息，还因为她看到我穿着这难闻的粉色围裙而羞愧。

"伊薇？你能帮忙接一下斯考特皮姆医生的外套吗？"莫琳又问了一遍，还对卡洛琳微笑着。我很肯定，她甚至还欠了身。

卡洛琳把她的帽子和外套递给我，没有说话，只是微笑着大步走向洗头池。

*

"我都不知道你是医生。"我说着，在卡洛琳肩上铺好毛巾。

"别傻了，亲爱的。"她小声说，说时还向前靠了靠，好闻的香水味充斥我的鼻孔，"我当然不是医生了。"

"哦，但是莫琳为什么叫你斯考特皮姆医生啊？"

"我这是在做卧底。所有战争的基础都是欺骗。说真的，你们现在学校里什么都不教吗？"

什么？

我们的谈话被莫琳的到来打断了。

"我们开始吧。"她轻声说，举起一个看起来很高级的瓶子，"我专门给你准备了高级香波，斯考特皮姆医生。这是特别的女士们才能享受的。"她补充说，每一个音节都像是在做通告，"这是法国进口的。"

"啊，谢谢。很好（法语）。"卡洛琳答道，她还伸手碰了碰莫琳的手臂。

莫琳看起来像别人给了她一几尼①的小费。

"我一直有一些高端客户,斯考特皮姆医生。"莫琳说,她的声音几乎像猫一样在微颤,"我也一直为他们特意留了一些产品。特别产品。"

"那真是太费心啦。"卡洛琳露出好莱坞式微笑,"你知道吗,你这家沙龙很漂亮,跟我在伦敦去的那家很像呢。我喜欢。"

莫琳好像快要爆炸了。

"好了。"卡洛琳继续说,"咱们试试这法国进口的好香波吧,好吗?"

她在椅子里转了一圈,把头探向洗头池。

莫琳靠过来低声对我说:"注意要好好洗,伊薇。香波洗两次,再用一遍护发素。"然后她就走开了。

我打开水龙头,狠狠踢了一脚池子下面的水管,然后开始打湿卡洛琳美丽的红发。

"现在什么情况?"我说着,往她头上挤了一大坨法国进口香波。

"我有计划。"

"做什么的计划?"

"把你弄出去的计划。"她说(不过我听得很艰难,因为她面朝水池),"你想从这里出去吧?"

---

① 几尼,又称畿尼,英国旧制金币,因由几内亚出产的黄金制成而得名。

我想吗？如果能让亚瑟开心，我一整个夏天都给老太太洗头值得吗？如果能让亚瑟微笑，我能忍受这难闻的气味、无止无休的站立、内衣里掉一堆其他人的头发吗？

得了吧。我不适合做这个。只要我快乐，亚瑟就快乐。父女之间不就是这样的吗？

"是的，我当然想出去了。"我告诉卡洛琳，"但是开学前我都要被困在这里了。"

"胡说。妈妈要是知道我把你丢在这里，会对我大发雷霆的。"她说着微微扭头瞥了我一眼，"你真不适合当理发师。你这是把我当地里的牛在洗啊，亲爱的。不过别担心。我会把你救出去的。"

突然间，我感觉自己像是被虎克船长抓了的温蒂，有人来拯救我了。①我还从没被人拯救过，我想要一份详细的计划，包括所有的大胆行为和聪明的计谋。

"来，拿着。"她递给我两个小瓶子。

我看着瓶子，里面装的分别是粉色和蓝色的食用色素。不过不是《第三十九级台阶》②里那种高级的。

"我在妈妈的橱柜里找到的。"她说。

"对啊，我们用这个给亚瑟和克里斯汀做了蛋糕。"我悄声说，"我们要拿它们做什么？"

---

① 出自童话故事《小飞侠》，温蒂是"小飞侠"彼得·潘的同伴，曾被反派虎克船长（又称"铁钩船长"）绑架。
② 希区柯克导演的惊悚电影，上映于1935年。

"你要把它们倒在你胳膊上,坐下,后面的都交给我。"卡洛琳说,"来吧,赶快趁没人注意。"

我先拿出粉色的色素,把它撒在我胳膊上和洗头池里。我的胳膊看起来就像两条长长的红温莎奶酪。然后我把蓝色色素也倒上,我的胳膊从粉色变成了斑斑驳驳的奇怪紫色。太可怕了。

卡洛琳从她包里掏出一条黑色的毛巾,开始轻轻擦我的胳膊。她擦完之后,把毛巾塞回包里,夸张地站起身来,头上还全是香波,她看起来就像奶油先生冰激凌店的冰激凌。

"我的老天爷!"她大喊,立刻成功吸引了沙龙里所有人的注意力,"莫琳,这个女孩病了。"

整个沙龙的人都停下来手里的事,盯着我看。

"这绝对是严重过敏。"卡洛琳说着,向前一靠,仔细看着我的胳膊,"她需要立即回家。"

莫琳(永远那么大惊小怪)冲过来,用一只手臂揽住我。"哦,伊薇,亲爱的,小可怜。你这是怎么了?快来坐下。"她把我领到前台旁边的沙发旁。

布罗斯太太(有口气,粗脖子)显然不太喜欢她的刘海剪到一半被打断了。她走过来,看了一眼我的胳膊,伸手打算摸一下紫色的印记。

"请不要碰。"卡洛琳听起来盛气凌人,简直吓人,"我们可不希望发生感染。"

"我看着就像是块儿奇怪的瘀青。"布罗斯太太皱着眉说,"她没事的。"

卡洛琳盯着布罗斯太太。

"哦，我很抱歉。"她说，她这气势换任何一个人满头香波都做不到，"可我是医生，我向你保证，这就是过敏，看上去像是严重的……"

她转转眼球环顾房间。

"……意大利熏火腿粗糙症。"

所有人面无表情。

"这是一种罕见的过敏。"她继续说，"是对化学物质过敏。尤其是沙龙里用的化学物质。可能会致残。"

莫琳倒吸一口凉气，用手捂着嘴。布罗斯太太还在皱眉，她成了我们这儿戴着发夹的斗牛犬。

卡洛琳从她的夹克口袋里掏出样东西，看着像木质的棒棒糖棍（没有棒棒糖）。

"你能把舌头伸出来吗？"她说。

我把舌头伸出来，卡洛琳用棒棒糖棍戳了戳我的舌头。

"说'啊'。"

"啊啊啊啊啊！"我憋着笑说。

"绝对是意大利熏火腿粗糙症。"她又说了一遍，还故意用外语的腔调，显得更有权威，"这个女孩现在立刻需要回家，在温水浴盆里泡至少一个小时。"

"哦，我的天哪。"莫琳说，她显然很享受这场闹剧，"伊薇，你走吧,亲爱的。照斯考特皮姆医生说的做。"

"是的。"卡洛琳眨眨眼,"你直接回家吧,小姑娘。泡个澡,然后去睡觉。有这么好的老板,你应该觉得自己幸运。"她转向莫琳,微笑着说:"不过这个意大利熏火腿粗糙症很严重啊,恐怕她以后是不能在沙龙里工作了。我们可不能冒她再犯病的风险。"

卡洛琳说话间就把我推出了门。

"我很抱歉,莫琳。"我喊道,"在这里工作很好,只是我好像真的不适合。"

"别担心,亲爱的。"莫琳答道,"我理解。理发这份工作不适合所有人。你得有拖拉机轮胎一样厚实的皮肤。"

*

出了门,卡洛琳的湿头发耷拉下来(不像奶油先生冰激凌了),水滴得到处都是。

"你去吧,亲爱的。"她说,"这很容易洗掉的。用牙膏搓一搓胳膊就行,牙膏基本上什么东西都能洗掉。很快就没事了。"

她眨眨眼,回到了沙龙里。

太棒了。不需要再为难闻的沙龙糟心了。

现在我该去对付克里斯汀了。

第四部　反击进行时

在我的思绪深处，它像上天派来的奇迹珍宝一样等待着，我找到它了。

第十七章

1962年7月21日，周六

我靠近农场屋时，一眼就看出维拉来了，因为所有的窗户都敞开着。

维拉对通风有一种执念。我和亚瑟都快被她逼疯了。她总说新鲜空气能杀死病毒、阻隔尘埃、减少潮湿、控制风湿、减缓皱纹生长、改善食物的味道（克里斯汀的厨艺确实需要帮助），还能有效提高你赢得宾果的概率。

所有窗户敞开，农场屋在我看来就像圣诞节当天的圣诞日历，每一个盒子都打开了，里面的节日惊喜礼物等着你取。如果我们的房子是一个圣诞日历，能打开盒子盖，我想知道你会看到什么。克里斯汀的吹风机吗？亚瑟的《约克郡邮报》吗？我母亲的菜谱吗？我的那一格会是什么呢？一根旧的曲棍球棍吗？一张亚当·费斯黑胶吗？一辆报废的名爵跑车吗？也许最后我们就只剩下这些物件，一大堆落了灰的东西藏在几个闪光的硬纸板盒子盖之后。

（我最好小心些，不能总有这些消沉的想法。再这样下去我就要听歌剧了。)

*

通过打开的窗子,我又听到了维拉来了的证据:熟悉的吸尘器嗡嗡声。吸尘器是维拉最新痴迷的物件(除了宾果、用吸尘器,她还痴迷于《比利·卡顿乐队秀》广播节目、帝国薄荷糖和洁净如医用器械的门阶)。去年一月,亚瑟给克里斯汀买了一台立式电吸尘器。克里斯汀并没有像亚瑟希望的那么感激这个举动,可是维拉喜欢。打那以后,吸尘器几乎天天都在维拉手里。

突然间,吸尘器的声音停了,取而代之的是高音调的尖叫。

这是克里斯汀,她听起来不太开心。

"老天啊,妈妈,你又打到我了。你要是用那玩意儿把我的袜子弄抽丝了,就别来我的婚礼了。"

紧接着是超大声的咂舌声,然后吸尘器又启动了。

我听着吸尘器的声音好像来自亚瑟的书房。这是好事,因为这意味着我可以从后门溜进去,避开她们两人。我还不想让克里斯汀知道她贬我去洗一辈子头的计划落空了。知识就是力量,伊丽莎白·班尼特[①]一定会这样说。

我踮着脚尖从后门进了房子,后门没关,这也是维拉"通风程序"的一部分。我一进门,就听清楚克里斯汀和维拉的谈话了。她

[①] 英国作家简·奥斯汀作品《傲慢与偏见》中的女主人公,富有反叛精神和独立自主意识。

们绝对是在亚瑟的书房里——我能听到各种声音（克里斯汀的咂舌、维拉的咔嗒声、抽屉打开再合上的声音）在走廊里回荡。我觉得是时候做点"马普尔小姐"[①]式调查了。我有策略地站在厨房与门廊和走廊连接的那道门旁，这个地方是完美的偷听地点。

*

"我真是不敢相信！"我听到克里斯汀说，她的声音是一波一波的高音，"我真是不敢相信。"

"怎么了，亲爱的？"维拉说，"你翻到什么了？"

"什么都没有。我是什么都没翻到。呃，是几乎什么都没有。连一套新的厨房用品都买不起，更别说独立的行政套房和去布拉瓦海岸度假了。"

克里斯汀是在亚瑟的书桌里翻钱吗？她要是以为他的钱放在那儿，那她可真是不了解他（他的钱在他衣柜的一个鞋盒里，旁边是他的结婚照和一条我母亲的深蓝色羊绒围巾）。

"什么意思，亲爱的？"维拉说，"他肯定有很多钱啊。你确定你没看错账户吗？"

"我当然没看错了。我又不傻，妈妈。你看。这个账户里有一百八十英镑加六便士，另一个里面只有三维多利亚币。我要把这些都写下来。"

[①] 英国小说家阿加莎·克里斯蒂创作的女侦探角色。

"好吧,别忘记其他东西了,亲爱的。这儿还有一个邮局的存折,你看。这儿还有一些溢价债券。"

"他可没提过这些。狡猾的家伙。我上周才问过他。有多少?"

"邮局存折是六十英镑,溢价债券是十五英镑。哦,你看,这儿还有三本绿盾邮票。至少值五英镑吧。"

"好吧,等下,我把这些加一加。"

克里斯汀的大脑缓缓转动,齿轮相互衔接。这是两百四十一英镑、三先令、六便士。真是个白痴。

"大概两百五十英镑吧。"过了好一会儿,克里斯汀说,"就这些吗?"

"我以为他的钱比这多得多呢。"维拉听起来很惊讶。

"我也是。难以置信。"

"难以置信。"

"我真是不敢相信。"

"我也是。"

"我真不敢相信。"

"我知道。"

"狡猾的混蛋。"

"是啊。"

"嫁给一个全部家当只有两百五十英镑的人有什么意义?"

"但是他还有农场呢,亲爱的,别忘了这个。"

克里斯汀重重叹了一口气,我很惊讶这声叹息没有把天花板顶高几英寸。

"是啊。但是我跟你讲,这也有问题。提到卖农场的事,他就不对劲。我现在还在摸他的底,但是你知道跟亚瑟说话有多难的,就跟盘问一堵墙,试图让它给你信息差不多。"

这倒是真的。我们埃普沃思家人都是让人难以捉摸的。

"他肯定还藏着别的呢,亲爱的。"维拉说,"你知道农夫什么样的。"

"他最好还有。他要是觉得我会为了这二百五十英镑忍着他女儿,那他就走着瞧吧。"

然后,上面传来一些噪声,好像什么东西被踢了一脚,可能是吸尘器吧。不过以我对克里斯汀的了解,她踢的是维拉也不无可能。

"他要是藏了私房钱,我必须得知道。"克里斯汀继续说,"我才不要跟他那个古里怪气的女儿分任何东西。来吧。我要翻书架,你再看看这房间里其他地方。"

我不敢相信。我早就知道克里斯汀不是好人,可是这行为也太"母牛"了。

我的思绪被外面传来的牛叫声打断了。一些跟克里斯汀无关的牛又进了庭院(这时有发生)。又一声牛叫(房内房外都有),我听到克里斯汀冲维拉喊着让她把所有东西都收起来,有人来了。

坏了。我可不想被逮到偷听,所以我冲进了唯一可以藏身的地方——壁橱。

＊

"是我啦。"斯威森班克太太喊着从后门走进来,放下两个装得满满的购物袋。

我坐在一个旧箱子上面,周围都是咸牛肉罐头、炼乳、咖喱鸡浓汤。我透过破旧壁橱门上的一条缝往外看。

"哦,你好啊,朵莉丝。"克里斯汀走进了厨房,"我们在大扫除,快忙死了。都忙了一早晨了。我累死了。"

走廊另一头传来响声,然后维拉也进了厨房,拎着吸尘器、拖把和一桶清洁用品。

"你好呀,朵莉丝。"维拉说着,把吸尘器和拖把靠在桌旁,"今天天气适合打扫。"

"对啊。"斯威森班克太太说,"不过我希望这热天别再继续了。我每周都要用一盒爽身粉。我不会久留的。"她坐下接着说,"我只是想问问你们,你们听说克拉拉·基尔伯德克的事了吗?我刚刚去肉铺,碰到了艾德娜·梅修,她说……"

她们就这样聊起来了。无止无休的村里八卦。基尔伯德克太太的膀胱炎。艾达·约翰森的新窗户。汤姆·威尔森跟移动图书馆女士的婚外情。

＊

漫长的二十分钟过后,我听到斯威森班克太太起身准备离开了。哈利路亚。好一阵椅子摩擦地板和撞桌子的声音过后（斯威森班克太太和她的购物袋占地面积很大），又说了好一阵的"再见""爱你"。她出门的时候，牛又开始叫了。

"那好吧。"维拉边说边回到拖把和吸尘器旁边，"继续打扫。"

"什么？"克里斯汀说，"得了吧。我才不想为亚瑟和伊薇工作，把自己手指都弄糙了。不了，来吧。咱们去红狮子，吃点农夫午餐。"

"哦，好主意，亲爱的。"

"也许再来点高级甜点。"克里斯汀说着，脱下她的豹纹围裙，"我喜欢珍妮糖浆海绵蛋糕。"

维拉脱掉了她的佩斯利围裙，同时还在比较红狮子的各种不同海绵蛋糕（糖浆、果酱、巧克力）。她把围裙叠整齐，放在桶上面。克里斯汀则把她的围裙扔在了一把椅子上，忙着摆弄她的粉饼和镜子。

"别忘了你的包，妈妈。"她朝门走去。

"好的，亲爱的。"维拉说着，从椅背上抓起她的包。

"别担心。"克里斯汀现在已经站在了庭院里，她喊着说，"戒指一戴到我手上，我就带你去吃顿高级的。"

"啊，你真是个好女孩。"维拉说着走了出去，顺手关上了门。

她们的声音还回荡在庭院里，伴着牛叫声。接着，她们朝商业街的方向走去，去酒馆了，声音也渐渐消失。

＊

我从壁橱里出来，就碰倒了一大堆清洁用品，也不知道有没有一个词来描述这么多放在一起的清洁用品。拖把和吸尘器还靠着餐桌。水桶和里面的各种瓶子、抹布都放在一个滴水板上。两只橡胶手套搭在冷水水龙头上，看起来就像没了奶的牛乳房。地上还倒着一把掸子。我把它捡起来，放在维拉叠放整齐的围裙旁，给自己倒了一杯蒲公英牛蒡水。我坐在餐桌旁，喝了一大口，开始思考这一切。

克里斯汀显然不是好东西。这我已经知道了有一阵了，可我以为她只是霸道、烦人、做饭难吃。我没想到她居然一直在盘算着捞亚瑟的钱。

我希望回到只有亚瑟和我的时候。

或者，更好的情况是，回到亚瑟、我，还有妈妈在一起的时候。我们三个人。就像三只熊的一家①，三贤者②，三个火枪手③。这是我并没有记忆的金三角，只有几张褪了色的照片、挂在项链上的一枚戒指、满是漂亮手写字的菜谱。

我想沉思片刻，但克里斯汀难看的豹纹围裙还挂在我旁边的椅子上，吸走了房间里所有的品位，这让我很难思考。我看到

---

① 《三只小熊的一家》为英国漫画杂志《豆豆》中连载的漫画，讲述了住在美国西部的三只熊的日常故事。
② 三贤者，又称"东方三王"或"麦琪"，出自《新约圣经·马太福音》。
③ 指法国作家大仲马作品《三个火枪手》中的主人公。

围裙的某个口袋里露出一张纸的一角,这是她列的亚瑟所有财产的清单。作为一个好奇的射手座,我自然要把它抽出来好好看看。这张纸上满是她那胖乎乎的卡通体手写字。银行账户、存单、溢价债券。什么都有。她甚至还列了亚瑟的路虎值多少钱(四百八十英镑)。

我把纸翻过来。我应该把这个留着给亚瑟看吗?他会怎么想呢?他会生气吗?会开心吗?会难过吗?他的情绪很难说。这张纸本身其实没什么。就好比那种有欺诈性的图片,你可以把它看成两幅画,既是两张脸,又是一个酒杯。亚瑟可能只会看到其中一种,好的那种。他太善良了,看不到阴暗面。

当然了,除非有人(我)帮他看到阴暗面(克里斯汀的邪恶计划)。

我把纸塞回围裙口袋里,同时还检查了其他口袋,为什么不呢?马普尔小姐肯定会这么做。

我把手伸进去,最底下除了毛球和别针,我还摸到了一张揉成团的纸。我把它拿出来,放在桌上,抚平褶皱。这是一张贝蒂斯的收据。

我就知道。

插曲

1945 年 11 月 28 日

"胖淘气鬼？"

戴安娜看着桌对面的亚瑟，双手搭在即将临盆的孕肚上。

"我不是说你像！"亚瑟说，"我是问你想不想来一个。"他微笑着，淘气地挑眉。"很美味的。"

他们在约克市贝蒂斯的大茶室里吃午餐。他们来城里是给戴安娜买新围巾，实际上这算是个借口，他们只是想在宝宝到来之前从农场出来，享受外出的一天。

"不了，我现在在街上已经很难行动了，不能再吃了。"戴安娜摸了摸自己的肚子，"哦，我真希望这个小家伙能准时到来。"

"他当然会准时到来的。"亚瑟说，"所有老实的约克郡人都准时。"

"她可能姗姗来迟呢，亲爱的。"戴安娜答道，微微前倾，摸了摸他的头发，"就像她妈妈一样。"

亚瑟咧嘴一笑，喝了一口茶，满足于生活赐予他的一切。

"话说回来，"她从椅子旁边的布朗斯商场小袋子里拿出一样东西，"你觉得这个怎么样？"她把深蓝色羊绒围巾围在脖子上。"适合我吗？"

"美。"亚瑟说。

"美？"戴安娜重复道。

"是啊，美。美得像个大雪人。"

戴安娜微笑着抬起脚踢了亚瑟一脚。

第十八章（上）

1962年7月21日，周六

我又来了，走在斯考特皮姆太太家的车道上。脚下石子的响声和花境让人安心的花香十分熟悉。但有些东西不一样了。

没有人大喊。没有人死亡。没有人伴着戏剧性的交响乐高声尖叫。我的身体被一种奇怪而陌生的声音牵引着。

梆。梆。梆。梆梆梆。

梆。梆。梆。梆梆梆。

这里面有男人的歌声，但这不是歌剧。这跟歌剧完全不同，更像是加强版亚当·费斯，不光加了火箭，还加了口琴。

这是我听过的最美妙的声音。

我绕到房子背后，音乐声更大了，从打开的落地窗传出来，美好的新鲜感扑面而来。口琴声又来了，这音调有些悲伤，又让人欲罢不能。然后是人声，不同的声线像融化的冰激凌一样融合在一起。

爱。

爱。

我。

爱。

这太美妙了。

厨房里不见卡洛琳的身影，于是我跟随音乐找到了起居室，在那儿找到了她。她跟赛迪一起蜷在沙发上，一只手夹着香烟跟随音乐拍拍子。

"亲爱的！"她看到我走进来，喊道，"这是不是很美妙？我都听了一下午了。"

她穿着黑色的刷墙工罩衫，配的短裤显得她的腿长得逆天，头上还裹了个什么复杂的头巾。我从没见过这东西。她就像碧姬·芭铎①和伊迪丝·西特韦尔女爵②的结合。

"今天邮箱里收到的，一个在唱片公司工作的朋友寄来的。要保密哦，新鲜出炉。我一开始放就停不下来了。"

音乐在房间里冲来撞去，填满了每一寸空间。

"这太好了。"我说，"我太喜欢了。这是谁唱的啊？"

"是新出的，亲爱的。一个乐队。四个来自利物浦的男孩。"

她吸了一口烟，同时还跟着音乐左右摆头、在赛迪肚子上敲

---

① 碧姬·芭铎（1934— ），法国演员、歌手、模特。
② 伊迪丝·西特韦尔（1887—1964），英国诗人、评论家。

节奏。

"他们真厉害。"我说着,在沙发上坐下,把脚塞在赛迪的屁股下面。

"是啊,所有人好像都这么说。"

她灭了烟,跳起来,把赛迪弹到了沙发另一边。

"等一下。"她走到了餐具柜旁边。餐具柜最上面摆着一个奇怪的机器,上面有很多按钮和旋钮,还有两个大轮子同时转啊转。她按下一个按钮,轮子停了,音乐也停了。"这下可以了。"她说着回到沙发上坐下,"这下我能听清你说话了。"

"哦,我挺喜欢那音乐的。"我说,"他们唱得很好啊,那四个利物浦男孩。"

"别担心,亲爱的,我们一会儿可以再放。我只是想听听你今天怎么样。你还好吗?你有没有把那可怕的食物色素洗掉?"

"洗掉了,现在都正常了,在卫生间里弄了十分钟,用掉了半管高露洁牙膏。"我说着,伸出胳膊给她看。

"抱歉啊,亲爱的。不过这也把你从沙龙里救出来了,不是吗?"

"是啊,谢谢你。莫琳人很好,可是我真的不想在那儿工作。"

"可不是吗,理发这工作实在不适合你。我都不知道莫琳雇你对她有什么好处。我被你整出了哈勃·马克斯的爆炸头。所以我才戴着这个。"她指了指头上的头巾。

我们俩一起大笑起来。跟卡洛琳和赛迪坐在沙发上的感觉真不错。我感觉像是突然找到了一双合脚的鞋。

"对了,你扮医生扮得很像嘛。"我指了指卡洛琳,"我感觉自己进了急救室十号房①。莫琳一时半会儿是忘不掉'意大利熏火腿粗糙症'了。"

"我情急之下想出来的!"卡洛琳笑得前仰后合,"肯定是因为我们在利兹遇到的那些可爱的小意大利人。我后来就一直忘不了那熏火腿。实际上,我脑子里大部分时间全是食物,容不下别的东西,妈妈总这么说。"

赛迪把头靠在卡洛琳的大腿上。

"对了,她说让我向你问好。我半小时前刚跟她打过电话,她问你来着。她老是问你。她特别喜欢你,你知道吧。"

"哦,她太好了。你有她真是幸运。"

"哈。"卡洛琳望向窗外,盯着空气。

"她今天怎么样?"

"依然在康复。我告诉她赶紧穿上轮滑鞋回家吧。这个家伙想死她了。"卡洛琳说着,狠狠摸了一把赛迪。

"我们都很想她。"我说,"我等不及接她回来了。"

"亲爱的,我觉得你只是想念那些蛋糕!我知道妈妈做的蛋糕多好吃。我一口气就能吃掉一整炉。"

"我也是。我还能把碗都舔干净,还有搅拌器。跟克里斯汀做

---

① 出自英国 ITV 电视频道于 1957—1967 年间播出的同名电视剧。

的吃的完全不一样。"

"我还以为克里斯汀很会做饭呢。"卡洛琳看起来很困惑,"她不是市集上赢了什么水果蛋糕比赛吗?"

哦。蛋糕。

"她买的。"我告诉她,"我今天早晨刚找到收据,揉成一团藏在她的围裙里。市集前一天,她从贝蒂斯买了陈酿葡萄酒和姜汁水果蛋糕。怪不得她会赢。"

卡洛琳的眼睛从震惊的两个网球变成了气愤的两条细线。

"我不敢相信。"她摇摇头,"这个撒谎的女人。居然敢在村里市集上作弊。"

"可不是,她这人坏透了。"

"是啊,她真是。"卡洛琳突然坐直了,"我们得做点什么。"

"斯考特皮姆太太想对她使用约克郡魔法。用了一本老书里的魔咒——'揭开红尘女真面目的歌'。"

"这个我听说了。我听到的时候还以为妈妈疯了呢。不过后来我看到她这个聪明的老家伙不到二十分钟就做完了《泰晤士报》的填字游戏,才觉得她应该还没有完全失智。"

她露出灿烂的淘气微笑。

"反正啊,来吧,你不想给我再讲讲妈妈的约克郡魔法吗?"

"没有用。"我摸了摸赛迪,"我觉得它一开始就没有生效的可能。但我当时很想相信它,主要是因为斯考特皮姆太太真的相信。不过当然了,什么都没发生。"我叹了一大口丝毫没有魔法的气。

"我已经不相信魔法了。"

"别胡说，亲爱的，我们的生活中到处有魔法的。"卡洛琳拉起我的手。

"不，我觉得魔法很傻，是小孩子才信的东西，就像童话。"

"听着，我也烦童话。什么无助的公主等着英俊的王子拯救，然后去一座无聊的旧城堡过单调乏味的一生。我可不要，谢谢了。"

她摸着我的手，我忍不住微笑起来。

"我一直讨厌童话里总是一家有三个孩子，只有最小的那个是特别的。这太扯淡了。独生子女才是特别的，亲爱的，你就是这样。"她用一根手指戳戳我的胳膊，"我也是。独生子女既要聪明勇敢，又要精明狡猾。这就是我们的魔法，亲爱的。谁知道呢？"她站起身来。"妈妈的魔法也许在起作用呢，只是起效比较慢，在偷偷发力。也许现代魔法就是这样的。好了，我觉得咱们该喝点东西了，你呢？"她走到厨房里，赛迪紧跟在她身后。

我躺在沙发上，伸展双腿，把一个漂亮的碎花垫子抱在胸前。我是太大了，不该信魔法了吗？卡洛琳显然不这样觉得。这太让人困惑了。我闭上双眼，试着去想一些厉害的、神秘的、有魔法的事。

*

"亲爱的，别动！"

是卡洛琳，她端着一个托盘站在我面前。

"啊，怎么了？"我喊道，"有马蜂吗？！？！"

"没有，亲爱的，别犯傻了。是临近傍晚的阳光照在你脸上。你这样看起来好看极了。像天使。像维米尔的《倒牛奶的女佣》①。"

什么？

"我想照张相。你停在那里，不要动。"

我保持姿势，卡洛琳放下托盘，从厨具柜上取下她的相机。

"好了。"卡洛琳按了几次快门之后说，"照好了。你看起来很棒，亲爱的。"

"我能动了吗？"

"当然能了。"她把相机放下，去端托盘，"好好动动筋骨吧。我想请你帮个忙。"

"帮忙？我吗？当然可以了。什么忙都行。"

"谢谢。你知道我照照片是为了放进剪贴本吧，我给迪格比看的那个。"

迪格比！我太好奇他是谁了，可是卡洛琳话说到一半，所以我只是点点头。

"我还开始录音频日记了。这非常现代。一个在BBC工作的朋友就这样做，所以我也想试一试。我是为了这个才买的卷带式

---

① 荷兰画家约翰内斯·维米尔（1632—1675）的代表作之一。

录音机。"她指了指餐具柜顶上的那台机器,"我想让你也给迪格比录一段音,应该会很有趣。就打个招呼,你什么时候方便都行。"

"录音吗?是不是像新闻播报员或者政治家?"

"最好是不要像新闻播报员或者政治家。我希望更生动一点,更有趣一点。做你自己就行了。"

好。这就是我搞清楚迪格比身份的机会了。就像韦斯顿小姐,我以前的拉丁老师经常说的,把握现在(拉丁语)。

"但是迪格比是谁啊?"我假装漫不经心地问道,"我不认识他啊。"

卡洛琳微笑着在沙发上坐下,挨着我。赛迪也加入了我们。

"亲爱的,听着,有件事我要告诉你。你会很震惊,但这世上有很多让人震惊的事,所以这次被震惊到对你是好事。"

哦。我做好准备。

"我是蕾丝。"

卡洛琳盯着我,等待回复。

我不知道她在说什么,跟她说我像维米尔的《倒牛奶的女佣》时一样,毫无头绪。所以我只能看着她,微笑。

她歪歪头,看起来有点困惑。"你没听懂吧?"她说,"亲爱的,蕾丝。拉拉。同性恋。迪格比不是男人,她是个女人。"

女人?卡洛琳也是女人。两个女人,而不是一男一女。一个女人和另一个女人,在一起。那种在一起,是一对儿,就像夫妻。只是她们是妻妻。

太厉害了。

"我从没见过丝蕾。"我说。

"那你现在见过了。是蕾丝,不是丝蕾,亲爱的。丝蕾听着怎么像牛的品种呢?"

我知道我在盯着她看,这不是很礼貌,可是我太震惊了。

"来,我给你看一张迪格比的照片。"卡洛琳说着,从罩衣里掏出一个钱包,"你看她可爱吗?"

我看了看照片。卡洛琳在沙滩上,穿着波点比基尼,她身边是一个穿着裤裙和条纹渔夫上衣的女士。这位女士比卡洛琳大,要我说得大十岁。她比卡洛琳矮一些,丰满一些。卡洛琳和迪格比手拉手,看起来比我在任何照片里见过的人都快乐。

"所以,她就像你的丈夫吗?"我说每一个词都要犹豫一下。

"可以这么说吧。但是我们的关系更像是伙伴关系,一个完美的小团队。她太好了。她是我见过的最礼貌、风趣、善良的人,也是最污的。我们是在意大利认识的,我离家出走之后。我当时在那不勒斯,教教学生,享受生活,我们在格拉韦多纳一家超美的小酒吧遇见的。她跟我一起在那儿待了大概一年,然后回了伦敦。我跟着她一起去了,那之后我们就一直在一起。"

"哦。"我说,主要因为我不知道该说什么。这实在是太出人意料了。两个蕾丝的完美团队。现在真是 1962 年了。我们似乎生活在未来。再这样下去,我们很快就该有机器人和会飞的车了。

"但斯考特皮姆太太呢?"我问,"她有没有见过迪格比?"

这下换卡洛琳犹豫了。

"啊。这个嘛。没有。"

她用双手调整了一下头巾。

"这情况很麻烦。妈妈不支持。实际上,应该说她不理解。说实话,这件事她的反应不太好。因为她受惊了。我们大吵了一架,那也是我离家出走的原因。"

"所以你离家出走是因为斯考特皮姆太太发现了迪格比的存在?"

"不,亲爱的。迪格比是我后来遇到的。我们吵架是因为另一个人。一个非常美丽的约克郡女孩。"

卡洛琳叹了口气,用双手去梳赛迪软软的毛。

"这整件事都特别戏剧化。妈妈像个卖鱼妇一样大喊大叫。我也是。"

她露出哀伤、怀念、深思的微笑。

"我们都说了很难听的话。所以我才离家出走。"

"哦,所以你离家出走是因为斯考特皮姆太太说的话冒犯了你。"我说。说实在的,我现在有些被搞糊涂了。

"被妈妈冒犯?没有,亲爱的。她说了难听的话,可我也说了。我没有感觉被冒犯。更多的是觉得丢脸。"她扭过头来,直视我的眼睛,"不,妈妈没有冒犯我。她是把我逐出家门了。"

"她把你逐出家门了?"我震惊地重复了一遍。这听着一点也不像斯考特皮姆太太,实际上,她不光不像会赶走人的人,还经常收留各种动物，狗、刺猬、鸟。还有我。

"是啊，我们俩半斤八两吧。"卡洛琳继续说，"她让我走，我就走了。我因为生她的气，就再也没回来。我就这么跑到了意大利，离家出走了。"

我喝了一口茶。茶已经快算不上温热了，但冷茶也比没有茶强。尤其是经历了这样的震惊之后。

"我为此生了好多年的气。我当时太年轻。说真的，原谅她很难。我这次听说她住院了，决定回来的时候都思考了好久呢。我们过去十年几乎没有联系，只是互相寄一些卡片，生日、圣诞节的时候寄封简短的信，打电话都会气氛紧张奇怪。"

她用双手摸了摸她那长长的腿。

"但是我得提醒自己，是因为妈妈和那天发生的事，我才遇见了迪格比。这因果关系很奇怪，但我真的应该为此感谢她。"她温柔地笑了，"她要是不提起这个就羞愧，这件事就简单多了。唉，应该不止羞愧，是觉得耻辱了。她完全不知道该如何处理。事实上，她现在还是不知道。她也不愿意跟任何人谈。她就是彻底石化了。"卡洛琳盯着挂了衬帘的窗户，摇摇头，"即使在我们重新取得联系之后，她还是想保持距离。她不想让我来看她，免得我碰到她朋友，被她们注意到我跟别人不一样。她有时候就是这么老古板。当然了，她还担心她的社会地位。我也能理解，她确实来自一个完全不同的世界，不同的时代。"

我现在已经喝完了我的（冷）茶，坐在那儿捧着茶盘和空茶杯,惊呆了。这比《椅子剧院》精彩多了啊。

"这件事对她来说应该是太突然了。"卡洛琳说,"对我来说不一样,因为我已经知道了好多年了。我整个学生时代都知道。这就是我的一部分。但是对妈妈来说,她是一下子发现的——嘣!——我猜那感觉一定不好受。"

现在一切都说得通了。这就是斯考特皮姆太太从来不提起卡洛琳,也不在楼下放她的照片的原因。太奇怪了。我又被震惊到了。

"但是你们现在又开始交流了吧?"我问,"我是说,我刚刚来这儿之前你们不是在打电话吗?而且你还去医院看她。"

"是啊,算是吧,亲爱的。我们之间的交流很实际,就像谈生意。记得周三给屠夫儿子结账,周四把要洗的衣物准备好等着人收,这种事。我们还讨论赛迪。妈妈总是要确认我有没有记得喂它。我们还谈你,她特别喜欢谈你。她真的很喜欢你,你知道的。"

"哦,我也真的很喜欢她。"我笑着说,"她太好了。没有她的话,我都不知道怎么办了。你们能有对方陪伴真是幸运。"

"你也有我们啊。"卡洛琳说着,越过赛迪,戳了戳我的手臂,"你可不能那么轻易把我们甩掉。我们可是邻居。以你在妈妈心里的地位,你差不多算我的妹妹了。"

我突然感到一阵暖意,被邻居的爱、姐姐的爱包裹。

"你会是个很棒的姐姐的。"我说。

"而你,亲爱的,是个超级棒的妹妹。迪格比会很爱你的。"

我立刻感到眼睛湿润了,我发现自己在努力忍着才能不放声大哭,这是开心的泪水,但也是伤心的泪水。我要是有一份《约克郡邮报》,肯定会躲在后面。但我只能往沙发里陷,笑着,盘起腿。

赛迪以闪电一般的速度叫起来,跳到了地上。我还没反应过来,它就骑在了我的腿上,激动地顶我的膝盖,同时还摇尾巴。它的口水拉成长条,沾在了我的紧身裤上。

"赛迪!"卡洛琳喊道,伸手把它推下去。赛迪惊讶地叫了一声。"你在干什么,小姑娘?"可怜的老赛迪耷拉着脑袋,灰溜溜地回了沙发,没了气势。"抱歉,亲爱的。"卡洛琳扭过头来对我说,"它太放荡了,我真不明白它是从哪儿学来的。不过这确实是个擦皮鞋的好办法。"

她大笑起来,我也被逗笑了。

"我们现在去试试录音吧?这是给迪格比的惊喜。我跟她讲过你。快来!"

她拉起我的手,把我从沙发上拽起来,领我去餐具柜旁。

插曲

1952 年 7 月 16 日

罗莎蒙德·斯考特皮姆感到手上有种奇怪的、湿漉漉的感觉。

她是在做梦吗？她的大脑稳了一下子，真实世界才慢慢变得实在。那种湿漉漉的感觉有了节奏。舔一下、再舔一下、再舔一下。

她考虑要不要睁开一只眼。小心翼翼地。只睁一条缝。她透过睫毛模模糊糊看到格莱斯顿，她的英国赛特犬。她的手臂从沙发上掉下去了，在那儿晃着，确实适合舔。

她肯定是不小心睡着的。

她躺在沙发上，胸前还放着一本《听众》杂志。她睡了多久了？她双脚踩地，坐了起来。她可以确认一件事，她需要喝杯茶。

到了厨房里，她透过落地窗往外看，总觉得能看到卡洛琳和芙洛拉躺在沙滩椅上，在午后阳光中休闲。可是露台是空的，就连无线广播那让人心烦的嗡嗡声也停了。她们肯定是在车库里洗爱德华的车，她突然想起。她们愿意洗车是好事。也许她这个不服管的女儿还有希望。

她等着泡茶的水煮好的时候，准备了两个壶，一个给她自己，另一个给两个女孩。她在托盘里摆好茶杯、茶盘，还有很多蛋糕。她把沸水倒进两个茶壶里，在旁边站了一会儿，伸展胳膊舒展筋骨，想唤醒身体。

*

外面阳光依旧炙热，她端着沉重的托盘走过草坪去车库。罗莎蒙德感到自己的皮肤沁出了细密的汗珠。车库大门紧锁，不过旁边有一个小一些的侧门，端着盘子走这个门也更方便。她用一只手托着托盘，另一只手转动门把手，用胯顶开了门。

　　爱德华的车就在车库里，后车窗上顶着大片的皮肤。皮肤白白粉粉，被玻璃放大了一些，看起来有些奇怪，但依然熟悉。

　　是一个年轻女孩的后背。

　　她手中的托盘落在了地上。

　　巨大的落地声和摔碎声响彻车库。

　　车里，贴在后窗玻璃上的后背向一边挪动，露出她女儿激动的脸。母女二人面面相觑，两人都僵住了，但让她们僵住的原因完全不同。沉默持续了一秒钟，然后芙洛拉尖叫起来，卡洛琳用双手抓住自己湿漉漉、黏糊糊的头发，头往后仰，说了一个词。

　　"我去。"

第十八章（下）

1962年7月21日，周六

"这看起来好复杂。"我站在盘式录音机前说。

"不，很简单的，亲爱的。"卡洛琳说，"非常简单。无视大部分按钮，只看这一个，这个是播放。然后这个是录音。我只需要记得录音的时候要换卷盘，不然就会用自己的声音把那四个利物浦好男孩的声音覆盖了。"她补充道，把卷盘从机器里取出来，"我就是这么失去了一版美妙的《黛朵的悲歌》，只为了录我自己唠叨某一次在格林尼治的野餐。真烦人。"

"是啊。"我说，虽然我怀疑《黛朵的悲歌》是歌剧，所以用卡洛琳好听的低沉嗓音取代它是大好事。

"准备好给迪格比讲话了吗？"她问道，把新的卷盘放进机器里。

"哦，是的，好。迪格比。我不知道该说什么。"

"什么都行，亲爱的。她会喜欢的。好吗？"她举起大拇指，露出鼓励的表情，"三、二、一。开始录音。"

卡洛琳按下一个大开关，两个轮子开始缓缓同步转动，好像一个人在翻白眼。

"呃,你好。这是伊薇,伊薇·埃普沃思。你好。哦,我刚刚说过这句了,是不是?抱歉,呃。我是卡洛琳的邻居。好吧,是斯考特皮姆太太的邻居。我跟卡洛琳和赛迪在一起。你知道赛迪吗?哦,你当然知道了。反正,我跟她们俩在一起,在斯考特皮姆太太的起居室里。卡洛琳让我给你录一段信息,有点像女王的圣诞节讲话。"

卡洛琳微笑着点点头鼓励我。

"我跟卡洛琳在一起很开心。我们做了好多事。我们一起去了利兹,我在那儿吃了一颗橄榄。还吃了意大利熏火腿,我感觉这个吃起来就像加了盐的吸油纸。对了,她很好,我是说卡洛琳,不过你应该已经知道。能这样跟你说话我很激动,因为我是第一次跟蕾丝说话。呃,好吧,是第二次。我刚刚跟卡洛琳说了话,她是第一个。啊,不对,是我印象里的第一次。麦克明小姐,我们的曲棍球老师,她经常打领带。"

卡洛琳扭头咳嗽了一声。

"我希望伦敦一切都好,你没有太想念卡洛琳。我相信伦敦肯定有很多事可做,有那么多派对、名人、间谍、政客什么的。卡洛琳回来真好,就好像我们村里也来了点'伦敦'。她还带来了四个利物浦的好小伙,我们刚刚听了他们的歌呢。你会很喜欢他们的。至少我觉得你会。我也不知道你喜欢什么样的音乐,是吧?不过我怀疑是歌剧。"

卡洛琳用一只手捂住嘴,另一只手竖起大拇指。

"对。哦。我觉得应该道别了。所以,呃,很高兴认识你。呃,是跟你说话。不对,是对你说话。希望以后有机会跟你见面。卡洛琳给我看的照片里,你很好看。就这样。拜拜。再见。结束。"

卡洛琳按下机器上一个按钮,轮子停止了转动。

"你录得真好,亲爱的。"卡洛琳露出柴郡猫的微笑,"她会喜欢的。"

"真的吗?我觉得我糟透了。"

"不,你很棒。伊薇的招牌精华。"

"哦,这是好事吗?"

"当然了,亲爱的。是超级大好事。它能帮你走得很远。"

她把卷带从机器里拿出来,小心地把卷带转到最后。

然后,我突然有了一个想法。

"卡洛琳?"我尽力说得随意一些。

"怎么了,亲爱的?"

"我可不可以再录一段呢?"

"再录一段?当然了。但是没必要啊。刚刚那段就挺好。迪格比肯定会喜欢。"

"不,新录的不是给迪格比录的。"我说,"是给斯考特皮姆太太的。"

"给妈妈?为什么要给妈妈录音?"

"我有一个主意。"我微笑着盘算这个想法。

卡洛琳也对我微笑着。"好奇,更好奇。[1]你应该叫爱丽丝才对。"

[实际上,我经常做这种"文学白日梦",把自己想象到不同的书中,畅想会发生什么事。伊薇·弗兰德斯。绿山墙的伊薇。魔法伊薇。伊薇·爱。伊薇莉娜。伯德家的伊薇(希望这个结局幸福得多)。我最爱的还是伊薇漫游仙境。我完全可以想象自己掉进兔子洞里,跟一个疯帽匠喝茶,惹恼一个坏脾气的老女王。可我的仙境究竟在哪儿呢?是在我还被羊绒包裹、拥有双亲的遥远过去吗?还是在大千世界里,隐于我依然混乱不清的未来呢?]

卡洛琳将一只手搭在我肩上。

"你想录多少就录多少,亲爱的。我觉得妈妈听了肯定会高兴。"

她开始准备新的卷带,我则努力去想一会儿要说的话。

*

"好了。"卡洛琳说,她正在完成对机器的准备工作,"就像刚刚一样。你天生就会。妈妈会喜欢的。三、二、一。开始!"她按下大按钮。

"你好,斯考特皮姆太太!"我说。我现在在跟一个认识的人

---

[1] "好奇,更好奇。"原文为 curiouser and curiouser,出自《爱丽丝漫游仙境》。——译者注

说话，放松了许多。"我是伊薇！我跟卡洛琳和赛迪一起，在你家的起居室里。我们在用卡洛琳的卷带机器录音。这很奇怪，但是也很好玩。卡洛琳太厉害了，斯考特皮姆太太。她把我从莫琳那臭烘烘的沙龙里救出来了。她还带我去利兹，我们买了好多意大利食物，又去了画廊。你也会喜欢那儿的。真的很好。等你出院了，我们可以一起去。赛迪也可以一起！"

卡洛琳微笑着低头看看脚。

"她跟我讲了伦敦是什么样。还讲了时尚工作。她好聪明。你肯定特别为她自豪吧。我希望我有一个卡洛琳这样的姐姐，幽默、精致，有那么多各个领域的优秀朋友。"

卡洛琳低着头，但我能看到她还在微笑。

"她还给我讲了那不勒斯。还有蕾丝的事。这都太有趣了。现在是摩登世界了，斯考特皮姆太太，你也总这么说。太空飞船、不粘锅都出现了，女人也能在BBC读新闻了。我知道这在你看来肯定很奇怪，但仔细想想，其实也并没有那么奇怪，你说是不是？你曾经告诉我，战争之前，人们会做一些好事。实际上，我们还在做好事啊。特别特别好的事。卡洛琳就很好，又那么美。我只是想让你知道，斯考特皮姆太太。你也很好、很美。迪格比也很好、很美。卡洛琳给我看了她的照片，她还风趣、温暖、善良。她就像是你美好的新女儿，斯卡特皮姆太太。或者算是多了一个儿子？我也搞不太清。反正，这就像你去年给我看的那首诗，关于战争的那首。我们必须相亲相爱，否则就要面对死亡。诗是这么说的。这是实话。这也是我们需要做的。"

卡洛琳抬起手摸了一下脸。

"但是克里斯汀是例外，很显然，我们不需要爱她。哦，说起来，我差点忘了！顶级机密。克里斯汀在村市集上作弊了，她的蛋糕是从贝蒂斯买的。你敢相信吗？你说得对，斯考特皮姆太太。她就是个红尘女，太可怕了。我觉得我该走了，请尽快康复回家来。等你回来，我们要办一个大派对，摆很多蛋糕和茶。哦，还有雪莉酒。拜拜，斯考特皮姆太太。爱你，拜拜。"我挥手跟斯考特皮姆太太道别（即使她看不到我）。

卷带又转了几秒钟。卡洛琳伸手，手却在按钮上方悬了一会儿。她站在那儿，像雕像一样一动不动，犹豫着，她的眼神停留在转动的卷带上。然后她开始对着麦克风说话。

"哈啰，妈妈。我想你了，你知道的。我真的很想你。回家真好。"

她按下停止。

她用黑色罩衣擦擦眼睛。

"你真厉害，亲爱的。真的很厉害。"她说。

"你觉得她会喜欢吗？"我问。

"喜欢？她肯定会爱上它的。"卡洛琳答道，给我一个大大的拥抱。我们站在那儿，一个拥抱、一个被拥抱，两人都在想着关于斯考特皮姆太太的美好想法。"好了。"卡洛琳说。

现在已经快晚上八点半了。过去的四十分钟，我们开着车直冲斯考特皮姆太太的医院。斯考特皮姆太太的医院看起来跟我去过的其他医院不同。我之前去的医院像工厂一样大，全是水泥、玻璃建成的，墙上全是生硬的规则。斯考特皮姆太太的医院基本就是一座大大的豪华房子，坐落在约克市市郊。车道上铺着沥青，随处都是长得很好的古树。太好看了。

卡洛琳把她的宝马迷你挤进一辆捷豹和一辆巨大的古董宾利之间（我小心地下了车），我们一起往里走。卡洛琳捧着一大捧花，还带了一些巧克力、一些期刊（杂志）、一瓶雪莉酒，我抱着那个轮子大机器。

探视时间肯定早就过了，但是卡洛琳不停地说这不是个问题。我们去了就知道了。如果是在我以前去过的医院，非探视时间来肯定很难逃过护工们的眼睛，比逃过一群进攻的维京人还难。

*

"你好啊。"卡洛琳对前台的护士说。原本在看文件的护士抬起头来（《妇女周刊》），显然并不高兴看到有人这么晚来访。"请问你能否帮帮我们？明天是我母亲的生日，我们带了点东西来给她准备个惊喜。"

"哦，真的吗？"护士说，听着并不感兴趣，"你妈妈叫什么名字？"

"罗莎蒙德·斯考特皮姆。"

护士开始翻一个贴了很多小标签的铁环文件夹。

"这里登记的你母亲的生日在三月。"她将手肘撑在桌上，双手合十，朝前一靠，"你这不是还有八个多月的时间准备惊喜吗？"

她盯着卡洛琳看。

卡洛琳也盯着她看。这情况不太好。

（卡洛琳显然并不习惯别人对她这么冷淡。要我说实话，她的衣服算是个阻碍。她穿着黑色的刷墙工罩衣、短裤，还戴着厚头巾。她看起来简直像刚从附近的疯人院逃出来的）

卡洛琳微笑看着护士。护士没有以微笑回应。

"听着，亲爱的，你说得对。今天不是我母亲的生日。我很抱歉。不过我们确实是来给她准备惊喜的。你看这个录音机。"她指了指我抱着的机器，"伊薇给妈妈录了一条非常美好的惊喜录音，希望她能听到，这很重要。这能让老太太非常开心。"

她又微笑地看着护士。

还是没反应。

"非常开心。"她又强调了一遍，把那盒巧克力放在桌上，缓缓往前推。

"非常开心？"护士问道，"还是有一点开心？"她补充道，看巧克力的眼神好像在看一小坨牛粪。

"非常、非常开心。"卡洛琳说着，又把那一大捧花放在巧克力上面。

护士还是无动于衷。我可不想打扑克时遇见她。

卡洛琳又准备把杂志放在巧克力旁边，不过护士咂咂舌，摇摇头。

"有烟吗?"她问。

卡洛琳看她的眼神是克里斯汀常用的。

"听着,亲爱的,我没有烟,但我有这个。"她说着,把给斯考特皮姆太太准备的"违禁品"雪莉酒掏了出来,"恐怕我只剩这个了。你把我们榨干了。"

护士收起巧克力、花和雪莉酒,把它们放在桌下。

"好吧。"她说,终于松了口(嘴角还露出一点微笑的影子),"那你们跟我来吧?"

她从桌后走出来,卡洛琳拦住她,在她耳边低声说了什么。护士一脸冷漠地听完,等卡洛琳说完了,她问卡洛琳确定吗。卡洛琳点点头。护士就指着走廊另一边的一个房间,告诉我们在那儿等二十分钟,然后她就走开了。

"来吧。"卡洛琳大步走向前,"你听到'护士长拉切特'怎么说了。咱们去那儿等一会儿,然后就能见妈妈了。说真的,私立医院世风日下啊。"她走进了一个门口标着"病人休息室"的房间。

*

二十分钟后,我们进了斯考特皮姆太太的房间。斯考特皮姆太太已经睡熟了,我垫着脚走进去,尽量不发出声音。卡洛琳把机器放在斯考特皮姆太太的床头柜上,发出巨大的声音,她真是一点都不小心。

"我们不应该小声点吗?"我指着在床上睡着的斯考特皮姆太太悄悄说。

"没事,别担心,亲爱的。"她说,"我拜托'弗洛伦斯·南丁格尔'给妈妈打了镇定剂。她这几个小时都不会醒了。哪怕是直升机在她床下发动,她都不会醒。好了,能不能把你做的那张卡递给我?"

我从包里拿出那张卡,递给卡洛琳。卡上画着一个大箭头,用红色加粗字体写着"按这里"。卡洛琳把卡片放在机器上,确保箭头指着"播放"按钮,然后退后一步,欣赏她的作品。

"太好了。"她说,"好了,来吧,我们赶紧走,免得护士再来扒我们身上的衣服。虽说这热裤和头巾也不适合她。"

我抓起包,走出了房间。我回头看的时候,看到卡洛琳在摸斯考特皮姆太太的手,还温柔地吻了一下她的额头。

*

下了宝马迷你,往家走的路上,我冒出一个绝妙的想法。

第十九章

1962年7月22日，周日

这是第二天中午十一点，我站在田里，被一群牛围着。

昨晚，克里斯汀发现了我因为医学问题不能继续在莫琳的沙龙工作（"意大利熏火腿粗糙症！这是什么鬼玩意儿？"），她展现的同情心跟卡利古拉[①]差不多。亚瑟还是一如既往地做和事佬，他让我上楼去自己房间，所以我去了，开始放我最爱的亚当·费斯唱片。可是，即使有音乐干扰克里斯汀的喊叫声，我还是觉得不一样了，因为我听过了卡洛琳的利物浦四男孩卷带。之后，亚瑟上来告诉我今天留个空，他有东西要给我看。他还说让我不要告诉克里斯汀。他搞得好神秘，这一点都不像他的作风。

所以我现在站在了田里的一群牛之间，跟亚瑟一起，还有巴克斯特先生，那个想拆掉我们农场、建一个新住宅区的可怕开发商。

巴克斯特先生长得像那种小酒杯，乍一看是个戴三角帽的胖

[①] 卡利古拉（12—41），罗马帝国第三任皇帝，以残暴自负著称。

老头。他穿着一身颜色像馅饼的西装,西装至少小了两个号,白衬衫被顶得从西裤里戳出来,争取自由。显然,夏天对巴克斯特先生来说不是个好时候,他腋下的两片潮湿隐隐闪现,他圆圆的脸配上遮盖秃顶的油头让我想起充气很足的足球,而且脸上还覆盖着一层汗。

*

"新花园会在这里结束。"亚瑟微笑着指指小溪旁边的一个位置,"所以,你能看到,你还会有很多室外活动空间的。也许还够养一只狗呢。"

过去的半个小时里,亚瑟发起了魅力攻势。我听他讲新住宅区将有多好、多美。我们会有多么好的邻居,大家会多幸福。我还听他说了我们的新房子会多么美好,有怎样的露台、怎样的车道、怎样的双车车库。现在,他似乎拿出了王牌:我可以养狗。

我从未见过他为任何事说这么多话。就连板球都没有。这事儿太奇怪了。

"那小溪会在我们的花园里吗?"我问。

"呃,会的。"亚瑟说着,看了一眼巴克斯特先生。

"是,也不是。"巴克斯特先生(公猪,粗鲁跟班,粉面潜鸟)说,"听着,我们得把小溪填满,用水泥封住。所以小溪还会在,只是你看不到了。当然了,小溪里也没有水了。但你会有一个可爱的鱼池,记得吧?你想要的话还可以加喷泉。比脏兮兮的老小溪强多了,亲爱的。"他继续说,这语气好像我是个十岁小孩。他走向亚瑟,用汗津津的胳膊搭着他的肩(可怜的亚瑟),露出黏糊糊的笑容。

"但是蝾怎么办呢?"我问道,"溪里有很多呢。它们要去哪儿呢?"

巴克斯特先生的微笑在闪烁。

"它们可以去找个新的小溪,不是吗?约克郡又不缺小溪,是不是?我们缺的是一个动作快的好投球手,是不是,亚瑟?"他拍了拍亚瑟的背。

"那矮林呢?"我指了指一片小树林,每年春天那儿都有一大片蓝铃花开放,"那个也会消失吗?"

"巴克斯特先生肯定会尽力多留点树的,亲爱的。"亚瑟说,"你会吧,比尔?"他看了一眼巴克斯特先生。

"对,我们会留几棵的。当然了。人们会想要周围有一点绿植的。不过我们不会留太多。地就是钱啊,你说是不是,亚瑟?"巴克斯特先生半眨眼、半哼唧,突然大笑起来,可他说的话一点都不好笑。

"我不是很确定。"我说,巴克斯特先生友善的"烤火腿"笑可骗不了我,"这也太可惜了。拆掉农场屋,在田地上建房子。"

巴克斯特先生看我的眼神好像在说我脑子有问题(我认得这表情——克里斯汀也这样看我)。

"亚瑟。"巴克斯特先生转头对亚瑟比画着说,"我能借一步说话吗?"

他们走到几米远的地方,背对着我。巴克斯特先生的手臂搭在亚瑟肩上。他们在说话,但我什么也听不到。这种时候,我就特别羡慕克里斯汀雷达一般的听力。

过了一会儿,亚瑟转过来,瞟了我一眼。我假装忙着玩一根棍子和一团草。他就转回去继续跟巴克斯特先生谈了。他们一阵摇头(亚瑟)、拍背(巴克斯特先生),然后两人终于都转身面对我。

"好……吧。"巴克斯特先生完全没必要地拖长这句话,"听着,我不想耽误你们俩的时间了,所以小姑娘,如果你还有什么问题,就在我走之前问吧。"

"有的,我们的牛怎么办?"我问,"你要是把地都建了房,它们还有家吗?"

"牛?"巴克斯特先生重复一遍,声音快高到天上去了(就像克里斯汀)。他扭头对亚瑟挑挑眉。"牛?呃,她想知道该死的牛怎么办?"他又面对着我,用那豆豆大的肉眼睛盯着我,"听着,亲爱的,咱们这么说吧,它们都会变成牛排和姜汁馅饼!"

我盯着他,努力忍住把他推进小溪里,再用水泥把小溪封住的冲动。

亚瑟看着我。太阳直射着他好看的金发,他那蝴蝶兰色的眼睛闪过一道光。他突然显得高了一些,也壮了一些。他像个穿着呢子衣服的约克郡维京人。

"我觉得你最好离开吧,比尔。"他说着,微微仰头,"我们以后再谈。我想先跟伊薇待一会儿。"

"好吧,亚瑟。"巴克斯特先生摇着头,把他的粗手指插进口袋里,"咱们以后再谈。就咱们两人,哈?"他走开了。"我下次带合同来。对了,想一想那么多钱,还有新房子,都是你和你家小姑娘的。"

亚瑟龇了龇牙。

"你要是错过这样一个机会,就太傻了。"巴克斯特先生倒退着走出农场时喊道。

像香肠一样的可怕男人。

亚瑟和我去一棵大树上坐下,这是去年冬天被吹倒的。我们看着巴克斯特先生走远。我们之间的心灵感应好像被激发了,我能感觉到他想跟我说一件特别重要的事。

"他可不是我见过的最客气的人。"他这是在展示约克郡人说话有多么谦虚,"但是他的钱是好钱啊。他承诺的钱真的能帮到我们,亲爱的。你知道农场现在快入不敷出了吧?"

我想说亚瑟给克里斯汀花了多少钱,但我忍住了。

"这样你也不用担心以后了,亲爱的。"他说,"我知道去学理发的事不顺利,但是如果我们卖掉农场,你就可以自己开一家小花店或者服装店。或者你想学其他手艺也行。打字、速记。"

他尽力露出鼓励的微笑。我试着回答,但我做不到。

"农场屋太老了,亲爱的。"他用手指梳着头,"买一栋比尔新建的房子是合理的办法。新房子不会有漏水、漏风,不会有太低的天花板、坏了的地板。你会有一个大大的卧室,亮堂堂的,有桌子和步入式衣柜。你还会有自己的卫生间。一切都是新的。"

"但我不想要一切都是新的。"我冷静而清晰地说。我低头看看我的脚,用脚尖在土里画图案。我真正想要的是一切回到从前。克里斯汀和她那些人造布料、塑料花瓶出现之前。没有宾果、烧过了的茶、电视上看不完的广告。没有说不完的婚礼安排、奥林匹克级别的唠叨。

就是从前。

我叹了口气。这口气叹得太重了,我肩膀都在颤动、用尽了肚子里所有的气。

"但是如果你觉得我们需要卖掉农场,"我继续说,"那我们就卖吧。我们是一点选择都没有吗?我只想让你开心,爸爸。"

在此之前,亚瑟也一直低头看着自己的脚,可是我说这句话的时候,他紧闭双眼,看起来好像很痛。

好像过了几辈子,亚瑟才睁开眼,看着我笑了笑。他的眼睛粉粉的,有点肿,我怀疑他是得了热伤风。

"有件事我想跟你谈谈,伊薇。"他说着,拉起了我的手,"很重要的事。是关于你母亲的。"

这真的很奇怪,有两个原因:

亚瑟从来不拉我的手。

亚瑟从来不谈我母亲。

他躲躲闪闪，比平时看起来更尴尬了。他又捏了捏我的手。

"是关于菜谱吗？"我想帮帮他。

"什么菜谱？"亚瑟说，他显然没料到。

"妈妈的菜谱，里面有好多菜的配方。斯考特皮姆太太给我的。"

亚瑟盯着脚，然后又扭头直视我。

"戴安娜的菜谱？"

有那么一刻，空气在灵动地闪耀。

"哪儿来的？"他继续问，"怎么会跑到斯考特皮姆太太手里？"

"听说是妈妈借给她的，之后就一直在斯考特皮姆太太的书架上。这菜谱可好了，都是些柠檬雪里白、芦笋冰之类的菜。"

"戴安娜的菜谱。"亚瑟重复着，盯着天空，显然没有在听我说话。

"真的很好。"我说，"里面的字写得也漂亮，是圆体字。我希望我也能写那样的字。"

亚瑟一言不发。我觉得他可能神游到了过去。

"她还在里面夹了一些老报纸上的菜谱。"我继续说，"但是那些有点发黄了。还有一张是从法国报纸上剪下来的呢。"

亚瑟闭上眼睛，大笑起来。他睁开眼的时候，我发现他的眼睛从粉色变成红色了。

"是啊，这听起来就像你妈妈做的事。"他还是盯着一片无关紧要的天空，"她法语说得比法国人还好，你知道吧。做菜也比法国人还厉害。她太会烹饪了，你妈妈。实际上，她什么事都做得很出色。"

"斯考特皮姆太太给我菜谱的时候也是这么说的。她说妈妈是个很厉害的人。"我告诉他，虽然我觉得他并没有听我说，"我本来想告诉你菜谱的事，可是后来我想把这个秘密躲藏一会儿，只有我知道，因为我害怕克里斯汀把它抢走。"

"你说什么，亲爱的？"他刚刚结束神游，返回1962年。

"我说，我本来想告诉你菜谱的事，但我还没找到机会。我担心克里斯汀会把它抢走，就像她抢走其他很多东西一样。"

亚瑟放开我的手，低下头，（又一次）闭上眼，用双手捂着脸。他的肩膀一上一下的，他的手掌间传出沉重的呼吸声。

我一时不知所措。

"抱歉，我不该提菜谱的，爸爸。"我说，"你想跟我说的是这个吗？还是别的事？"

亚瑟没有回应。他还是捂着脸，肩膀依然在动，呼吸依然沉重。

"不，"他最终说，"不重要了，亲爱的。现在不重要。我们以后再说吧。你留在这儿，跟牛一起待会儿吧。"

他起身走开了，看的是房子，而不是我。

插曲

1946 年 5 月 14 日

戴安娜小心地把柳条篮放在草地上,在旁边坐下,一双长腿在身侧折起来。她低头看看篮子。里面那张笑得灿烂的小脸被包裹在层层叠叠的羊绒之间,她也在看着戴安娜。

她应该在戴孝期的。

她父亲去世的消息让她猝不及防。多年的沉默之后,这裂缝的声音打破了平静。怀念亲人不是一件容易的事。尤其是他把她逐出了自己的生活这么多年之后。有伊薇在,谁还能整日陷在悲痛中呢?戴安娜低头看看她的宝贝女儿,微微一笑。济慈的诗怎么说的来着?说什么美的形状驱散了我们黑暗灵魂的阴云。伊薇就是她的"美的形状",她的舒缓膏。

"喂!你又在做白日梦了吗?"

是亚瑟带来了补给。

"哦,可能是吧。抱歉!"戴安娜说着,抬头看到丈夫朝她走来。

"你刚刚在盯着伊薇,"亚瑟说,"肯定是她把你催眠了。"

"是啊,我觉得我们女儿可能是个魔女呢。"

"这都是从她妈妈那里继承来的啊。"亚瑟说着,在戴安娜身边坐下,吻了她。他低头看着篮子里的伊薇,"我可爱的小仙子怎么样啊?"他低头亲了她的额头。

"我们一不留神,她就该让青蛙变王子了。"戴安娜说。

"真的吗?她可不是这附近唯一一个会施魔法的人。闭上你的眼睛。"

戴安娜微笑着照做了。

"不许偷看。"亚瑟说着,开始拿出包里的东西。

她用手指在她那夏日蜂蜜般的手臂上打着鼓点,听他拿东西的沙沙声、叮当声,开心地和着这些声音。

"我能睁眼了吗?"过了一会儿,她问道。

"不能!等一下,马上就好了。"他边说边拿出几件物品,"好吧,现在能睁眼了。"

戴安娜睁开眼,看到两颗苏格兰蛋、两个火腿三明治、两袋薯片和两瓶啤酒,全部都摆在她最好的一张格子茶巾上。

"野餐盛宴啊!太好了!"

亚瑟露出大大的微笑。

"没有什么高级货。"他说。

"胡说。"戴安娜说,"这多完美啊?我就想要这些。"

"真的吗?你确定你不想要你那些高级的法国食物吗?"

"一点也不。"戴安娜说着,拿了一颗苏格兰蛋,咬了一大口,"嗯,好吃。"她大声咂咂嘴唇。

"嘿,没有人教过你嘴里含着吃的说话不礼貌吗?"亚瑟说,"你不是被当作淑女养大的吗?"

"是啊,亲爱的。"她又吃了一口,"可你看看我。"她还是在边嚼边说,"小姐与流浪汉。"

"脸皮真厚!"亚瑟大笑着说。

戴安娜咽下了嘴里的食物,又吃了一口,然后把剩下的苏格兰蛋扔向亚瑟。

"喂！"他躲开了，"我要告诉杰克逊先生你是怎么浪费他的苏格兰蛋的！太可惜了。你有钱也不能这样啊。对有些人来说可不公平。"

戴安娜仰头看着太阳。

"哦，你别又给我长篇大论了。"

"是啊。"亚瑟说，"这是我的工作。"

戴安娜的父亲去世时，她发现他给自己留下了一笔不小的遗产。他没有把全部财产留给她（他的母校和大学拿到了大头，他还给很多员工和本地慈善组织分了一些），但她还是能拿到不少钱和数不清的股票。这对戴安娜来说是个巨大的惊喜。她已经多年没跟父亲联系了，她以为他什么都不会给她留。可她现在突然就富有了。

"你不能把钱都留在银行里啊，亲爱的。"亚瑟说，"钱就像男人，需要工作的。"

"我知道。"戴安娜缓缓地说，还翻了个白眼。

"它还需要照料。"

"你是说，像牛一样？"

"真好笑。不过这真的不是该开玩笑的事，亲爱的。"亚瑟伸手拉起她的手。

"是啊。我知道。你说得对。"她叹了口气。她不想再谈钱的事，"我下周就去找安德森老先生谈这件事。"

安德森先生是戴安娜父亲的会计。他为这家人工作了很多年，一直负责她父亲的投资,提供各种金融建议。

"安德森先生?"亚瑟说,"可是他比约克郡河谷国家公园还要老啊。战后的规则变了。我们现在在一个完全不同的国家了。赚钱方式都更新了。我跟你说了,你该去跟鲍勃谈谈。"

戴安娜龇了龇牙。鲍勃是亚瑟踢足球的时候认识的。名义上,他是足球俱乐部的会计,但是他涉足的可不止这一摊生意,他帮俱乐部的球员们搞了不错的储备金。他似乎有种赚钱的本事,整个球队都很信任他。但是戴安娜并不确定。

"但是安德森先生那么好,亲爱的。而且他可靠。他几乎是个维多利亚时代人。找他就好像找了迪斯雷利①给我们管钱。"

"但那就是问题啊,不是吗?我们不是维多利亚时代人。这是个全新的世界。"

"奇妙的新世界啊,竟有这样美好的人!"戴安娜说着,喝了一口啤酒。

"什么?"亚瑟说。

"莎士比亚。"戴安娜突然觉得有些累了。她叹了口气。"我昂贵的教育得学以致用啊。就像安德森先生一样。"

亚瑟看着戴安娜。这对她来说不同。她习惯有钱。对她来说,钱是曾经拥有、后来失去,现在又回来了。她从没有缺过什么东西。她怎么会明白呢?

---

① 本杰明·迪斯雷利(1804—1881),英国政治家、小说家,曾任英国内阁财政大臣、英国首相。

"我真的觉得你应该跟鲍勃谈谈。他适合做这个。"

"但我就是不喜欢他。"戴安娜没好气地说。

"你应该给他个机会。俱乐部的所有兄弟都找他。"亚瑟说,"巴雷特先生和主席也是。他们两人都聪明着呢。鲍勃绝对头脑清醒,你会懂的。"

"你是在问我,还是在指挥我?"

"别这样啊,"亚瑟说,"我们要是不联系一下他,我会很难受。这样做不合适。你知道俱乐部是什么样的。他帮所有人理财,现在也该给我们理财。鲍勃就是我们的人。"

"你就不能让我用自己的方式处理吗?"戴安娜吼道,"那么长的战争,我都自己一个人挨过来了。"

"我只是想帮忙。"他摇着头说,"就这样。老天呀,戴安娜。"

"怎么了?"戴安娜觉得头疼,一跳一跳的,"听着,我不信任鲍勃。那么多钱给他打理我不放心。"

"你看错他了。他可能是个外粗内秀的人,可他是个好人啊,理财这件事上,他厉害得很。"

"哦?真的吗?"戴安娜提高了嗓音。

"是啊,他肯定比安德森老先生更会赚钱。"亚瑟喊道,"你要记得,这不光是你的钱,"他指着睡着的宝宝继续说,"这也是她的钱。"

"你以为我不知道吗?"戴安娜吼道,"我告诉你了,我不信任鲍勃。我也不喜欢他。他看起来就像个衣冠禽兽。"

"别这么高傲,戴安娜。"

"别人不知道,你还不了解我吗?你怎么会觉得我高傲?"她吼道。

两人之间的沉默仿佛通了电流。

"听着,"亚瑟说,"你要是不给鲍勃打电话,我就打。"他把三明治扔在地上,走到了田地另一边。

戴安娜看着他离开,脸和眼睛都红了。

第二十章

1962年7月23日,周一

"亲爱的,谢谢你。"

卡洛琳躺在沙发上,一只手拿烟,另一只手拿着一小杯咖啡。

"你真是个聪明家伙。我都不知道你怎么想到的这主意。"

现在是早晨九点半,我来隔壁看卡洛琳,同时拿她的录音机。她昨天从斯考特皮姆太太的医院取回了录音机,准备今天的行动(绝妙计划2)。但是我先要听听我们给斯考特皮姆太太录的音(绝妙计划1)有什么绝妙效果。

"这太好了,亲爱的。妈妈一醒来就听了卷带,而且听说她还不停地循环,又哭了好久,幸福的眼泪。"

"哇。"我感觉我也要流下幸福的眼泪了。

"反正呢,她立刻就给我打电话了。我们聊了好几个小时。噢!"她用拿着烟的那只手的小拇指擦了擦眼睛,"我们什么都聊,也什么都聊了。我们说了有几百遍抱歉吧。也许有一千遍呢!真的太好了。这都是因为你啊,亲爱的。"

她凑过来在我额头上印下大大的吻,顺手把小杯子放在了茶几上。

"当然了,"她接着说,"打完这通电话,我们必须得见面啊。于是我跳上车,开去了医院。妈妈在房间里等着我,我直接扑进了她怀里。我们就那样拥抱着,说一些胡话。"

她又擦了擦眼睛(这次用的是没有拿烟的那只手)。我也借机好好擦了一把眼睛,用的是我的上衣袖子。

"我们说了好多话,互相亲了很多次,还哭了好久——我好像又回到了意大利!我们把心里话都说出来了。我们犯了这么多年的傻。那些难过、愤怒,全都是过去的事了。"

她在空中做了个含糊的手势,一小撮烟灰落在了斯考特皮姆太太的沙发上。

"我们回到了正轨。终于啊,这么多年了。而这都是你的功劳。你真的是全约克郡最聪明的女孩,你知道吧。"

她过来给了我一个大大的拥抱,充满感激、喜悦、重获的平和。

这太美好了。

"反正啊,亲爱的。"卡洛琳说着,从沙发上站了起来,"先别管这个了。我们俩都还有工作要做。你得把那个东西拿到隔壁去。"她指了指斯考特皮姆太太厨具柜上的录音机,"我得准备迎接客人。"

"哦。"我说,想到又要有一个"卡洛琳"来,我很是激动(如果另一个"卡洛琳"真的存在),"是迪格比要来吗?"

"迪格比？不是的，亲爱的。是别人。你一会儿就能见到她了，别担心。好了，动作快点。"她站起来去拿录音机，"你还要为你的邪恶计划做准备。我们得赶在两个恶毒老巫婆回来之前把东西弄好！"

"那是自然。"我说着，接过她手中的录音机。

"好了，祝你好运，亲爱的。"她吻了一下我的脸颊，"你肯定会出色完成的。一如既往。"

于是我走了。抱着录音机回家的路上，我感觉我的心飘到了空中。

像魔法一样开心。

*

我知道克里斯汀和维拉一时半会儿回不来，因为今天是周一，而周一早晨是采购时间。她们忙着在村里的店之间跑来跑去，买午餐肉，为洋葱砍价。我想把录音机放在厨房里，因为克里斯汀和维拉采购归来总是要在这儿喝喝茶，抱怨、唠叨、八卦。我要把她们的抱怨、唠叨、八卦都录下来，希望录到能揭露她们的证据（绝妙计划2）。所以我想找个隐蔽的地方放录音机，但这个位置又要能轻易录到她们的谈话。

这可不容易。一开始我以为可以把它藏在壁橱里，可是她们回来会把买的东西放在壁橱的。我要是把它放在一个盒子里，隔着盒子和壁橱门，它大概就录不到她们的谈话了。其他候选地点也并不理想，比如：

洗碗池下面（太暴露了）。

垃圾桶里面（太小了）。

桌子下面（太明显了）。

这实在让人抓狂。警察电视剧里监听可从来没这么麻烦。

所以我现在踮脚站在一把摇摇欲坠的椅子上，想把录音机放在厨具柜顶上。即使以我的身高，这也不容易。这机器太重了（它的体积和重量都相当于一头刚出生的小牛犊），把它抬进厨具柜和天花板之间狭窄的缝隙恐怕得用一辆叉车的劲儿。我挣扎了一会儿，还是放弃了。

然后，我看到了它，低处的它。克里斯汀烦人的新炉子。蓝绿色的恐怖来源。录音机看起来能放进烤炉里。太棒了。克里斯汀给自己埋下了马卡龙色的炸弹。

我打开炉子门，取出所有的烤架，然后温柔地、小心地把录音机放进去。

能放下。

宾果。

克里斯汀和维拉刚回来肯定不会用烤炉的。因为每周一，她们都会从杰克逊先生的肉铺买一些牛油卷，还要一人买一包薯片，再来一个酥皮蛋挞作为甜点，一到家就全部吃完（同时喝几加仑的茶）。

这是个万无一失的计划。

可是我突然意识到，烤炉门一合上录音机就录不清克里斯汀和维拉的声音，只能录到雾蒙蒙的回声（可能比她们清楚的声音还好忍受一些）。我需要想办法让烤炉门保持打开的状态，让声音能传进去，又不让克里斯汀和维拉发现。

嗯……

我把双手插进口袋里（这个动作总能帮我更好地思考）。

在我的思绪深处，它像上天派来的奇迹珍宝一样等待着，我找到它了。我的巴祖卡泡泡糖。这是人世间最黏稠、黏力最强的东西。

我很快就把一整袋塞进了嘴里（相当于嚼一个网球），不一会儿，我就嚼好了三个黏糊糊的泡泡糖球，吐出后粘在烤炉门内侧，这样录音机就能录到克里斯汀和维拉的声音了，炉子门也不会敞开。

我是个天才。

现在，我只需要等克里斯汀和维拉回家了。

*

没过多久，克里斯汀熟悉的高跟鞋声就在外面鹅卵石路上响起。我一把录音机放进炉子，就一直坐在旁边，随时准备按下按钮。我按下"录音"，轻柔地把炉子门关上，让泡泡糖粘在炉子上。然后我冲刺着绕过餐桌，坐在离炉子最远的餐椅上。这样克里斯汀和维拉就只能坐在离录音机近的地方了。

"哦。"克里斯汀没有拿购物袋,空着手走进了门,"你在这儿啊。你在干什么?"

"你好。"我露出最灿烂的笑容。我正要开口再说话,维拉走了进来,她拎着两个装满来自村里各家店商品的大购物袋。她的呼吸很沉重,看起来就需要一把椅子。

"哦,伊薇。"维拉说,她的语气里既有惊讶,又有失望,"你在这儿做什么?"

"哦,没什么。"我说,"我只是在休息。"

"只是在休息,哈?"克里斯汀说着坐下来,脱掉鞋子,"有些人就是能'只是休息'哦。"

维拉把两个购物袋放在厨台上,然后跟我们一起坐下。她们两个都坐在了录音机能收到音的范围内。太妙了。

"我说,有些人可以'只是休息'哦,妈妈。"克里斯汀转头看着维拉,用大拇指指了指我,"伊薇啊,就这么跟这儿坐着,而我们俩这一早上忙来忙去逛了那么多商店,还要拎那么重的袋子。她可真是安逸啊,是不是?"

"是啊,亲爱的。"维拉答道,可我觉得她不一定真的在听,因为她在忙着用手绢擦额头。

"哦,站了一早上,终于能坐一坐真是舒服。"克里斯汀继续说着,往椅背上一靠,开始调整她的肩带,"你要煮茶吗,妈妈?我快渴死了。"

"好,亲爱的。"维拉说着,站了起来,可是她的精气神跟《小熊维尼》里消沉的毛驴屹耳差不多，"你也想来一杯吧，伊薇？"

"谢谢，维拉，不过我不用了，我要出门。"我说着站起身来离开，"我有几件事要做。"

"哦，听听她的口气。"克里斯汀说，"她有几件事要做。什么事？是说整天一屁股坐那儿看书吗？"

"是啊。"我在门廊里转了个身，"非常重要的事，比如看书。"我大步跨过庭院，后悔没拿本书。

*

我没有走远。

我之前在我们家谷仓里藏了一瓶蒲公英和牛蒡水、吉百利果干和坚果，还有这周的《旋律制造者》。卡洛琳在录音机里放了足够录四个小时的卷带，所以我可以等三小时四十五分钟再回厨房，赶走克里斯汀和维拉，然后从烤炉里取出卷带。这意味着，我可以在干草堆上躺下来，享受一会儿我应得的静谧（名词——宁静的休憩状态）。

三个半小时过后（这段时间我主要在做《旋律制造者》的填字游戏），我开始准备进行计划的下一步：让克里斯汀和维拉从厨房里出来。这一步我想了很多，想出一个绝妙的主意（换句话说，就是撒个谎）。要实施这一步，我得回忆一下我在学校编排的《欢乐的精灵》里饰演女仆伊迪斯时学到的演技。说实话，我不太记得了，但这个角色好像经常需要端托盘。

*

"你绝对不敢相信。"我说着，冲进厨房，看到克里斯汀和维拉还坐在餐桌边（抱怨、唠叨、八卦）。

她们以黑帮科雷兄弟的温暖迎接我。

"怎么了？"克里斯汀撇撇嘴（不是猫王那种）。

"橄榄球队。他们全都一丝不挂地在外面跑！"我（撒谎）说。

"什么？"维拉说，"一丝不挂？他们为什么要这么做？一群蠢蛋。"

"你确定吗？"克里斯汀问道。

"确定。"我（撒谎）说，"他们现在就在橄榄球场那儿呢。好像是打赌输了什么的。"

"来吧，妈妈。"克里斯汀说着站了起来，还提了提胸，"我们必须得去看看。"她已经站在门口了，用脚敲节奏。"你到底来不来？"她不耐烦地看着维拉，"快点。这可不能错过，是不是？"

维拉抓起她的发套，跌跌撞撞出了门。

"你别来，伊薇。"克里斯汀大步走过庭院时还喊着，"这不是小孩子看的东西。你看曲棍球就好了。"

我听到她跟维拉一起大笑。

我冲到烤炉旁，拿出录音机。它还在转动，一个轮子上缠了很厚的带子，另一个则很薄。太棒了。我按下"停止"按钮，两个轮子都骤然停了下来。

*

接下来这步计划，我需要把录音机从家里拿出去，送到卡洛琳那儿，所以我尽快拎着这重家伙去了斯考特皮姆太太家，还要偷偷摸摸的（这可不容易）。

我到了隔壁，厨房里空无一人，也没有什么人待过的迹象，只有一个装满烟头的烟灰缸。所以我拎着录音机，用屁股推开了门，倒着走进去。

我一转身，就看到两个魅力十足的女人在茶几旁面对面坐着。其中一个是卡洛琳（她穿着天蓝色的无袖连衣裙，漂亮极了），另一个肯定就是她之前提到的朋友了。我盯着她们两人看了一秒钟，震惊得说不出话。怎么会有这么时髦的两个人并存于同一时间和空间呢？

"伊薇，亲爱的。"卡洛琳站起来向我走来，"你来了！我刚刚还在跟伊丽丝讲你呢。"

伊丽丝。哦，这名字真好听，一听就像是外国人，或者是个蕾丝。

"来，这个给我吧。"卡洛琳从我手中接过录音机，把它放在餐具柜上，"好了，伊丽丝。我来给你介绍一下伊薇，她是妈妈的好邻居，还是我出色的新朋友。伊薇，来见见伊丽丝，她是我认识的最善良、最厉害的法国女人。我认识的法国女人可不少呢。"

伊丽丝走过来，用法语说了"幸会"，然后吻了一下我的脸颊。

我感觉自己好像走进了碧姬·芭铎的电影。可惜这种精致的氛围没有持续多久，因为赛迪显然觉得自己没参与介绍，感到不满，它冲过来，蹭着伊丽丝的腿。

"赛迪，亲爱的！"卡洛琳把赛迪拖走了，"我的老天爷啊，你让伊丽丝怎么看你啊？"

伊丽丝微微一笑，用双手比画着我看不懂的法国手势。

卡洛琳已经回到了沙发上，赛迪紧随其后。很快，我们都坐了下来，伊丽丝坐在一把扶手椅上，我和卡洛琳、赛迪一起坐在沙发上。

我忍不住一直盯着伊丽丝看。她太美了。她穿着焦糖色的短裙和衬衫，纤细的腰上系着一条细细的金色腰带，脖子上整齐地戴着一条红蓝相间的丝巾。她卷卷的短发就像打磨过的红木一样闪亮，她肤色健康，给人一种夏日的感觉。她的美让她在我们村子里显得格格不入，就像因纽特人来了一样。

"伊薇录了些音。"卡洛琳指着录音机对伊丽丝说。

"真的吗？"伊丽丝说，她的口音简直能让顽石融化，"你录了什么音呢？"

"牛。"我答道。

"牛？"伊丽丝重复道，看起来有点惊讶，"啊，好吧，你们这儿的牛不错。它们的叫声应该挺好听吧。"

"这倒不一定，不是每头牛都叫得好听。"我说。

卡洛琳点了一支烟，把打火机递给伊丽丝。伊丽丝用法语道了谢，拿起卡洛琳放在茶几上的法国高卢香烟。

"伊丽丝是从伦敦来的，亲爱的。"卡洛琳对我说，"对她来说，牛都是时髦得不得了的新鲜玩意儿。她好心地来帮我收拾房子，为了迎接妈妈回家。她会在这儿住几天。"

"斯考特皮姆太太！她要回家了吗？"我问道。这是天大的好消息。

"是啊，亲爱的。周五回来。我们要发动全员，把'船'准备好。我把可怜的伊丽丝拽到了这里帮忙，她不得不放下在 Lycée 的工作跑过来。"

"哦，Lycée 是什么啊？"我问伊丽丝。

"是法国学校。"她说，"我们教孩子们怎么做优秀的法国小男孩、小女孩。我们有语法课、抽烟课、贝雷帽课。"

"听起来妙极了。"卡洛琳说。

"我根本不需要她拽我来。"伊丽丝继续说，"我可太爱乡村了。随便给我个理由，我都愿意从伦敦逃离那的噪声、匆匆碌碌、大烟筒。"

我看看抽着法国烟的伊丽丝和卡洛琳。她们俩可是两个非常时髦的"大烟筒"。

"反正你来了我很高兴，亲爱的。"卡洛琳说，"在这儿，你需要担心的唯一一种噪声就是伊薇开着卧室窗户用最高音量放亚当·费斯唱片。"她扭头对我眨眨眼。

"哦，不，抱歉，我真的不知道你能听到。"我深深感到羞愧。

(说实话,我对亚当·费斯的热情好像不如以往了。这太奇怪了。我现在满脑子想的都是那四个利物浦年轻人)

"逗你玩的。你想放多大声就放多大声,伊薇。我放点施特劳斯就能把你的声音盖住了。"她咧嘴一笑,眼睛也眯了起来,"好了,我们闲聊了这么久,我都忘记给你们倒喝的了。真是没礼貌。妈妈要是知道了,会大发雷霆的。伊丽丝,你要再来一杯咖啡吗?你呢,亲爱的?"她面向我问,"茶吗?"

通常我是会喝茶的。茶是神们的饮品,山谷的仙露,液体的金子。可是我突然犹豫了。这感觉很奇怪。我似乎突然站在了十字路口,要做一个将影响我未来许多年的决定。这个决定重要又必要。

我感觉,我是在选择我想成为怎样的女人。

我深吸一口气。

"来杯咖啡吧,谢谢。"

"亲爱的,你确定吗?"卡洛琳说,"我泡壶茶不费事的。"

"不,我想喝咖啡,谢谢。"

"那就咖啡!"她大步走进厨房,赛迪也跟了过去。

伊丽丝微微一笑,这温暖的微笑能填满整个房间。

我突然间不知如何说话了。除了卡洛琳(大概还得算上斯考特皮姆太太吧,不过她不一样),我不认识任何时髦的女士。时髦的男士我也不认识。我低头看看茶几上的杂志。斯考特皮姆太太的《听众》和《广播时代》杂志被法国版《时尚》和一本叫《她》①的杂志取代了。这让我越发紧张。周五下午跟一个时髦的法国女人谈话,到底应该说些什么呢?

"你也是蕾丝吗?"我试探着问。

伊丽丝咳嗽起来。

"不,伊薇。"她的咳嗽变成了大笑,"我结过婚,跟一个美好的男人,但是他十年前去世了。"

"哦,抱歉。"我说,"希望我没有冒犯到你。我只是不知道该说些什么。我一紧张就容易说傻话。"

"没有,你一点也没有冒犯我。"她微笑着摇摇头,"我只是有点惊讶。我还以为英国人都很保守呢。亲爱的,你更像个法国人。"

"哦,谢谢。"我听了这赞许太开心了(肯定是卡洛琳的欧洲大陆风格影响了我),"我很想做法国人。法国衣服那么好看,长棍面包那么脆。不过我个子可能太高了。"

伊丽丝大笑不止。我搞不懂为什么。也许跟法国文化有什么关系吧。

"那么,"她用一块非常小的手绢擦擦眼睛,"卡洛琳总说约克郡人跟英国人不是一个物种。这下我懂了。约克郡人都直来直去,是不是?"

"哦,我不知道。是这样吗?爸爸总说我们'管铁锹叫铁锹',

---

① 法国时尚杂志 *Elle*。

这话本身就很奇怪,铁锹不叫铁锹该叫什么呢?"

"Un bêche?"伊丽丝耸耸肩说,又比画了我看不懂的手势。

"Un bêche。"我跟着她说了一遍,体会着这异域的发音,"用法语说好听多了。是不是?食物也是这样。你们法国的铁锹估计也比这儿的高级吧。"

"哦,这我可不确定。你们的铁锹肯定很好的,就像你们的牛。"

我们两个都笑了笑。我现在没有那么害怕伊丽丝的精致法式举止了。

"你以前来过约克郡吗?"我问道。

"没有,这是第一次来。我很期待到处看一看呢。约克教堂、河谷国家公园。还要尝尝炸鱼薯条。约克郡旷野啊,还有希斯克利夫[①]。"

"哦。"我在想如何不让她太失望,"教堂、河谷国家公园、炸鱼薯条、旷野都是不错的选择,但是要找希斯克利夫,你恐怕要失望了。我们这儿如今没有多少希斯克利夫了。"

"你们说什么希斯克利夫呢?"卡洛琳回来了,端着一个托盘,"你们俩是在聊文化吗?"

"我们是在聊约克郡人。"伊丽丝说,"伊薇说勃朗特姐妹撒谎了,约克郡没有那么多希斯克利夫。"

[①] 英国作家艾米莉·勃朗特作品《呼啸山庄》中的男主人公,性格坚韧,对爱情矢志不渝。

"伊薇，亲爱的，别说这种话。"卡洛琳把托盘放在茶几上，"你应该给自己家乡说点好话。你不能刚说了我们这儿的牛特别棒，接着又贬低这儿的所有男人吧。"

"我这就回伦敦。"伊丽丝大笑着说。

"不，亲爱的，你在这儿待着。伊薇在说胡话呢。她眼里只有亚当。"卡洛琳又冲我眨眨眼，把一小杯黑咖啡递给伊丽丝。她转头问我，"加奶和糖吗？"

"呃，我不确定。你是怎么喝的？"我扭头问伊丽丝。

"法式。黑咖加两勺糖。"

"那我也要这样的。"我说，"黑咖加两勺糖。"

"当然可以。"卡洛琳用法语答道，从糖碗里盛了两大茶匙的糖，放在棕色液体里。然后，她拿出另一个茶匙，搅了搅，把小杯子和茶盘一起递给我。

闻起来很香。

卡洛琳和伊丽丝热烈讨论起约克郡，但我的注意力全在咖啡上。这里面没有多少，只有大概一顶针。我又搅了一下咖啡，然后把杯子举到嘴边，喝了一小口。咖啡有一种烟熏的味道，又苦又甜。很好喝。我又喝了一大口，然后又一口，又一口。喝光了。

"亲爱的。"卡洛琳看着我把空杯子和茶盘放回托盘上，"你这算是一口闷了。我还以为你是坚定的爱茶之人呢。"

伊丽丝大笑着说："听着，卡洛琳，我觉得伊薇其实是法国人。她完全可以做巴黎人。她有话直说，一头漂亮的深色头发，穿着法式长裤，时髦得很。"

我瞟了一眼我的紧身裤。

"现在我们又知道了她喜欢法式咖啡。伊薇显然就是个法国女人。一支插在了约克郡心脏的法国鸢尾花。"

我太喜欢伊丽丝了。

*

我们的谈话继续着，聊了很多事。贝蒂斯的蛋糕、英国的夏天、勃朗特牧师住宅、口红、一个叫鲍勃·迪伦的人、苏格兰城堡、西班牙画家、A1英语水平考试、玛丽莲·梦露、《说谎者比利》、海德公园（伦敦）、中央公园（纽约）、干燥头发。

我插了几句话，即使大部分时候我完全不知道该说什么。这太让人激动了。大人谈话的时候，我通常很乐意用"温布尔登法"：安静地在场外观看，左右摆着脑袋观察赛况。但是今天，我进了球场，追逐网球，甚至还成功接了几个回合。太好了。我感觉自己像个左岸派知识分子。（还是右岸派？）[①]

过了一会儿，赛迪打了个哈欠。它在沙发上躺了下来，四脚朝天，头歪在卡洛琳的大腿上。

"亲爱的。"卡洛琳低头看了看赛迪，"你觉得无聊了吗？"

[①] 塞纳河由东向西穿过巴黎，"左岸"即为南岸。右岸为皇宫等贵族建筑所在地，左岸则聚集大量作家、诗人等知识分子。"左岸派"知识分子指思想较为新锐、先进的知识分子。

赛迪叫了一声。

"好吧,我们有答案了!"

赛迪又叫了一声。

"实际上,它在告诉我们,你该去做功课了,亲爱的。"卡洛琳对我说,用上了她模仿得最像的"老师语气"(也不怎么像)。

"功课?"我问,"什么功课?"

"有四小时的录音带等着你施展魔法呢。这难道还不是功课吗?"

哦,录音!我怎么这么容易分心呢?

"来吧。"卡洛琳站起身来,赛迪的脑袋落在了沙发上,"我给你安排好。这得花不少时间呢。"

她走到厨具柜旁拿起录音机。我跟着她,还回头对伊丽丝说很高兴认识她。

"我也是,"她答道,"我的荣幸(法语)。去享受你的牛吧!"

*

卡洛琳带我去了斯考特皮姆太太的书房,这个房间太美好了,装满了书。这是斯考特皮姆家房子里我最爱的房间之一,不过我不常过来,因为我们总是留在厨房和起居室里。这个房间有种特别的气味,老书的味道混合着教养和盆栽的味道。

卡洛琳把录音机放在大落地窗前的书桌上。

"你坐下歇一歇吧。我马上就回来。"她离开了房间。

我在桌前坐下，看了看录音机。这里面有什么秘密等着我呢？我在浪费时间吗？我要是听四个小时利物浦男孩唱歌会不会更有意义呢？

"来，把这个戴上。"卡洛琳回来了，她拿着一副大耳机，"这样你就能听得清楚些，亲爱的。这次录音质量可能不会太好，在炉子里录音可不容易。我们需要所有可以利用的资源。这耳机就是好资源，百代唱片最好的。"

她把耳机给我戴上。我现在感觉自己在水下听声音。

"好了。感觉怎么样？"卡洛琳大喊着，指指自己的耳朵。

我的耳朵被压扁了，我看起来一定很奇怪。

"很好。"我撒谎说。

"太好了，亲爱的。你看起来超棒的。"她也撒谎说。

我坐好，转转脖子，抬了抬耳机。当我的头外部重量突然增加，头脑里面却感觉空空的（这种感觉对克里斯汀来说一定是常态）。

"你还记得我教给你的吗？"她说。

我点点头。

"好的。需要的话，你知道该去哪儿找我。"她弯腰吻了一下我的脸颊，离开了房间，走时还喊着"好运"，双手都交叉食指、中指，朝我挥动。

我听了几秒包含杂音和回声的静默，然后拿起笔，深吸一口气，按下"播放"。

第二十一章

1962年7月25日，周三

今天的日程太多了。

除了应对克里斯汀、婚礼、我的未来、巴克斯特先生和新住宅区、我的考试成绩、斯考特皮姆太太的腰间盘突出、全球核战争、我的绝妙计划2，我还要担心医疗（形容词，医疗用词，与罗马医神 Aesculapiu 同词源）紧急事件。

我对录音的剪辑被暂时打断了，因为要出于人文关怀去看斯威森班克太太。昨晚，玛格丽特告诉我（玛格丽特是从朱莉·特纳她妈妈那儿知道的，朱莉妈妈则是从纽伯格太太那里知道的，纽伯格太太是全村的八卦中心），斯威森班克太太得了严重的流感，已经三天卧床不起了。我想去看看她怎么样了，试试能不能让她开心一些。要让斯威森班克太太开心，最简单的办法就是食物。

于是我花了几小时快乐时光翻看我母亲的菜谱，想找一些满足如下条件的食物：

1. 斯威森班克太太会喜欢的（我觉得她应该还没准备好尝试炖鳗鱼）。

2. 我做得出的。

这并不容易。菜谱里大部分菜看起来都非常复杂，我这种平时只会在吐司上放点奶酪或者煮个荷包蛋的厨艺绝对做不到。我还需要一个能快速完成，还不容易弄脏厨房的菜谱，因为我不想让克里斯汀知道（我们独生子女总是不自觉地想保守秘密，而在跟克里斯汀分享信息这件事上，绝对是做得越少，效果越好）。我知道克里斯汀一上午都不在家（去斯肯索普市找手足医生，看她的槌状脚趾），所以我有几小时的时间给斯威森班克太太做点吃的。

我将一连串不合适的菜谱打回之后（皇家野兔肉——太复杂了；乔利蛋糕——太"兰开夏"了），终于找到了完美的菜品：古戈力。这个听起来就很美味，而且像是有营养又让人舒服的食物（就像斯威森班克太太）。配料表短得让人惊叹（这本菜谱里大多数配料表都长得不得了，好像无穷无尽，就像罗伯特·布朗宁的诗）。配料如下：

半品脱牛奶

四分之一磅[①]普通面粉

[①] 英制质量单位，1磅合0.4536千克。

两盎司无盐黄油

四颗鸡蛋

三盎司格鲁耶尔干酪

（我不知道格鲁耶尔干酪是什么，所以我就把冰箱里能找到的奶酪都翻出来加一点：切达奶酪、文斯勒德奶酪、红列斯特奶酪，还有一小块儿掉进了蔬菜抽屉的卡菲力奶酪）

这听起来很容易，可是开着亚瑟的跑车去送几瓶牛奶听起来也很容易，而我却把送奶搞砸成这个样子。哎，开始做吧。

*

首先，菜谱说要用锅加热奶（不用锅还能用什么？）。这个我很在行，因为我经常在睡觉前给自己和亚瑟煮一些阿华田[①]。牛奶煮起来了，我把黄油切成小块儿，丢进去、好好搅拌一下。很快，黄油开始熔化了，在牛奶顶上形成了一层漂亮的黄色油层（这时候要再搅一搅）。然后，菜谱说要把面粉过筛倒进牛奶中，同时要不停搅拌，这并不容易（我妈妈那个时代，人们应该是在厨房里更灵巧吧）。显然，我必须要搅拌，不然所有食材会聚在一起，变成一个大面团。所以我搅拌。

搅拌，

[①] 粉状饮料冲剂。

继续搅拌。

同时，我还想着要是给斯威森班克太太买点燕麦姜饼和一小盆盆栽会不会更简单。

我妈妈的菜谱里下一步的指示十分明确：该加鸡蛋了，但必须一颗一颗加（这条加了下划线），必须等前一颗鸡蛋完全融入面糊再加第二颗（谁能想到一份菜谱会这么霸道啊？）。我把锅从炉子上拿下来，打进去一颗鸡蛋，搅拌。它很快就变黏了，不过菜谱（安慰地）告诉我，如果面糊结块，不要担心——我只需要继续搅拌。所以我搅拌。

搅拌。

搅 拌。

搅 拌。

搅　拌。

搅　　拌。

搅　　拌。

鸡蛋终于融入了面糊。再加一颗，破坏得之不易的顺滑太可惜了，更别说再加三颗了。说实话，我不知道我还有没有劲儿再做三次。等我做完，胳膊大概要变成大力水手那样了。

但是开弓没有回头箭，所以我现在要加第二颗鸡蛋了。

（搅拌搅拌搅拌搅拌搅拌搅拌搅拌搅拌搅拌搅拌搅拌搅拌搅拌搅拌搅拌搅拌——）

第三颗鸡蛋。

（搅拌搅拌搅拌搅拌搅拌搅拌搅拌搅拌搅拌搅拌搅拌搅拌搅拌搅拌搅拌——）

第四颗鸡蛋。

（搅拌搅拌搅拌搅拌搅拌搅拌搅拌搅拌搅拌搅拌搅拌搅拌搅拌搅拌——）

第四颗鸡蛋融入这团胶状混合物之后（呼），我飞快地抹了把额头，然后加了一小撮盐进去（比加鸡蛋容易多了）。现在该加奶酪了，于是我把刚刚拿出的各种奶酪都加了一点，放在厨房天平上称了称（拿卡菲力奶酪的时候，我差点被铁制磨碎机切掉一块儿指甲），然后加入面糊。

再搅拌。

（我实在不敢相信这么短的菜谱需要做这么多辛苦的工作。）

然后，我用茶匙取了一小部分面糊，放在油纸上，再磨碎一点奶酪，撒在上面（这是即兴创作——奶酪永远不嫌多），再把烤盘放进克里斯汀的烤炉。菜谱又一次霸道起来。古戈力需要烤二十分钟，在此期间，烤炉门绝不能被打开！打开看一眼都不行。

二十分钟是很长的时间，足够我收拾好厨房了，于是我看了看亚当·费斯时钟上的时间，拿起抹布和清洁剂开始收拾。

十分钟之后，美妙的奶酪味儿弥漫在厨房里。这是好现象，希望这意味着古戈力好吃吧。不过这也是坏事，因为只要一进厨房，就能闻出我做了吃的，所以我向维拉学习（能跟她学的实在不多），打开所有窗户和门通风。

十分钟后,我站在烤炉旁看着亚当的吉他时钟指针一点一点地动。这味道闻起来好极了——我希望斯考特皮姆太太能在这儿看到这一幕(更准确地说,是闻到)。

然后,该打开烤炉了。

我打开烤炉门,欢快地把烤盘拿出来。

这真是完美的烘焙。

我眼睛滴溜溜地盯着手中捧着的美妙食物。

三十个金色的小球,集满了甜美的梦和健康。我简直不敢相信。我把烤盘放下,拿起一颗(尝一尝——厨师的特权)。它很烫,把我的手指烫到了,但是就为了这美味的气味(一种充满奶酪味的治愈气息),被烫一下也是值得的。我站在那里,闻了一会儿古戈力,然后把它放进嘴里,咬下一口,这甜点热腾腾、软乎乎的。

这简直是奶酪的天堂。

我又咬了一口。太美妙了。它们就是纯粹的欢愉包成了小包裹。我完全可以一口气吃完。但是我不会这么做。这是给斯威森班克太太雪中送炭的。所以我把它们装进一个旧饼干盒,出发。

*

从街上看,斯威森班克太太的小屋前有一条短短的小路,路旁种着狐狸手套和叶羽豆,小路通往她的前门(门旁有茂密的蔷薇)。我在门外犹豫了一下,然后大声敲了三次门。

"进来吧,不管是谁!"斯威森班克太太喊道。

我推开门，走了进去。

打开门，我就走进了斯威森班克太太的起居室，我看到她坐在一个高椅背的扶手椅上，穿着长长的紫色睡裙，戴着镶边的丁香紫色发套，脚上是一双厚厚的羊毛袜子。

"伊薇，亲爱的。"她笑得嘴都咧到耳朵上了，"见到你真是太好了。快进来。坐下吧。"她指了指旁边的空沙发。

"你感觉如何啊，斯威森班克太太？"我说着，坐了下来。

"等等，亲爱的。让我把无线电关掉。"她答道，伸手关掉了又大又老旧的电木收音机。

"不用为了我关啊，斯威森班克太太。"

"哦，不用担心，亲爱的。反正我也听够了。一直在放瓦尔·杜尼肯和他那该死的吉他。我都没好好听。我只是在等着杰米·杨。对了，你刚刚说什么来着？"

"我听说你病了。"我说，"所以来看看你怎么样了。"

"哦，你真是好心啊，伊薇，亲爱的。"她从袖子里抽出一块儿蕾丝手帕，擦擦额头，"现在好多了，谢谢。但是我之前挺糟糕的，几天前还烧得像个薯片锅。我还晕了一下子，一头栽在了厨房里。"她摇摇头，"不过我现在快好了。过几天就能精神抖擞了，别担心。"

（我怀疑斯威森班克太太要是去伦敦，大概需要一个口译员帮忙才能跟人交流。）

"我给你带了这个。"我说着，把饼干盒递给她，"我刚刚给你做的。"

斯威森班克太太接过盒子，打开盖子。

"哦，闻着真香。"她吸了一大口，"这是什么？"

"古戈力。"

"什么？"

"古戈力。是法国甜点。"

"哦，看看你，做法国甜点。你真是个聪明姑娘。"

"我在妈妈的菜谱里找到的配方。"我有些红了脸，"挺简单的，真的。我觉得它们能让你好受点。"

"肯定会的，亲爱的。不如我现在就配上一壶茶吃吧。我快渴死了。"

"我来煮茶，斯威森班克太太。"我站了起来，"加奶和三勺糖？"

"哦，你真是个好姑娘，伊薇。对，加奶和三勺糖。东西都在橱柜里，茶壶旁边。"她指了指厨房，"去给你自己拿点饼干吧。"

"谢谢！"我喊着，走进房子背后的小厨房。

"抱歉这里这么乱。"我给茶壶里倒水的时候，斯威森班克太太喊道，"我好些天都没精神打扫了，身体不舒服。"

厨房一尘不染，看着像是刚被一队新兵打扫、抛光过。

"太好了，斯威森班克太太。"我答道，"你的厨房视野真好。"透过斯威森班克太太的厨房窗子，能看到她那开满鲜花的后花园，还能看到古老墓地后面的教堂。

"谢谢，亲爱的。"她大喊道，"对，还不赖呢。你还好吧？茶杯和茶盘都在冰箱旁边的橱柜里。你能找到吧?"

"能。"我大喊着,把茶和糖从橱柜里拿出来,"找到了。"

"好,亲爱的,你给我带的这东西闻起来就香。你说这叫什么来着?"

"古戈力。"

"哦,对,是这个。那这是怎么做的?"

"这个嘛,面粉、鸡蛋、牛奶、黄油。"我大喊着,把煮茶的东西都放在一个托盘上,"还有很多奶酪。然后你需要把这些做成的糊糊装在烤盘上,放进烤箱。很简单的。"

"哦。"斯威森班克太太说着,我端着托盘回到了起居室,"就像奶酪泡芙?"

"奶酪泡芙?"

"对啊,这菜谱跟我做奶酪泡芙的一模一样。"

我瘫倒在沙发上,有些被奶酪泡芙打败的感觉。(我搅拌了那么半天,怎么也配得上一个高级的法国名字吧?)"谢谢你帮我泡茶,亲爱的。你真是个天使。你来看我也很善良。"

"没有的事。"我说,"我知道生病有多无聊,所以我觉得你现在可能需要人陪陪。"

"你说得太对了,亲爱的。"她俯身倒了点茶,"隔壁的谢拉刚刚来了,19号的沃尔伯恩太太昨天也来了。"

"那克里斯汀和维拉呢?"我问,"她们没来吗?"

"不,她们没来,亲爱的。"她答道,喝了一口茶,"她们忙着为婚礼做准备呢。她们每天都在聊这些。"

我们面面相觑，一起翻了个白眼。

"说起这个，你爸爸怎么样了？有没有因为婚礼满心欢喜？"

我看着起居室墙上挂的各种盘子、图片、陶瓷鸭子，思考我的回答需要有多客气。

"说实话，他不怎么说起这事。"

（跟克里斯汀和维拉完全不同。）

"好吧，他在忙农场的事嘛，是不是？他要操心的事太多了。不过要我说啊，一群牛和几百英亩的地可不如克里斯汀麻烦！"

我微笑着拿起我的茶，好好搅了搅，斯威森班克太太则轻轻地用手敲着膝盖。

"那你呢，亲爱的？"她问道，"你对婚礼有什么想法？"

我停下了搅动茶的手，放下茶匙。它轻轻地落在茶盘上，发出"叮"的一声。

"说真的，我只希望这一切都没有发生。"我说，"我希望她走得远远的。我们合不来，克里斯汀和我。最好笑的是，我觉得克里斯汀和爸爸也不怎么合得来。"

"我懂了。"斯威森班克太太说着，还在敲她的膝盖。

"我想爸爸肯定希望直接忘了这件事。"我继续说，"但我了解他，他可能不想麻烦，也不想觉得自己让她失望了。"

"我也是这么想的。"斯威森班克太太说着，把她的茶盘、茶杯放在桌上，伸出手来。"听着，有些事没法改变，我们就必须得接受。"她抓着我的手，直视我的眼睛，"比如痛风、交税、月经。可是有些事是能改变的。确实，改变没那么容易，我们也许要付出很多才能让它改变，中途可能还要落几滴眼泪。但是，亲爱的，这不是袖手旁观的理由。"她紧紧握了一下我的手，"亲爱的，你一点都不笨。你头脑聪明得很。你知道你需要怎么做。"

"是啊，"我突然感觉浑身充满了约克郡魔法，"我知道我应该怎么做。"

我们俩意味深长地点了点头，然后喝了一大口茶。

第五部　一场盛宴

外面的天色已经褪去了白天的蓝，取而代之的是天鹅绒般的深蓝夜色。房子里的灯光亮了起来，我们头顶的星光也开始在天上点点闪现。

这真是一个奇怪的下午。

第二十二章

1962年7月27日，周五

今天是个非常特别的日子。

今天，斯考特皮姆太太要回家了。

卡洛琳去医院接斯考特皮姆太太了，我跟伊丽丝一起准备迎接她们。

我们要开一个花园派对，就像女王的派对那样。我们把餐桌移到了露台上，用漂亮的红色格子布（太适合做裙子了）盖上，我还摆了一些条纹沙滩椅。

桌子上摆满了来自另一个世界的食物。很多颜色鲜艳的蔬菜，用蔬菜油烤过了。还有一种叫"开口馅饼"的金色食物，热乎乎的，让空气里都弥漫着好闻的奶酪味儿。一大碗小扁豆沙拉（小扁豆！冷的！在沙拉里！）。像板球一样大的西红柿。还有大块儿加了香料和黄油的鸡胸肉。暖暖的、脆脆的、掉渣的奶酪甜点塔。食物多到数不清。食物大多数要归功于伊丽丝，不过我也帮了些忙，擦奶酪屑、装盘、洗菜。

这太好了。

唯一不好的事是录音机，它被放在露台的一张小桌子上。伊丽丝在用它放歌剧，这太烦人了，因为我这一早上都想用它再放利物浦男孩的歌。

（自从我发现卡洛琳也喜欢歌剧，我就尝试着逼自己也喜欢歌剧。可是我跟歌剧就是不来电。这肯定是上了年纪才会喜欢的事，就像园艺、喝雪莉酒）

伊丽丝太好了（即使她听歌剧）。她魅力十足、有趣、善良。她还精致到极致。但她的精致跟卡洛琳不同。她比卡洛琳大一些，更加见多识广。可以说她是凯瑟琳·赫本，卡洛琳是奥黛丽·赫本。我今天早上才知道她四十岁了。这实在让人吃惊。我认识的所有四十岁女人都在做饭时穿碎花围裙、戴发套（更别提她们总是用的卷发器了）；伊丽丝就不一样了，她穿着时髦的玻璃瓶绿色短裙和上衣，戴着钻石耳环，一条多彩的丝巾优雅地系在头上。太厉害了。

我在摆一大碗葡萄时，听到了克里斯汀小高跟的脚步声。

"门口这么多乱七八糟的东西是在干吗？"她说着，穿过石子露台，维拉紧随其后，"拜－嗯－维－努。哈，我知道你不太会拼字，但没想到你这么差劲。"

"这是法语。"我说的是在房子前挂了一早上的条幅，"Bienvenue à la maison，欢迎回家的意思。"

"法语？"维拉问道，"法语！为什么要写法语啊？用英语有什么问题吗？"

"就是说嘛。"克里斯汀摇着头,咂着舌,"莎士比亚和罗宾汉用英语不是用得好好的?用法语不是纯属浪费时间吗?要不是因为我们,法国人现在都该用德语了。"

"你们好(法语)。"伊丽丝说着,走上露台,手里拿着一大盘食物。她又露出了她那种照亮整个房间的微笑,但是我敢肯定,她此刻一定想用手里的盘子砸克里斯汀。

我给伊丽丝介绍了克里斯汀和维拉(伊丽丝用法语说"初次见面"),然后又把伊丽丝介绍给克里斯汀和维拉(她俩用英语说"你好")。空气中弥漫着阿金库尔战役上英国和法国之间的敌意。

双方都握着各自的武器。法国一方,伊丽丝端着一个盘子,装满了冷肉和奶酪,摆盘漂亮,还用精美雕刻的番茄和一些欧芹装饰。英国一方,维拉拿着两颗裹在锡纸里的土豆,每颗土豆上都插着一堆小木签,上面扎着各式各样的奶酪小方块和迷你熏香肠。

克里斯汀从维拉手中接过锡纸土豆,在手里掂量几下,好像在掂手榴弹,然后把它们递给伊丽丝。伊丽丝不解地盯着它们看了片刻,然后接了过去。

"啊,谢谢你们。"她说着,把土豆放在桌上,发出轻微的声响,"这真是有心了。你们没必要带东西来的。"

"我们想帮忙嘛。"克里斯汀说,"一个外国人给正经的花园派对做吃的肯定不容易。"

"你们太好了。"伊丽丝答道(依然在微笑),"不过我也说了,这个真的没必要。"

克里斯汀和维拉观察着桌子。

"这看起来挺……有趣的。"克里斯汀说,"没有香肠卷真是可惜啊。"

"哼。"维拉说,好像嘴里含了一口馊奶,"我可以从冰箱里拿点来的。没什么大不了。"

"我也没看到腌洋葱。"克里斯汀说着,冲桌上缤纷的食物皱眉头。

"那是因为没有这东西。"我说。

"哼。就像你口中裸奔的橄榄球运动员。"克里斯汀答道,还冲我投了一个"狠毒眼神"(她的记忆简直像大象),"这是法国食物吗?"她回头问伊丽丝。她口中的"法国"好像是什么丢人的小病。

"对啊,都是法国的。不只你们英国人有野餐哦。"

克里斯汀气得发毛。

"哼。我们对法国食物可了解了,是不是,妈妈?我们几周前刚去过贝弗利皇家酒店。那儿的食物都是法国的。太油了。"

"对,所有食物都漂在汤汁里。"维拉说,"每道菜都有大蒜,跟下水道一样难闻。"

这情况太糟糕了(克里斯汀和维拉的外交能力类似于匈奴王阿提拉[①])。

[①] 阿提拉(406—453),古亚欧大陆匈人帝国领袖,在位期间四处征战不休。

"爸爸在哪儿呢?"我问道,希望能让克里斯汀和维拉分分神,别继续表达她们对任何法国事物的不满了。

克里斯汀翻了个白眼。

"跟那些该死的牛在一起,和平时一样。"

"他很快就来了。"维拉皱着眉补充道,"我们想着我们可以早点过来,露个脸,表达一下友善。"

"那真是太贴心了。不过,实际上,"伊丽丝一只手搭在我肩上,"我这边有人一早上都在,一直在表达友善。"

"哦,是吗?那是谁啊?"克里斯汀问道。

"我。"我说。有些人啊,真是让人受不了。

"你?友善?"克里斯汀对伊丽丝说,"你是给了她一袋家庭装卡仕达酱还是怎么的?"

"伊薇在帮我做各种准备。"伊丽丝说。

"哦,那你可太幸运了。"克里斯汀说,"我在家让她干什么都不好使。她老是在看该死的书。"

"这个嘛,她是个很聪明的女孩啊。"

"更像是很懒吧。"克里斯汀答道,"你不介意把这音乐换掉吧?听着像是死人了。"

"你不喜欢《诺玛》吗?"伊丽丝问道。

"谁?就不能听点好听的曼陀瓦尼吗?来点欢快、活泼的调子,别听这些阴沉沉的晦气东西了。这听着像是去教堂。"

"蒙特威尔第?"伊丽丝歪歪头,问道。

"是啊,你有吗?"

"呃,恐怕没有。来点巴洛克音乐怎么样?"

"什么?算了,音乐剧总可以吧?要有音调的东西。"

"啊,音乐剧。"伊丽丝,"好的,卡洛琳有《西区故事》。稍等一下。"她回屋里去找唱片了。

"哦,很好。"克里斯汀对我和维拉说,"我喜欢《西区故事》。你们知不知道,很多人说我像娜塔莉·伍德呢。"

"哦,知道,亲爱的。"维拉,"我能看出哪儿像。"

"她脚也很大吗?"我问道。

克里斯汀瞪了我一眼,抓起她的裙摆,像跳康康舞一样,开始边唱边跳。

"啦啦啦啦啦 美国,

啦啦啦啦啦 美国,

啦啦啦啦啦 美国,

啦啦啦啦啦 美国。"

(这可能是音乐剧有史以来最差的广告!)

"这是在干什么啊?"一身黑的斯威森班克太太从房子一角绕过来,摇摇摆摆像一只单色的企鹅,"这是什么朗伯斯歌舞吗?"

"朵莉丝?"维拉说,"你怎么来了?"

"小伊薇邀请了我。"斯威森班克太太说着,费劲地在一把沙滩椅上坐下,"我最近病得像个獾屁股。不过你们俩倒是不在乎。"

"我们最近很忙,朵莉丝。"克里斯汀说,"我们在忙着准备我的婚礼呢,记得不?结婚很费事的,你知道的。"

"哈。"斯威森班克太太说,显然是对克里斯汀结婚的事毫无兴趣,"反正啊,谢天谢地小伊薇还去看了看我,我只能这么说了。你可真是善良啊,亲爱的。"她转身对我说:"有你陪我真好。你,还有BBC。有些人啊,我可是一声问候都没听到。"她补充说,双臂抱胸,直勾勾盯着克里斯汀和维拉。

沉默很是尴尬。女王的花园派对会不会有这样的问题呢?

"好了。"伊丽丝说,幸亏她在这一刻举着一张唱片回来了,"找到我们的《西区故事》了。"

"伊丽丝。"我说,"这位是斯威森班克太太。"

"叫我朵莉丝就好,亲爱的。"斯威森班克太太说着,从沙滩椅上起身,"大家都这么叫我,只有伊薇除外。"

"啊,朵莉丝。真高兴看到你来。"伊丽丝握起斯威森班克太太的双手,"伊薇跟我说了很多你的事。你很有巴黎风格,是不是?"她继续说着,"精致的黑衣女士。"

"哦,你真这么觉得吗,亲爱的?"斯威森班克太太脸上露出大大的微笑,"啊,我是尽力打扮得好一些。"

克里斯汀看起来要气炸了。伊丽丝没有评论她花哨的粉色蓬蓬裙,也没有评价维拉平平无奇的棕色衣服。

"精致?这条黑裙子她从1916年穿到现在了,"克里斯汀说,

"这是战时款,是不是啊,朵莉丝?"

"总比浪女款强。"斯威森班克太太低声说,不过我们还是都能听见。

"女士们,我能给你们拿点什么喝的吗?"伊丽丝问道,她的外交技能可比克里斯汀和维拉强太多了。

给一群约克郡女人准备茶难度堪比拜占庭将军问题,这么麻烦的事能缓解任何紧张局势。煮哪种茶,放多少奶,放多少糖,茶要煮多久,多种排列组合无穷无尽。弄茶的过程中,亚瑟终于出现了。

"抱歉我迟到了。"他说着,快步走在沥青路上。

他穿着自己最好的那件呢子运动夹克,里面是一件开衫。他的金发打了发蜡,油亮亮的。我感到一丝自豪。

他冲克里斯汀和维拉点点头,跟斯威森班克太太打了招呼,然后看向伊丽丝。

"这位是伊丽丝,爸爸,她是卡洛琳在伦敦的朋友。这是我爸爸,亚瑟。"我给伊丽丝和亚瑟互相介绍。他们微笑着握了握手。

"那是什么?"克里斯汀指着亚瑟的另一只手问道。

"香槟。我想着拿来送给罗莎蒙德,欢迎她出院回家。"

他把瓶子递给伊丽丝。

"香槟!哦,看看洛克菲勒先生啊。"克里斯汀翻了个白眼,"所剩无几的大户咯!"

伊丽丝在看瓶子上的标签。

"不会吧（法语）！"她惊叹道，"这是我家乡产的！"

"真的吗？"亚瑟说，"你是韦斯尔河畔博蒙的？战时我在那儿待过几个月。所以我才买的这瓶！"

"对啊，韦斯尔河畔博蒙！"伊丽丝高举双臂。

"那可是个美丽的村庄（法语）。"亚瑟说。

"谢谢，客气了（法语）。"

"我的荣幸（法语）。"亚瑟答道，他现在脸有些红了。

"太好了。真的（法语）。"

克里斯汀看起来不太开心。她从维拉旁边挤过去，冲到了亚瑟和伊丽丝中间。

"得了，得了。别显摆了。"她说着，瞪着亚瑟，抓起他的手臂。

亚瑟疼得龇牙咧嘴。

"你还是好好学学怎么说英语吧，亚瑟，还在那儿显摆法语呢。我说啊，"她不停地说，冲着伊丽丝摇头，"他平时打不出一个屁，现在倒是会说了。"

"我只是在说韦斯尔河畔博蒙是个很美的地方。"亚瑟没有直视克里斯汀，"很漂亮。我要是没记错，食物也相当不错。"

伊丽丝对亚瑟微笑着，用眼睛传达了一个"法式"眼神。

克里斯汀（我们的私人卓瑞尔河岸天文台[①]）看到了这一幕，把自己的胸挺得老高，当作武器。

[①] 1945年落成于英国柴郡卓瑞尔河岸，2019年被联合国教科文组织列入《世界遗产名录》。

而亚瑟好像在试图小心地挣脱克里斯汀，可是她的手像老虎钳一样夹着他。我该出手帮忙了。

"爸爸。"我说，"你能帮我挪一下花园长椅吗？卡洛琳说我们应该把它挪到桌旁。"

"当然了，亲爱的。"他从克里斯汀手里抽出手臂，"乐意效劳。失陪了（法语）。"他从伊丽丝身边走过时还特意对她说。

我们向花园走去，去拿长椅，他揽住我的肩膀，低声说："谢谢啦，亲爱的。有时候你简直跟《约克郡邮报》一样有用。"

*

五分钟后，我们听到车快速开过车道的声音，接着是一阵车喇叭声。

她们回来了！

我们冲到房前，看到宝马迷你歪歪斜斜地停在前门附近。

"你们好啊！"卡洛琳喊着下了车。她穿着一条非常（非常）短的黑色连衣裙，头发梳成了丸子头，脚上踩着一双芭蕾鞋。她还戴着一副超大的太阳镜。

"她来了！"她继续喊着，绕过去打开副驾驶门，"今日之星！"

斯考特皮姆太太在卡洛琳的搀扶下下了车。

"哦，太麻烦你们了！"斯考特皮姆太太说着，在石子路上站稳了，"真的不用的。"

"欢迎回家！"我们一起大喊。

"谢谢大家。"斯考特皮姆太太说,"回家真好。谢谢你们帮我看着我这个叛逆的女儿。"

"妈妈,真会说话!"卡洛琳又吻了斯考特皮姆太太一下。

斯考特皮姆太太转头看着我,张开双臂。

"伊薇,亲爱的。快过来!"

我过去抱住了她,她紧紧拥抱我,我也紧紧拥抱她。她太好了,那么温暖,我能隔着夹克感觉到她的心跳。

"我太感谢你的录音了。"她搂着我小声说,"你真棒,聪明的孩子。如时间般智慧。"她吻了一下我的额头。

我紧紧搂着她,然后再搂得紧一些。

"你回来真好,斯考特皮姆太太。"我说。

她把手搭在我头上,温柔地摸摸我的头发。

"我这不是回来了吗?我们还要吃好多蛋糕,看好多书呢。哦!"她抬头看到了条幅,大笑起来,"你们怎么把那个挂上去的?'Bienvenue à la maison',真不错!"

*

回到露台,有两样东西等着斯考特皮姆太太。

第一样是桌上铺的各种食物。("哦,看看这个!太好了!你们真的没必要费事!")

第二样就是赛迪。在此之前,赛迪一直像被施了催眠魔法一样盯着食物,保持流口水能滴到上面的距离。但是它一听到斯考特皮姆太太的声音,就激动得发狂了。它叫啊,跳啊,绕着斯考特皮姆太太转了一圈又一圈,展示着乱七八糟的笨拙杂技动作,弄得吐沫星子和小石子到处乱飞。它的叫声渐渐变成了嚎叫,它突然冲向花园,跑到花园边界,尿在了斯考特皮姆太太的蜀葵上。

"赛迪!"斯考特皮姆太太喊着,亲了赛迪一大口,狠狠摸了摸它。

"亲爱的,冷静点。"卡洛琳说(我觉得她是在跟赛迪说,不过卡洛琳这个人嘛,我永远不确定她在想什么)。

"它想你了。"我对斯考特皮姆太太说。

"哦,它有你和卡洛琳啊,你们俩都跟在它屁股后面给它收拾烂摊子。它可不需要我。"斯考特皮姆太太弯腰捧起赛迪的头,"它对我感兴趣完全是因为它想知道我什么时候烤蛋糕,是不是啊,亲爱的?"

"妈妈!"卡洛琳弹了个响指,"你这一说,我刚想起来一件事。等我一下。两秒钟就回来。"她说完就消失了,绕到了房子前面。

斯考特皮姆太太看着她离开。

"哦,回家真好啊。"她看着所有人,露出微笑。这时我们已经都在桌旁坐下了。斯考特皮姆太太在桌头,我在她旁边。其他人分成了两组:斯威森班克太太和伊丽丝在桌子一边,克里斯汀和维拉在桌子另一边。我觉得亚瑟感受到了座位分配的危机,他跑去观察花床了。

斯考特皮姆太太朝我凑过来。

"你可是让卡洛琳记住你了，亲爱的。"她说。

"她太厉害了。"我答道，"我喜欢她来这儿。这感觉就像村里有了一点伦敦气息。一切都更加激动人心。你觉得她以后会经常回来吗？"

斯考特皮姆太太沉默了一会儿，望着花园。

"亲爱的，她还真有可能经常回来呢。"

我们俩都放松坐了一会儿，微笑着享受这温暖的夏日风景。

*

"我回来了。"卡洛琳说着，从她消失的方向回来了。

她端着一个大盒子，盒子侧面写着"贝蒂斯"（这是最好的大盒子）。

"我把它忘在车里了。"她说着，把盒子放在桌上，"我怎么能忘了呢！"

"哦，贝蒂斯，亲爱的。"斯威森班克太太说，"太好啦。"

伊丽丝凑过去看了一眼盒子。

"啊。"她说，"这就是约克郡著名的烘焙屋吗？"

"是的，亲爱的。"卡洛琳答道，"卖陈酿葡萄酒和姜汁水果蛋糕的店。"她说，"听说这蛋糕还获过奖呢。"

克里斯汀瞪着卡洛琳。两人对视着，谁也不眨眼。

"卡洛琳，亲爱的。你要把我宠坏了。"斯考特皮姆太太伸手握住了卡洛琳的手。

"你还没看这里面是什么呢。可能只有一枚司康啊。"

"那这司康也太大了吧。"斯威森班克太太说。

"对。"亚瑟说,"看来我们需要再拿些果酱和凝脂奶油了,罗莎蒙德。"

所有人大笑起来(除了克里斯汀)。

"伊薇,我觉得应该你来开盒子。"卡洛琳说着,把盒子从桌子对面推给我。

"哦,是啊,亲爱的。"斯考特皮姆太太说,"开吧。"

我打开标签,轻轻拉开盖子。

"嗒嗒!"我喊着,把盖子彻底掀起来,露出里面的大蛋糕,上面用糖霜写着"欢迎回家"。

"哦。"克里斯汀说,她像个泄了气的气球,"这蛋糕颜色真奇怪。这叫什么颜色?红宝石色吗?"

卡洛琳看了一眼克里斯汀,微微一笑。

"不,是红尘色。"

*

接下来的一小时里,我们陷入食物和欢乐的美味天堂。这其中的高光时刻有:维拉以闪电的速度和毁灭力风卷残云干掉了一盘法式火腿。赛迪跳起来,叼起所有干酪酥条跑了。亚瑟娴熟地打开了香槟。卡洛琳给斯考特皮姆太太敬酒,她的敬酒词让斯考特皮姆太太感动得快哭了。斯威森班克太太干掉了三块儿猩红蛋糕，还多吃了一些糖霜。

这期间，克里斯汀一直像蒙克鱼一样板着脸。

"好了，大家听我说。"我站起来，"我觉得该换换音乐了，你们说是不是？"

桌旁的人点了一波头。（在这样一个阳光明媚的午后，谁能受得了一直听《西区故事》呢？）

"我希望你是去放欢快的音乐。"克里斯汀皱着眉头喊。

"是的。"我走到卷带录音机旁边，"非常欢快。"

我从口袋里拿出卷带，装在录音机上，按下"播放"键。

几秒钟的寂静之后，录音机发出静电杂声，然后口琴声响起、鼓点响起、四个来自利物浦的年轻人开始唱歌。这太美妙了。卡洛琳摇着头，伊丽丝和着鼓点敲桌子。所有人（就连克里斯汀也不例外）看起来都很快乐。

"哦，亲爱的，这是什么音乐？"斯威森班克太太喊道，"太绝了。"

"新歌手。"卡洛琳说，"利物浦的。"

"利物浦？"斯威森班克太太答道，"作为利物浦人，还算不赖。"

我们都坐着听歌。这首歌即使我听过几百遍了，还是觉得它明媚又激荡，就像全新的开始。

然后，突然间，四个利物浦年轻人的和声消失了，取而代之的是克里斯汀难听的歌声,"吻我,亲爱的,亲爱的,吻我"。她的歌声就像是刚吃了伊丽丝的金色开口馅饼,又吃了一口维拉烧焦的鸡尾酒香肠。

"啊,那是我。"克里斯汀大喊道,"我唱得好听吧?就像雪莉·贝西①。"

(可能是像雪莉·贝西被人挖了眼睛时发出的尖叫)

还好我们只听了一段,就有一个新的声音加入了。

是维拉。

"哎,亲爱的。你知道你们的厕纸快用完了吧?"

"是你啊,妈妈!你听听你自己。"克里斯汀指着维拉说,"你的声音真好笑。"

"这是怎么回事?"维拉大喊,"这到底是怎么跑到那机器上去的?"

我太了解这声音是怎么跑上去的了。我整个周末都在剪辑克里斯汀和维拉在厨房里谈话的录音,把四个小时的录音剪成了五分钟的重磅炸弹。这一定会很有趣的。

带子继续播放。

"我当然知道首相是谁了,妈妈。"克里斯汀说,"你以为我傻吗?你觉得我两只耳朵之间长的是什么?"

"厕纸。"维拉说,"厕纸,厕纸,厕纸。"

---

① 雪莉·贝西(1937—),英国歌手、演员,被《吉尼斯世界纪录大全》认证为英国历史上最成功的女歌手。

"等等,我可没说过这话。"维拉说。

"这是怎么回事?"克里斯汀冲我说,"到底怎么回事?"

我冲她露出灰姑娘式微笑。

"这叫移花接木。"

"什么?"

"移花接木。"我解释道,"名词。把两段录音带接到一起,让它们融合。"

她皱起脸,又一次露出无知的空白表情。

录音带上,维拉和克里斯汀在谈话。

"我是……厕纸。"克里斯汀说。

"你是个大……厕纸。"维拉说。

一段杂音后,我们听到克里斯汀和维拉的声音交错出现:

"她可真是安逸啊……

我们克里斯汀

整天一屁股坐那儿……

我们克里斯汀

有些人就是能……

我们克里斯汀

你要煮茶吗,妈妈?"

桌旁的所有人都开始笑了。好吧,除过克里斯汀和维拉。

"这到底是怎么回事?"克里斯汀吼道,脸愈来愈红,"我告诉你们,这可是私人对话。"

"嘿，亲爱的，朵莉丝最近在干吗呢？我们有一阵儿没见她了。"

"喂，让这该死的带子停下来！"维拉喊道。

"别动它，维拉。"斯威森班克太太说，"我想听听这个。"

"朵莉丝！"录音里的克里斯汀喊道，"别跟我提朵莉丝。她可真是个噩梦。"

"哦，我知道，亲爱的。她一直很难搞的。"

"我不想让她来参加婚礼，妈妈。她和她那烦人的肠胃。她太丢人了。鸵鸟的体型，脑子也跟鸵鸟一样小。而且她俗透了。"

"把、它、关、掉。"克里斯汀说着站了起来。她看起来想冲过来扑倒我。

"你给我坐下，小姑娘。"斯威森班克太太站在克里斯汀面前，把她按在椅子上，"俗透了，哈？我们今天都能学点新知识。"

录音带继续播放，我们所有人仔细听着每一个词。这就像听女王的圣诞节演讲。

"你想让我把卡仕达酱放哪儿？"维拉说。

"就平时的地方啊，妈妈，你觉得呢？我告诉过你了，如果放在饼干柜里，伊薇会吃掉很多。"

"好的，我放最底下的抽屉里了。"

"很好。我可不想让那个烦人的小姑娘拿到。"

桌子旁的所有人同时倒吸了一口气。

"这是实话啊。"克里斯汀说着，脸上的表情让我想起约克大教堂的滴水兽石像,"她简直是个塘鹅,太能吃了。"

亚瑟扭头看看克里斯汀,但是没说话。

录音带里,克里斯汀的声音还在继续。

"烦人的小姑娘。烦人的小姑娘。烦人的小姑娘……我跟你讲,伊薇真的快烦死我了。"

"哦,对啊。"维拉说,"你需要让她知道谁才是老大。"

"等着婚礼结束吧。到时候一切都不一样了。我才不会让她待在我漂亮的新家里。我要让她和她那些愚蠢的书都消失,别待在我脚下。她可以滚蛋了。"

克里斯汀看着像是要逃跑,可是斯威森班克太太站在她身后,把守着逃跑的路,一人也可作山岭。

录音继续,几秒钟的杂音过后,我们又听到了克里斯汀的声音。

"不,我当然不爱他了。别犯傻了。"

"一点都没有吗,亲爱的?"维拉问道。

"我觉得他就还好吧。我告诉你我爱的是什么。我爱的是巧克力、新裙子、去看比赛。我爱我的新炉子、新冰箱。我告诉你我最爱的是什么,是我漂亮的新房子和漂亮的大花园。"

"别忘了,还有漂亮的大银行账户呢,亲爱的!"维拉笑着说。

"哦,对,别担心。我就算搭上命也要搞清楚他的钱都藏在哪儿。"

"你有权知道。那也是你的钱。"

"我知道,可不是吗?那是我的钱。我有权知道,尤其是他和他的蠢女儿害我遭遇那么多。戒指一戴到我手上,情况就不同咯。你能不能再给我煮一壶茶?"

又一段杂音之后,我们听到克里斯汀最后一次唱起来。

"塔拉拉—嘣滴答

亚瑟的钱进我口袋。

塔拉拉—嘣滴答

亚瑟的钱进我口袋。

塔拉拉—嘣滴答

亚瑟的钱进我口袋。"

带子播完了,空轴转啊转,一遍又一遍。转、转、转、转、转。

所有人看向克里斯汀。

房间里充斥着震惊的沉默,好像冬天的雪吸走了所有的声音。

亚瑟的脸上写满了各种不同的情绪(全都是坏情绪)。

"我想你还应该看看这个。"我把两张皱巴巴的纸递给他。

"这是什么?"克里斯汀说,她的脸红得要命,额头像是一片咸牛肉。

"其中一张看起来像是我银行账户的清单。"亚瑟说,"还有邮局的存折、溢价债券、绿盾邮票。全都列出来了。"他摇摇头,"全都在。而且都是同一种笔迹。"

他拿起纸,看着克里斯汀(她在低头看地板)。

"然后，另一张纸，"他盯着第二张纸，"是贝蒂斯的收据，买的是陈酿葡萄酒和姜汁水果蛋糕。"他用手指弹了弹纸。"时间是村集市的前一天。"

所有人再次同时倒吸一口气。

亚瑟盯着克里斯汀。

克里斯汀抬起头来，也盯着亚瑟。

房间里唯一的声音是赛迪摇尾巴蹭到斯考特皮姆太太腿的声音。

摇。摇。摇。

"我觉得你该离开了。"亚瑟交叉双臂。

"离开？"克里斯汀挺胸抬头，显出自己最高的身高（一米七），"我当然要离开了。谁想跟你们这些老古董一起待一下午？这食物也难吃得要命。"

"不，我说的不只是离开这里。"亚瑟答道，"我想让你离开农场屋。"

"什么？"克里斯汀说。

"我要你离开农场屋。越早越好。我不希望你跟伊薇在同一个屋檐下。"

克里斯汀瞪着亚瑟。

"哎，你不能这么做，亚瑟。"维拉说，"那是克里斯汀的家。"

"实际上，维拉，"亚瑟说，"那是伊薇的家。农场在她名下。农场原本是戴安娜的，现在是伊薇的。戴安娜把遗产都留给了她。"

什么？

"伊薇的？"克里斯汀说，"都是伊薇的？农场是伊薇的？不是你的？"

她此刻比平时更显困惑。

（不过说实话，我也挺困惑的）

"但是婚礼呢？"她扭头看着亚瑟说。

"取消了。"他又开始摇头，"不会办婚礼了。我真是个该死的浑蛋。"

"取消！"克里斯汀喊道，"你不能这么做。"

"他刚刚就这么做了，亲爱的。"卡洛琳冷冷地说。

克里斯汀站起身来，椅子跟地面摩擦着。

"来吧，妈妈，我们走。我们才不跟这群人混呢。你也不用想取消婚礼的事了，亚瑟。"她说着，用一根手指指着他，"没有农场，我就不结婚。"

维拉站起身来。她显然是想尽力保留一些尊严，可是这很难，毕竟你女儿刚刚被曝光，所有人都知道她是个邪恶的拜金老母牛了。

"你来吗，朵莉丝？"她问道。

"我才不呢。"斯威森班克太太答道，拿起一块儿茶巾擦了擦额头，"我哪儿也不去。你们的宾果之夜也见鬼去吧。罗莎蒙德要教我打桥牌。"

斯考特皮姆太太看着克里斯汀和维拉，露出邪恶又甜美的老奶奶微笑。

"好吧，你就留在这儿跟'高级太太'与她的外国朋友玩吧。"克里斯汀喊着，跺脚穿过露台，维拉紧跟着她。

走了三步，克里斯汀突然转身大喊：

"你们把我的炉子送到妈妈家。"

又一步。

"还有冰箱。"

又一步。

"还有真皮坐垫和水晶酒杯。"

然后，她们转过房子拐角。

消失了。

"还有所有的特百惠塑料容器！"我们听到一个微弱的、断断续续的声音喊着。

然后——终于——沉默来临。

亚瑟用双臂抱住我。

"我真是太抱歉了，亲爱的。"他给了我一个大大的拥抱，"为这一切。"

"没事的，爸爸。"我钻进他的怀里，"没事的。"

他抱着我，把头抵在我的脸颊上，我能闻到他那木头和真皮香味的须后水，感觉到他的身体在轻轻颤动。

我们都坐了下来，面面相觑。这一天真是精彩。

"哇。"伊丽丝说着,来了个法式耸肩,"你们英国人还说法国人夸张呢。"

*

那天傍晚晚些时候,我跟卡洛琳一起坐在斯考特皮姆太太家的花园里。这儿只有我们两个人,其他人都在起居室里喝着雪莉酒,聊着天。外面的天色已经褪去了白天的蓝,取而代之的是天鹅绒般的深蓝夜色。房子里的灯光亮了起来,我们头顶的星光也开始在天上点点闪现。

这真是一个奇怪的下午。

亚瑟不停地道歉。当场就对斯考特皮姆太太道了歉,为他的大吼、难听的话道歉。他对卡洛琳道歉,因为他破坏了卡洛琳精心策划的出院派对。他对斯威森班克太太道歉,因为克里斯汀和维拉对她太糟糕了。他对伊丽丝道歉,因为他破坏了她的"法式野餐",还因为他的法语说得太烂。他为最近发生的一切向我道歉,因为他允许克里斯汀闯入我们的生活、侵占我们的家、对我指手画脚,为他变成了一个"愚蠢的老浑蛋",为没有多听听我的说法,为没有多跟我交流,为没有站在我这边,为成了一个"糟糕的爸爸"。

当然了,我告诉他别胡说。

对我来说,他是个完美的爸爸。我们是一个团队,我提醒他。也许更像是布里德林城足球俱乐部,而不是曼彻斯特球队,但也好歹是个团队。这话让他红了眼睛。斯考特皮姆太太哄他开心,一遍遍告诉他,他现在已经改正了,这样就一切都好。但是最后让亚瑟开心的是伊丽丝整个下午都围着他转。等大家都到屋里去的时候,他好像变了一个人,英俊又自豪。一个金发的约克郡维京人。

*

花园里,月亮挂在天上,显得又大又低,好像能看到上面的所有阴影,就像军事测绘地图。

卡洛琳和我一起躺在雏菊点点的草坪上,仰望着夜空。我们的头几乎靠在一起,头顶对头顶,我们长长的腿就像时钟上的指针(两点四十分)。

"亲爱的?"卡洛琳说。

"嗯?"

"你对你母亲了解多少?"

微笑在我脸上绽放。

"我知道她个子很高、很漂亮、很优雅,她会说法语。她善良、幽默,喜欢深蓝色,不爱吃芹菜。我现在还知道了,她把农场留给了我。"

"嗯。"卡洛琳说,"别的就不知道了吗?"

"嗯,不知道了。怎么了?"

卡洛琳动了动腿。

"哦，没什么。就是我准备派对的时候，在妈妈的一个抽屉最底下找到了一样东西。"

"什么东西？妈妈的东西吗？"

"算是吧。"

我想接着问，可是赛迪偏偏挑这个时候从屋里冲了出来，径直跑向卡洛琳。

卡洛琳大喊一声，把赛迪推开，可是赛迪显然只想玩闹，它又跳了起来，把脸凑到卡洛琳脸前面。卡洛琳又喊了一声（半尖叫、半大笑），抱着它一起在草地上喊、叫。

"哦，我累死了。"卡洛琳说，这时他们俩已经冷静了一些，"我觉得赛迪饿了。我最好进去给它拿点美味的开口馅饼。我马上就回来，亲爱的。等一下。"

她跑进厨房，赛迪也紧跟着她，嘴里还流着口水。

我躺在草地上，抬头看着星星，它们就像一个个小小的灯珠，挂在如巨大画布的墨色天空中。我听到旁边的田里传来牛的叫声，它们在唱睡前的歌，房子里传来人们说话、觥筹交错的声音。

这完美的一天，也拥有一个完美的结局。

我伸展胳膊和腿，在草上摆动四肢。然后，我翻了个身，侧躺着看斯考特皮姆太太的花园，看着那些羽扇豆、翠雀花、薰衣草。

然后我注意到，草坪上卡洛琳和赛迪刚刚玩过的地方，落着一张折起的棕色报纸。

我应该不要去管它的。卡洛琳会回来捡的。它躺在草地上没有什么关系……

我试着不去看它。

可草地上的纸仿佛在吼叫。

我伸手把它捡起来。它摸起来很老,脆脆的。我试着找日期,可是它折起来了,我只能看到一些士兵的照片和一款梨子味香皂的广告。我只看一眼。卡洛琳肯定不会介意的。这没什么坏处。

我小心地打开报纸,一点、一点,把它抹平。

平展后的报纸上,头条讲述着一个可怕的消息。

那一刻,星星不再闪耀,天空也瞬间焦黑。

插曲

1946 年 5 月 17 日

戴安娜看看门。

这跟她设想的完全不同。

她上次见鲍勃·格林伍德还是战争前。亚瑟说他是"外粗内秀"。戴安娜暗暗想,更像是外粗内粗吧。不论如何,他都不是那种在南约克郡"山区"有办公室的类型。她对这一片很了解。这是约克市的第八专区,就像约克市的肯辛顿,是老派富豪住的一片乔治亚风格街区,品位上乘。所以他到底是怎么到了这里的?战争期间他显然捞了不少。

"有什么能帮你的吗?"一个矮个子中年女士坐在红木桌后。

"谢谢,我是埃普沃思太太。"戴安娜微笑着答道,"我是来见格林伍德先生的。"

这位女士一头小鬈发,看起来颇有些羞怯,她低头看了一眼桌上的大日志,然后抬头看戴安娜,让她坐。

*

"戴安娜!"鲍勃说着,从等候室里走进来,像救世主耶稣雕像一样伸展双手。"好久不见,再见到你真好。"

"我也很高兴见你,鲍勃。"戴安娜答道。

"你太好看了。"鲍勃说着,夸张地眨了眨眼,"不过你一向很好看。"

戴安娜礼貌地微笑着。他一点也没变,她在心里想。他的油腻感、自然而然的花言巧语一如既往。

"你比我们上次见面时看着更年轻了。"他继续说,"对了,上次见面是什么时候了?"

"哦,我也记不清了。"戴安娜答道,"肯定是战前了。"

"是1939年6月!"鲍勃说着,用手指指了指戴安娜,"约克市长的婚礼。七年前了!"

"这七年真是漫长啊。"戴安娜答道,在短短的一句话里轻描淡写地说出了战争的毁灭和人类的苦痛,"你这些年好像过得不错啊。"她补充道,环顾房间。

鲍勃咧嘴一笑。

"是啊，我混得还不赖，对不？你跟亚瑟呢？农场生活啊！谁能想得到呢？"

"我们都很爱这种生活。亚瑟变成了真正的乡村绅士。当然了，我们现在还有了伊薇。"

"当然了。"鲍勃说，"亚瑟来电话的时候跟我讲了你们的小女孩。他非常想为她把你父亲的钱安排好。"

戴安娜又微微一笑，总感觉鲍勃的话不太对劲。

"你来对地方了。我'钱先生'的名号可不是浪得虚名，你懂吧。我们去我办公室吧？那儿隐私好一些。"他说着，用手指了指他的办公室门。

戴安娜心想，现在退缩好像来不及了。可是她今天没必要签任何协议。她可以下周再去找找安德森老先生，请他做委托人。亚瑟会理解的，不管有没有俱乐部的关系。戴安娜只需要熬过接下来的一个小时，就可以把这件事抛之脑后了。

"好的，"她说，"就去办公室吧。"

鲍勃领戴安娜走到他的办公室门口，手搭在她的背上，好像在农业展上展示动物似的。

"你先进去，好好坐一坐。我去跟高斯小姐说句话。"

戴安娜走进鲍勃的办公室，终于摆脱了他的手，很满意。

鲍勃走到他秘书的桌前。

"谢谢，梅宝。"他摆弄着领带说，"今天就这样吧。我之前交代了，今天给你放半天假。去逛逛商店什么的。今天下午我不需要你了。我跟埃普沃思太太要私下聊。"

然后他大步走进了办公室,摩擦着双手。

高斯小姐在桌前坐了片刻,然后拿起手袋,站了起来。她已经渐渐习惯这种半天假了。又可以去逛商场了。也许今天,她会去逛布朗斯。她可以看看编织图案,也许还能在咖啡厅吃个司康,然后再买点下午茶。

*

戴安娜在大办公桌前的一把椅子前站了一会儿,等着鲍勃。他的办公室跟她想象的一样,浮夸、奢侈。办公室的椅子蓬蓬的,很气派,深深的皮座是给人看的,不是为了舒适。房间正中央挂着精美的水晶灯,更适合比这大两倍的房间。落地窗旁摆着长沙发,跟旁边难看的绿色缟玛瑙茶几和几把皮椅很配套。

"哦,我觉得我们坐窗户旁边吧。"鲍勃说着,从戴安娜身后走进来,"这里比办公桌舒服。"他拉起戴安娜的手,把她往沙发旁领。"希望你不介意,我让高斯小姐拿了些金汤力。我们先聊一聊,再说生意的事。不着急,是不是?"

"谢谢。"戴安娜说着,已经在考虑能不能礼貌地离开了,"但是苏打水就可以了。谈钱嘛,我需要保持头脑清醒。"

"哦,就一口,没事的。"鲍勃说着,把金酒倒进两个杯子,"就一小口。这样能润滑一下齿轮。我们都七年没见面了。这不值得喝一杯吗?"

"如果你坚持的话。"戴安娜说着脱掉了手套，从鲍勃手中接过一个酒杯。

"那干了。"他举起酒杯，"敬为你们赚很多很多钱。"

"干杯。"戴安娜挤出一个微笑。

"放松一下真好，是不是？"鲍勃说着，靠在靠背上，找个舒服的姿势，"欧洲胜利日之后就没停过。"

"是啊，忙碌也是好事吧。现在战争结束了，大家肯定都想搞好理财。我们又开始为未来打算了。"

"艾德礼先生①多好啊，给了我们所有人一个未来，你说是不是？说是个新伊甸园呢。所以新机会也更多了，戴安娜。"他朝戴安娜靠过来，摆弄着手里的杯子，"有更多赚钱的新方法。我们保证让你家小女儿能在艾德礼先生的新伊甸园里过得好，你就别担心了。"

戴安娜又露出礼貌的微笑，挺直了身体，双手端着酒杯。

"但是我们说了要聊聊天的嘛，谈正事之前，是不是？"鲍勃还在往戴安娜这边靠。他的手在光滑的皮面沙发上来来回回扫动，好像在擦沙发似的。"听说农场一切都好，真不错。"

"我们很喜欢农场。"戴安娜说，"农活是辛苦，这是当然的，但我们已经习惯了。"

"是啊，我听说农场生活挺艰难的。可得把亚瑟累坏了吧？你大概不常见他。"

---

① 克莱门特·理查德·艾德礼（1883—1967），英国政治家、律师。"二战"结束后，他接任丘吉尔担任英国首相。

"我们尽力吧。战时我一个人管农场也过来了,所以我们现在一般有事一起解决。"

"哦,我懂了。"鲍勃还在一点点靠近,"但是这生活肯定很孤单吧?住在鸟不拉屎的地方,跟约克市的灯光离得那么远。"

"不,没有的。"她迅速答道,"我们很幸运。我们的小村子有不少好邻居。一点也不孤单。"

"哦,乡村生活!这我可听说过太多了。三十几头牛加一个乡村傻瓜,你这么精致的年轻女士,肯定觉得不好适应吧?"

戴安娜看着鲍勃额头上的小汗珠,想起她有多厌恶他。

"这年头,乡村傻瓜可不止能在村里见到。"她说着,小心翼翼地微笑。

鲍勃停下了滑动的手。

"但是你不想有人陪吗?"他说。

"有人陪?"戴安娜边问边喝了一口金汤力。

"对啊,有人陪。"鲍勃答道,"战前有那么多派对和舞会。有香槟。还有那么多人注意你。"他把手臂搭在沙发靠背上。

戴安娜看着鲍勃,他也不退却,盯着她。

"那么多男人注意你,跟你献殷勤。你肯定很怀念吧。"

他向前一靠,试图往戴安娜的杯子里再倒些金酒。

"不了,真的,鲍勃。谢谢。"戴安娜把自己的杯子抽走了,"我这里面的已经够多了。"

"别这么扫兴嘛。"鲍勃用酒瓶追着戴安娜手里的杯子,"来,就来一点。"

他试着往戴安娜的杯子里倒酒,但是没对准,一些金酒洒在了她的裙子上。

"哦,糟糕,真抱歉。"鲍勃又借机靠近。

"没关系的。"戴安娜用手擦着裙子。

鲍勃从口袋里取出一块儿手帕,放在酒渍上,顺势把手结实地按在她大腿上。

"这真的不是问题。"戴安娜说着,把酒杯放在难看的茶几上,"就是一条旧裙子。"

她瞥了一眼手表。

"哦,别担心时间。"鲍勃,"整个下午都空着呢。谈正事的时间有的是。"

鲍勃的手还按在戴安娜的大腿上。

"实际上,"戴安娜一点点挪开,"我可能要重新考虑一下了。我在投资方面非常谨慎,这是从爸爸那儿学来的。我还没准备好为新伊甸园的建设做贡献。"

鲍勃又凑了过来,握住她的双手。

"那你也不用着急走啊,是不是?来,放松放松。高斯小姐整个下午都放假。办公室里不会有人打扰我们。"

戴安娜试图把手从他手里抽出来,可他握得很紧。

"鲍勃,拜托了。别这样。我该走了。"

"来嘛,戴安娜,偶尔玩一玩又没坏处。你们上流社会的人都会玩。我知道你们什么样。"

"鲍勃，说真的。不要。"她希望这次说得坚定，"放开我。"

"就一个小小的吻。"他说着，继续靠近，"这没什么坏处啊。不会有人知道的。来吧，我帮你'挠挠背'①，你也帮帮我嘛。"他眨了眨眼，"话是这么说的，对吧？"

他放开了戴安娜的手，手指滑过她的脊梁。戴安娜猛地抽回自己的手，抬手时不小心抽到了鲍勃的下巴。

"哦，抱歉。"她条件反射地说。

鲍勃疼得变了一下脸，但没有停下来。

"我一直觉得你是我认识的最漂亮的女人，戴安娜。我等了这么多年，就想要一个吻。"

他凑近了她的脸。"这可以是我们的秘密。就亲一下。"

她往后退着，扭开头。

"鲍勃，不。"

她试着把他推开，但是她一推，身体就在丰满光滑的皮座上滑动，让她失去了平衡。她的头向旁边一歪，从沙发上掉了下来，撞在缟玛瑙茶几上，发出巨大而空洞的声响。

*

"我太讨厌做这个了。"司机说着，他是个刚刚订婚的年轻

---

① 美国俗语，"scratch one's back"，指帮别人的忙并期待回报。

警察。

"啊,年轻人,我也是。"乘客答道,他是个四十多岁的已婚警察,"来吧,我们尽快完成任务。"

两个人下了车,走向房子。

他们走过一扇窗子时,看到一个金发男人在地板上跟一个小婴儿玩。男人抬起头,一脸惊讶,但是两个警察没有停下脚步,一路走到了前门口。年纪大些的警察看了看同事。

"准备好了吗?"

年轻人点点头,面无表情、脸色灰白。

年长的警察抬起头,敲了三下门。

第六部　风吹向新生活

　　我是风。我在沥青上滑行，在峡谷中疾速穿过。我飞翔、环行、奔跑。
　　我像是一个电影明星，在片尾乘着车奔向夕阳。奔向崭新的生活。

第二十三章

1963年1月20日，周日

过去的六个月非常奇怪。

用斯威森班克太太的话说，有太多来来去去。

最好的"去"是克里斯汀彻底从我们的生活中消失，她现在已然成了过去的"露水情缘"（名词——一段微不足道的短暂情缘）。出院欢迎会之后，她只出现过一次，还是来拿她那可怕的炉子（被一件可爱的新"来"取代了，一个新的煤气炉）。克里斯汀中了斯考特皮姆太太的约克郡魔法，决定在熏火腿似的开发商巴克斯特先生身上使用魔法。听说她径直走进了他的办公室，布里格一家炸鱼薯条店旁边的小棚屋，然后以身上的低胸连裤装和双重紧身衣高调宣布自己的到来。那之后不久，他们就开始出双入对，现在已经一起住在了庞特佛雷特附近一座崭新的都铎－乔治亚风格天窗平房里了。维拉也跟他们住在一起，忙着去最近的宾果厅——庞特佛雷特宫玩宾果。

让人悲伤的"去"是卡洛琳回到了伦敦，可是她还是会隔几周就回来看看，所以即使这是"去"，也可以算作"来"。还有一项

"来"（已经四次了）是迪格比的到来，她是卡洛琳的朋友/女友/妻子/丈夫。我们都觉得她很棒，包括斯考特皮姆太太，她说与其说她找到了一个新女儿，不如说她找到了一个让她快乐的桥牌牌友。

还有一个好的"来"是我通过了高中统考。太好了！我只比玛格丽特少过了一门。我所有科都考过了，只有"家庭经济"一项没过。厉害。

亚当·费斯，我要很遗憾地说，成了一项"去"。我长大了，不再喜欢他了，就像邦蒂漫画和及膝长筒袜。抱歉了，亚当。另一个激动人心的"来"是来自利物浦的四个年轻人（他们叫披头士）。当然了，他们不是来了我们村，而是来了我们的生活、电台，还有我的胸前（我有三枚披头士胸章和一件印了他们头像的毛衣）。

但最重要的"来"是我的母亲戴安娜。近来，她以前所未有的方式进入了我的生活，悄悄参与了我做的几乎每一件小事，就像阳光。亚瑟给我讲了关于她的一切。什么事会让她微笑，什么事会让她哭泣，她喜欢做什么事、读什么书，她喜欢去什么地方，她怎样说话、怎样跳舞、怎样生活、怎样去世的。

当然了，她的死很遗憾，是个悲剧。至少报纸是这么说的。值得庆幸的是，至少她走得很快，太阳穴遭遇撞击，导致瞬间大出血（名词——突然的严重内出血）。她应该对这意外毫无知觉。亚瑟尽力适应（他必须做到，他要照顾我），但那以后很难。每一天都像是重新体验一次死亡；每一天都有新的时间要打发；每一天都有新的愧疚。庭审结束后，他退回自己的世界里，再也没能走出来。他说，我就是他的一切，是让他活下去的那颗跳动的心脏。

了解我母亲和亚瑟的往事并不容易。好在，这么多年过去了，我们终于有机会说开了，亚瑟好像变了一个人。这些年来，他似乎将生活挂在了衣橱里的某个衣架上，如今他终于又把它取出来了，重新试了试这件"衣服"，决定再把它穿上。

这大概跟另一个"来"有关。伊丽丝。她来我们村里了，在这儿定居。她住在斯考特皮姆太太家，给她帮帮忙，做好吃的法国食物（她经常分享食物给我和亚瑟）。实际上，她经常来我家，好像还重燃了她那种对牛、田野、中耕拖拉机的法式痴迷。她不在附近就是去短游了，经常去约克市、勃朗特牧师住宅、惠特比、约克郡谷地，亚瑟给她开车，他也很享受这一切。

至于我嘛，我是"来"还是"去"呢？这个你要等等看了……

*

"伊薇，亲爱的，你需要帮忙吗？"

这是伊丽丝，她在楼下喊我。她在厨房里，肯定是在做什么美味的食物，而我在楼上的卧室里，打扫、整理。

"不用了，谢谢。"我喊着回答，"我一会儿就下去。"

透过窗子，我能看到田里无穷无尽的积雪，星星点点的几头牛站在地里,像葡萄干圆面包上的葡萄干。我墙上的两张亚当·费斯海报(世故亚当和忧郁亚当)被约翰、保罗、林戈和乔治①的海报取代了,还外加一张利兹美术馆《夏洛特女郎》的复制画。我的床头柜上摆着我和卡洛琳在霍华德城堡外的合照,还有一张1946年照的我、妈妈、爸爸的全家福,这张照片里我只有四个月,笑得灿烂的小脸被厚厚的羊毛和蕾丝布料包裹。我看着两张照片,它们之间似乎隔了一辈子。我的人生。

说起人生,我现在知道我要做怎样的女人了。我不再觉得未来像万花筒里远远近近、会模糊和消失的扭曲形状了。未来的我已经清晰,有清楚的轮廓和鲜明的色彩。

我要去BBC做一个电台实习制作人。

太棒了。

卡洛琳被我剪辑录音的技巧深深折服。她和迪格比两个人好像认识BBC一半的工作人员。没过多久,我就收到了一封来自露西·格伦威尔史密斯阁下(电台制作总监)的信,邀请我去"聊一聊",参观一下。没想到,这邀请奇迹般地变成了一次午餐和一份实习工作。所以我现在在打包行李,准备去伦敦了。我要跟卡洛琳和迪格比一起住在一个叫霍兰德公园的地方。我从来没有这么激动过。

我把床头柜上的两张照片小心地放进帆布包里,旁边是我母

---

① 指披头士乐队(The Beatles)的四名成员。

亲的菜谱和一张装裱好的照片，亚瑟跟一头获奖牛的合照。包里还有披头士的周边相册，里面放满了亚瑟、我母亲、斯考特皮姆太太、赛迪、卡洛琳、玛格丽特、斯威森班克太太和伊丽丝的照片，还有一本最新一期《乡村生活》（斯考特皮姆太太给我的）、一条约克教堂茶巾（斯威森班克太太给我的）、一盒旅行糖（也是斯威森班克太太给的）、伦敦百科全书（玛格丽特给的，她还是这么务实）。

我就这么坐着，心想帆布包里还能装下什么。这时，卧室外响起敲门声，亚瑟的脑袋很快探了进来。

"我能进去吗，亲爱的？"他说着，露出吉恩·凯利的微笑。

"能，当然可以了。"我答道，不过我希望我们不要再来一次"谈话"了。过去几周里，我们之间有过很多次"谈话"。

我们谈了男孩。

我们谈了男人。

我们谈了女人。

我们谈了金钱。

我们谈了食物。

我们谈了香烟。

我们谈了酒精。

我们谈了地铁。

我们谈了公交。

我们谈了外国人。

我们谈了南方人。

我们谈了伦敦人。

我们还谈了关于伦敦的许多、许多事。

从某些方面说,亚瑟和我不"谈话"时的生活还更容易些,那时我们俩之间的一切交流都靠意念传播。

亚瑟走进来,在我身边坐下。他手里拿着一样用卫生纸裹着的东西,还绑着深蓝色丝带。

"来。"他说着,把卫生纸包裹放在我腿上,"你现在是个精致的年轻女人了,跟你妈妈一样。我觉得这个该给你了。"

"这是什么?"我说着,看看他、看看包裹、再看看他。

"打开来才知道嘛。"他答道。

我低头看看包裹,感受到它的脆弱。这东西很轻,几乎没有重量,里面的东西软软的。我小心地解开深蓝色丝带,然后揭开卫生纸,每打开一下,房间里似乎就多一分色彩。

"这是你妈妈的。"亚瑟把一只手搭在我膝盖上,"她最爱的丝巾。这是她战前在巴黎买的。"

我把丝巾从卫生纸上拿起来。它很美。一群群骑兵出现在深浅不一的蓝色、红色背景中,一切都被层层叠叠的金色曲线圈住。

"我觉得你去伦敦,它能派上用场。"亚瑟继续说,"我了解你妈妈,这东西肯定不便宜。"

"太好了,爸爸。"我握着他的手,"我很喜欢。"

我把它戴上,学着卡洛琳和伊丽丝的样子打结。

"好了,你看怎么样?"我问道。

亚瑟沉默了片刻,盯着我看。

"你这样很美,亲爱的。"他说,眼睛里泪光闪闪,"太好了。就像你妈妈。"

"谢谢,爸爸。"

我们俩坐了一会儿,各自沉思,陷入丝巾的魔法中。

叭叭叭叭叭叭叭叭叭叭叭。

有人在庭院里按车喇叭。

肯定是卡洛琳。

"你的马车来了。"亚瑟说,"我们该去楼下了。"

*

"送惊喜!!!"

厨房里挤满了女人,年老的、年轻的、高大的、瘦小的。还有母狗。这可不是我打开门时设想的画面。

卡洛琳站在人群最后面,比所有人都高。她穿着鲜亮的芥末黄高领上衣。不知为何,她还戴了个花冠。伊丽丝戴着贝雷帽,站在卡洛琳旁边。她两只手里分别拿着一面小小的法国国旗,脖子上还挂着一串洋葱瓣。她们前面是斯威森班克太太和斯考特皮姆太太,两人都坐着。斯考特皮姆太太坐姿优雅,穿着全套羊毛套装,戴着珍珠首饰(她也戴着花冠),看起来像是要在丽兹卡尔顿酒店喝下午茶。斯威森班克太太则一如既往地一袭黑衣,但是加了一条酒红色的羽毛围巾和"一战"时期的德国头盔,头盔上还有一根大大的刺。玛格丽特穿着英国国旗图案的毛衣,站在斯威森班克太太和斯考特皮姆太太身边。她不知怎么弄来了松尼克拉夫特太太在集市上戴的厕所帽子,她戴着奇怪极了。赛迪则跑来跑去的,边叫唤边流口水,头顶绑了一只闪亮的金色绒球。

这仿佛是走进了《难以宽慰的农庄》里某个场景。

(相比之下,我穿着我最时髦的衣服。我穿的是卡洛琳和迪格比送我的圣诞礼物:一条邮筒红色的呢子无袖迷你裙,正面一条故意裁剪的长长褶皱贯穿整条裙子。我太爱它了。我爱这种感觉。我爱它的味道。最重要的是,我爱这款式。它简直完美。我会永远爱这条裙子的。裙子下面,我穿了深蓝色的高领套衫。现在我还戴上了妈妈的丝巾。再加上深蓝色的紧身裤,我看起来像是皇室成员,一个非常时髦、非常优雅的皇室成员。)

"这是怎么回事?"我问道,难道是我打包行李打包出幻觉了?

"我们是来跟你道别的,亲爱的。"斯考特皮姆太太说,"我们想给你一个惊喜。"

"对,我们觉得应该给你一次特别的送别,亲爱的。"斯威森班克太太说,"所以我们穿戴特别一点,让你难以忘怀。"

"啊,那你们可是做到了。"我咧嘴笑起来。

"亲爱的,你的丝巾。"卡洛琳说,"太好看了。你看着很美。"

"爸爸给我的。"我摸了摸围巾,让它像天鹅一样在我脖子上展开（我希望如此），"这是妈妈留下的。"

"哦，你打扮得太好了，亲爱的。"斯考特皮姆太太说，"这么成熟了。"

她站起身来，用双手温柔地捧住我的脸颊，补充说："你妈妈肯定会为你骄傲的。"

"那是肯定的。"亚瑟说着走到了伊丽丝身边，揽住她，"像孔雀一样骄傲。"

赛迪大叫几声，显然是表示同意。

现在所有人都离开了刚刚的"送惊喜！"位置，我这才看清了餐桌。桌上摆满了蛋糕。

"这些是什么啊？"我问。

"亲爱的，这些是你的饯行礼物。"卡洛琳优雅地躲过赛迪，"所有人都想到了同样的礼物。我们显然非常了解你。"

斯考特皮姆太太送了巴滕伯格棋格蛋糕（我的最爱）。斯威森班克太太送了维多利亚海绵蛋糕。玛格丽特送了杏仁果酱挞和迷你大本钟蛋糕。亚瑟送了一个写着"祝伊薇好运"的巧克力蛋糕（从贝蒂斯买的）。伊丽丝做了一种叫"巴黎布雷斯特"的蛋糕，一个大大的、奶油爆浆的轮子蛋糕。

"我还给你们做了这些。"她说，"路上吃。"

她指了指厨台上的两个三明治和一个蛋奶开口馅饼。

"看来你们是不会在路上被饿死了，亲爱的。"斯威森班克太太说。

"哦,我们简直就是送餐车啊。"卡洛琳说,"希望这些都能装进车里吧!"

"话说回来,"亚瑟看着我说,"我觉得该把东西往车上搬了,是不是?"

*

我们走出门后,我又得到一个惊喜。

一辆亮红色的名爵跑车横着停在庭院里。

我瞥了一眼亚瑟,突然觉得非常愧疚。他眨眨眼。

"你觉得怎么样,亲爱的?"卡洛琳说。

"我太爱了。"我说着,走到车前,摸一摸棱角分明的引擎盖。

"这是我跟朋友借的。"卡洛琳说,"开这个去伦敦应该会很有意思。"

"对,你们的入场一定很拉风。"斯威森班克太太说。

"是啊,"亚瑟咧嘴笑着,"但是要小心牛群。"

*

大家都帮忙,行李很快就装进了车里。蛋糕装在后备箱里(盒子和罐子整齐地摞在一起),我的帆布包和曲棍球棍(以防万一)也是。一个行李箱被绑在后备箱上面,另一个刚好塞进座位后。这简直是装行李大师班。

"好了。"卡洛琳说,"我们该出发了。"

我看看大家,这一刻好像不真实。

我不敢相信我就要离开了。

玛格丽特冲过来,给我一个大大的拥抱。

"你会写信的吧?把伦敦的一切讲给我听,告诉我那里怎么样,你都去了哪儿、做了什么、见了什么人。你要保证,如果哪天在派对上碰到了克里夫·理查德,一定会告诉我,好吗?"

"当然了。"我说,"我要是见到克里夫,就把你的电话号码给他。"

"我会想你的,伊薇。"

"我也会想你的。"我说。我真的会很想她的,即使她比西班牙宗教法庭还能问问题。

"过来,亲爱的。"斯威森班克太太说着,一把拉过我,把我拉进她宽广的胸怀,"让我亲一下。"她亲了我一大口。"你现在是个像样的年轻女人了。你去给那些伦敦人上上课,亲爱的。"她紧紧拥抱我,"让他们看看什么叫约克郡的文化。"

"我会的。"我也紧紧抱了她,"谢谢你做的一切,斯威森班克太太。"

"哦,我真心希望你能叫我朵莉丝,亲爱的!"

我从她的怀抱里出来,握住她的双手,冲她露出大大的笑容,说:"谢谢你做的一切,朵莉丝。"

"早该是时候了!"她大笑着说,"你要照顾好自己,亲爱的。"她补充说,用戴着羊毛手套的手擦了擦眼睛。

这半天了,赛迪一直在雪地里跑,追着不存在的兔子。可这会儿,它蹦跳着朝我跑来,差点把我撞飞。它叫着、跳着,口水飞溅到我的帆布外套上。

"赛迪!"我喊道,"我会想你的!"它又叫了几声,绕着我的腿跑。我弯腰捧着它高贵的脸,看着它伯爵茶色的眼睛,亲了它一下,小声告诉它,要照顾好斯考特皮姆太太。不过我们之间的亲密时刻没能持续太久,它很快就被提着一袋食物的伊丽丝吸引了。

"来了!你的午餐。"伊丽丝说着,把袋子递给我,"享受伦敦吧,伊薇。伦敦是个好城市。你一定会爱上它的。"她帮我正了正新丝巾。"它也会爱你的。"

"谢谢,伊丽丝。"我努力露出法式微笑,"谢谢你照顾我爸爸。"

"哦,我的荣幸。他可是维京奇迹。我觉得我找到自己的希斯克利夫了。"她低声在我耳边说。

她吻了我两边的脸颊。

我看看亚瑟。这次轮到我眨眼了。

"伊薇,亲爱的,"斯考特皮姆太太一点点凑近,"你在那儿会帮忙看着我这个女儿的吧?"

"我会尽力的,斯考特皮姆太太,但是我可不能做任何承诺。"

斯考特皮姆太太跟我已经道过别了。过去几天,我们又哭又笑,喝了好多茶和雪莉酒。没有她,我一定会很不好受的,虽然我们能经常打电话,她也保证了会去看我。

"那你尽力看着她就好,亲爱的。我相信你能做得比我强。"她微笑着,又用双手捧起我的脸,"好了,我还有一个小礼物要给你。这件东西我希望你留着。"

"但是你已经给我很多礼物了啊。"我说。这是实话。过去的一周里,她给了我很多东西:一本《乡村生活》杂志;一套《简·奥斯汀全集》;一个装饰艺术风书挡;一只小小的陶瓷英国塞特犬;一本多萝西·帕克诗集。她刚刚又送了我一个巴滕伯格棋格蛋糕。

"那些都是小玩意儿,亲爱的。我现在要给你的是让你在伦敦的新生活用的。这是件特别的东西。"

她伸手取下自己头上的花冠,给我戴上。

"好了。"她调整着花冠,"你这样看起来棒极了,亲爱的。我就知道它肯定适合你。"

我感觉自己像是玛格丽特公主。

"但是你不能把这个给我啊,斯考特皮姆太太。"我说,"这太贵重了。"

"胡说。我就想送给你。这是个小小的感谢礼物吧。你无法想象这些年来有你做邻居对我来说有多重要。"

她微微一笑,拉起我的双手。

"花冠送你了,你到伦敦肯定用得上。那儿会有盛大的舞会和社交场合。你这样多漂亮。跟你妈妈一模一样。"

她轻轻捏着我的手。

我感到泪水涌出眼眶，这太糟糕了，我答应过自己绝对不哭的。

"谢谢，斯考特皮姆太太。"我说。

我真的不知道还能说些什么。我的头快要爆炸了，可是这些感觉我都无法汇成语言。

"去吧，亲爱的。"她继续说，"不闲扯了。这是多刺激的事啊。你应该微笑才对。"她退后，留下戴着花冠的我，努力微笑。

"哦，真时髦。"亚瑟走过来，对着花冠点点头，"我们一会儿该对你鞠躬、行礼了。你这都还没到伦敦呢。"

我看看亚瑟，不知该哭还是该笑。

"一切都会安好吗，爸爸？"

"安好？当然了。不只是安好，会棒呆了。"

他用双臂搂住我，亲了一下我的额头。

"如果你没感到棒呆了，就回来。我跟牛永远在这儿等着你。"

我紧紧搂着他，把头埋进他厚实的羊皮外套里。

"记住，你就是我的小仙后。永远都是。"

我们紧紧相拥，羊皮外套和帆布外套也混在一起。

"好了，你该出发了。卡洛琳已经准备好了。"

我环顾四周，发现卡洛琳已经坐在了车里。她把名爵敞篷车的顶棚打开了，坐在驾驶座上，她的大太阳镜（还有花冠）戴在头顶，膝盖上还盖了毯子。

我最后用力抱了一下亚瑟，亲了他一下，然后朝车走去。

"我要把你身上的蜘蛛网都吹掉!"卡洛琳指了指打开的敞篷,大喊道,"我要你到伦敦的时候浑身都是生机。"她说着,戴上驾驶手套。

我上车的时候,玛格丽特和斯威森班克太太展开一条自制条幅,上面印着"祝伊薇好运!"。我感觉自己像是去温布利参加英格兰足总杯决赛的足球俱乐部成员。

卡洛琳给我腿上盖了一条毯子,指了指车的手套盒。

"打开看看,亲爱的。"她说,"里面有个给你的小惊喜。"

我把毯子掖在屁股下面,打开手套盒。里面放着一副墨镜,又大又黑,跟卡洛琳总戴的那副一模一样。

"哇!"我说,"太好看了。"

"我就知道你会喜欢。"卡洛琳说,"这天气也是我预定的,你懂吧?"她指了指天空。

这是一个晴朗而美丽的冬日,地上有积雪,但天却蓝得无比明媚。

"戴上吧,亲爱的。我们看看效果。"

我把墨镜戴上,小心地避开斯考特皮姆太太的花冠。

卡洛琳发动了名爵跑车,我的脚趾瞬间感觉暖暖的。

"到了伦敦给我们打电话!"亚瑟喊道,他站在伊丽丝身边,两人挽着胳膊。

"我会的。"我答道。

卡洛琳加大了马力。

这时，所有人都在挥手、大喊，就连赛迪也是，它在为约克郡呐喊。我也挥手、大喊。卡洛琳也一样，这有点让人担心，毕竟她在开车，正在把名爵挪出庭院。

"再见！！！"所有人使劲挥动手臂，大声喊着。

卡洛琳把名爵的喇叭按得震天响。

"再见！！！"我大喊着，看着我爱的人们从我身边飞驰而过，留在我身后。接着，车开进车道里，他们开始追着车跑。

卡洛琳最后按了一次车喇叭，举起双臂，用意大利语大喊了一句什么，然后踩下油门。就这样，我们离开了。走了。下一站，伦敦。

我扭头，最后一次冲着农场屋外依然在挥手的人群挥挥手。然后我扭回头朝前看，双眼盯着前方开阔的路。

我是风。我在沥青上滑行，在峡谷中疾速穿过。

我飞翔、环行、奔跑。

此时此刻，我坐在车里，戴着墨镜和我妈妈的丝巾、斯考特皮姆太太的花冠，我感觉自己不一样了，心中充满激情和活力，满是生机。

我像是一个电影明星，在片尾乘着车奔向夕阳。

奔向崭新的生活。

我的新生活。

这就是我一直在找寻的新生活。

太棒了。

图书在版编目（CIP）数据

伊薇想要新生活 /（英）马特森·泰勒著；王思宁译 . — 北京：北京联合出版公司，2022.11
 ISBN 978-7-5596-6365-8

Ⅰ.①伊… Ⅱ.①马… ②王… Ⅲ.①长篇小说—英国—现代 Ⅳ.① I561.45

中国版本图书馆 CIP 数据核字（2022）第 126833 号

北京市版权局著作权合同登记　图字：01-2022-3903

THE MISEDUCATION OF EVIE EPWORTH
by MATSON TAYLOR
Copyright © MATSON TAYLOR, 2020
Published by arrangement with Simon & Schuster UK Ltd through BIG APPLE AGENCY, INC., LABUAN, MALAYSIA.
All rights reserved.No part of this book may be reproduced or transmitted in any form or by any means, electronic or mechanical, including photocopying, recording or by any information storage and retrieval system without permission in writing from the Publisher.

伊薇想要新生活

作　者：	［英］马特森·泰勒
译　者：	王思宁
出 品 人：	赵红仕
出版统筹：	慕云五　马海宽
策划编辑：	慧　木　李楚天
责任编辑：	孙志文
装帧设计：	王　易
营销编辑：	刘子立

北京联合出版公司出版
（北京市西城区德外大街 83 号楼 9 层　100088）
北京联合天畅文化传播公司发行
文畅阁印刷有限公司　新华书店经销
字数 161 千字　880 毫米 ×1240 毫米　1/32　11.75 印张
2022 年 11 月第 1 版　2022 年 11 月第 1 次印刷
ISBN 978-7-5596-6365-8
定价：59.00 元

版权所有，侵权必究
未经许可，不得以任何方式复制或抄袭本书部分或全部内容
本书若有质量问题，请与本公司图书销售中心联系调换。电话：（010）64258472-800